文春文庫

110番のホームズ 119番のワトソン

夕暮市火災事件簿

平田駒

文藝春秋

目次

110番のホームズ 119番のワトソン

夕暮市火災事件簿

プロローグ

火は、人の最も身近にいる怪物だ。

五十万年前、一匹の恐れ知らずな猿がそいつを拾ったために、歴史は大きく動き出した。熱と光を利用することを覚えた人間は文明を前へ前へと押し進める。果ては宇宙へすら赴くようになった。

だが、人と火の関係は全く変わらない。人は火を、気の置けない相棒にも従順なしもべにも変えることができずにいる。そして、住居、財産、生命を容赦なく奪われてきた。

赤い怪物への畏怖。それは量刑の世界にも表れる。

火を用いた犯罪には殺人と同等の刑罰が求められる。放火は国内で年間四万件発生する火災の支配的な原因の一つだ。

放火ほど厄介な犯罪はない。消すまでもさることながら、鎮火後も数えきれないほどの面倒を残していく。

何故なら火は、現場の全てを食い破る。

故意と過失の境界を一飲みにして、手がかりも形跡も等しく焼き尽くす。ありとあらゆるものを煤と灰に変える。

事件なのか、事故なのかすらも判断がつかない。絶望的な空間だけが残る。

そこから「真実を探し出せ」と言われたとき、自信に満ちた顔で頷く者がいるならば、そいつはうぬぼれ屋か物好きだ。

——あるいはその両方である。

ROOM 1

ジャワ・ハイツ203号室

騒音が狭い部屋を満たしていた。

夜も明けぬ時間だというのに、不快としか捉えることのできないスイープ音が狂ったように鳴り続けている。

睡眠を妨げる原因が小さなスピーカーであると知ったならば、大抵の人間は怒り狂う。

だがそれでいい。

人を驚かせ、不安を掻き立て、設置場所から追い出すこと。それが火災報知器に課せられた使命だ。

「火事です。逃げてください。火事です」

人命のために開発された装置の訴えも虚しく、男が布団の上に倒れた。

激痛に喉を押さえながら悶絶する。暴れれば暴れる程、柔らかい布団は風をおこし、部屋を蝕む炎をますます大きくさせる。

(こんなことってあるのか⁉)

胸には、恐怖よりも先立つものがあった。怒りだ。悔しさと称しても良い。

何故ならこれは、心当たりのない火事である。

火の勢いが増す。男の不健康にこけた頬が茜色に染まる。最後の力を振り絞り、呻き声をあげる。

言葉を紡げるなら、こう言いたかった。

（たすけて）

たった四文字の願いを吐くことすら叶わず、男の体は炎に包まれた。


東京都夕暮《ゆうぐれ》市の地域ニュースのトップ画面から、木造アパート火災の情報が消えてなくなる頃、桜之下《さくらのした》学園二年B組のクラス委員長である安西弘《あんざいひろし》は夕暮消防署の講習室に体育座りをしていた。

冬休み前の救命講習だ。クラス全員で参加している。

「いいですか、皆さん。心肺蘇生法のステップは大きく四つに分けることができます。救助対象者の反応確認、通報、胸骨圧迫、気道確保。ここは学校じゃないのでテストはしませんが、是非覚えてください」

ちょっと話を聞いて、ちょっと手を動かすだけの簡単なイベントだ。しかし、弘の顔は死にそうなものになっている。

「早く……、早く終われ……」

うわごとのように祈りを繰り返す。同じ班には凶暴という言葉を体現したような連中ばかりが揃っていた。茶髪、金髪、クリスマスが近いから赤に染めた馬鹿すらいる。

「ギャハハ、嘘だろ、ケツに入れてんの？」

他の生徒が真面目に……正確には真面目を装って寝ながら話を聞いているというのに、弘たちのいる班だけはどこまでも開き直っていた。

講師役に現れたのは、ここの副署長だという。

「胸骨圧迫のポイントはリズムです。実演しますので、集中して見ていてください。はいそこ、起きてください。寝に来たわけじゃないでしょう？」

船を漕ぎ始めた女子生徒をきつい口調で叱る一方で、明らかに規律を乱している弘たちの班にはお咎めなしだ。

モラルハザード状態。誰がどう見ても、そう判断する。

「ケツに突っ込むとかマジふざけてんな！」

人目を憚らず爆笑するリーダー格の男は、大高《おおたか》という。見ているのはよりにもよってアダルトサイトだ。

弘はおずおずと口を開いた。

「大高くん、そろそろやめようよ」

「担任もいねぇのに何ビビってんだよ？」

「いや、先生よりもまずいのが……」

最後まで言わせてもらえない。肩を小突かれた。弘はため息と共にうなだれた。

一人、背中に突き刺さる強い視線を辿る。そこには紺色のアポロキャップをかぶった消防士がいた。

とにかく目が印象的な男だ。帽子が作る陰の奥にある双眸は大きく、鋭い。ぐらぐらと煮えたぎる熱い眼差しには抑えきれない感情が滲み出ている。炎と戦う男のはずなのに、逆にその炎自体を纏っている。

（棉苗《わたなえ》、上亮《じょうすけ》）

弘はこっそりと名札を読み取る。怯えきった頭で断定した。

（絶対、怒ってる）

本来、素行不良な生徒に雷を落とすのは担任の役目だ。だが重度のヘビースモーカーである中年教師は、隙あらばすぐに喫煙室へと消える。貴重な時間を割いて救命講習を行っている消防士たちにしてみれば、これも腹立たしい振る舞いだろう。

弘の嫌な予感をそのまま現実とするかのように、消防士はすっと手を挙げた。

「流山《ながれやま》さん」

ゴツゴツした指と太い手首が周囲の視線を搦め捕る。

見た目通り男らしい声だ。おろしたての麻を思わせる耳触りをしている。ぶっきらぼうで冷たい。

「ちょっといいスか？」

「どうしました？　棉苗さん」

教壇に立っていた流山はわざとらしく咳払いをした。

自分だって叱りたい衝動を抑えて講義を続けているんです。大人なら我慢してくださいよ。そう目で訴えている。

消防士の手は下がらなかった。「いいスか?」と念押しさえする。

無視したい。しかし品行方正な高校生たちの手前、それもできない。葛藤を顔に滲ませて流山は確認した。

「本当に今じゃないとダメなんですか?」

「今じゃないとダメです」

帽子の奥の黒目がギロ、という音を伴うかのように動く。

弘は慌てて頭をさげた。来るべきものが来たのだ。クラスの大半もこれから起こる出来事に察しが付いている。皆、気まずそうに視線を毛の短いカーペットや並べられたAEDへと逃していた。

大高は強気に舌打ちをした。説教を垂れようとこちらを睨《ね》めつける消防士に、「んだよ」と率先して喧嘩を売ろうとする。大の大人でもすくみ上がるような剣幕である。

だが、消防士はゆっくりと大高から視線を外した。お前に付き合っている暇はないと言わんばかりに。

低い声で尋ねる。

「ちんポジ気になるんで直しに行っていいスか?」

顔は、どこまでも真剣だった。

流山の怒号が夕暮消防署の署長室に響いた。

「棉苗さんッ！　あなた自分が何をしたのかわかっているんですか！」

桜之下学園の救命講習は予定通り二時間で終了したが、上亮は消火隊の仕事に返してもらっていない。上司のお説教が終わらないのだ。

流山の唾が当たっている。上亮はふてぶてしい表情を上司に向けたままTシャツの袖で頬を拭った。流山の細い神経を逆撫でするには十分な仕草だ。

「しょーがないですよ、便所で格納ミスっちゃったんです」

悪びれない返事だ。居合わせた掃除のおばちゃんたちはハタキで顔を隠しながら失笑している。署長の顔も柔らかい。上亮流のコミュニケーションを受け入れられない流山だけが一人、茹でた蛸みたいになっていた。

「あなたね！」

「年中署内にいる流山さんは知らないかもですけど、ちんポジは吸管格納と一緒なんですよ。しまい方間違えると次使う時に手間取りかねない」

「神聖な消防車とあなたの汚らしいものを一緒にしないで頂きたい！」

腹の底から叫んだ反動で、流山は僅かにふらつく。

上亮はその様子を鼻で笑った。鍛え方が足りないのだ。

「ふふふ」

マホガニー製の立派な執務机の向こうから楽しそうな声が上がった。

夕暮消防署署長の千曲《ちくま》である。

「確かに、吸い上げるのと出すのじゃ違うわよねぇ」

流山はきつく目を閉じ、上亮は唇を結んだ。

千曲の見た目は、至ってどこにでもいそうなおじさんだ。年相応に脂が抜け、年相応に腹が出ている。髪の毛は豊かで、顔の皺は申告する年齢の割に少ない。そしてナチュラルに女口調だ。

「僕、おばあちゃん子だったのよ〜」とケラケラ笑って流そうとするが、隊員からは常に新宿二丁目との関連が疑われている。マッチョはオネエにモテる。ここにいる誰もが実感を伴って心得ていることだ。

「署長、笑うところではないです」

流山は真剣な声で訴える。しかし、千曲は聞く耳持たずだ。

「僕、最近ボクサーパンツ派に転向してみたんだけど、あれぴったりしてて気になるわよねぇ。トイレで点呼とっちゃいそう」

「当然やります」

上亮は重々しく頷いた。そのまま千曲と二人、息ぴったりに「ちんポジよーし！」と元気よく指差呼称する。夕暮市四十万人を火の脅威から守る消防署長とその部下にしては、下品すぎる発言だ。

「ぐぬぬ……」

面白くないのは流山である。自分の晴れ舞台である救命講習を不良消防士に滅茶苦茶にされたのに、署長は不問に付す気満々だ。

振り上げた拳を下ろすことができない。悔し紛れに上亮の素行の悪さを上司に報告しようとする。

「こいつは口が悪すぎるんです。模擬人体使った胸部圧迫の実習中も社会人とは思えない発言を連発したんですから」

「例えば？」

「肋骨折る気で行けよ。何もしなけりゃどうせ死ぬんだぜ。おいおい、それで押してるつもりか。お前ちゃんとつくものついて……」

「そこまで言わんでいい！」

上亮が講習時の自分の台詞《せりふ》を再現すれば、流山は金切り声を上げて止める。

長く広報や法務、企画部に所属していた副署長からすれば、上亮の態度は全く理解できない。千曲の顔が「いつものことじゃないの」と諭していても、引き下がるどころか上亮の日頃の様子にまで話を広げる。

「今のこの瞬間の勤務態度だってそうですよ。いったい何度私はあなたに腰巻き禁止と言ったと思ってるんです？」

「現場じゃ一目で俺だってわかるんでありがたいって言われているんですけど」

「我々は常に市民の目を意識しながら仕事をしなくてはならないんですよ。この前も第一消火隊と小競り合いを起こしましたね？」

「点数稼ぎに躍起な第一隊の皆さんがつっかかってくるのがいけないんです。オレンジ（※レスキュー隊）の専任部隊を目指すとか言ってますけど、あんな口だけの連中、上にあげたらロクなことになりませんって」

「勤務態度を見ればあなたは彼らの足元にも及びません。最近はインターネットが発達してるんです。どんな姿もスマートフォンで撮られてすっぱ抜かれると思っていなさい」

「インターネットにスマートフォンって……流山さん、なんかおっさんの物言いッスね」

「やかましい！　メールの添付ファイルもロクにひらけない機械音痴はあなたの方でしょう！」

自分よりはるかに高位の職位についている相手でもお構いなしだ。上亮は苦言をひらりひらりとかわし、時折反撃のジャブを入れる。

慣れていないと、うまく叱ることができない。流山は年季の入った署長室の天井を見上げた。

「あなたのためを思って連れてきたというのに。こんな跳ねっ返り、面倒見てくれるのは笹子《ささご》さんだけですよ」

「そうッスね」

上亮の顔に反省の色は全くない。それどころか、〝下品で口の悪い消防士〟という己の存在を全面的に肯定している。

憎たらしい顔には、自分の所属に対する誇りすらあった。

「あなたっていう人は……」

流山が更に言葉を重ねようとして、黙る。

横の千曲が大きく鼻息をついたのだ。勢いで机の上の書類が少し浮いた。

「そうよねぇ。なえちゃんはそういう子だもんねぇ」

にわかに上亮の全身に鳥肌が立つ。ふた回りも歳の離れた男、それも上司にあだ名で呼ばれてもまるで嬉しくない。しかも本人非公認のあだ名だ。

「やっぱりもうちょっと痛い目見ないとわからないかしら」

千曲は「人格はアレでもやる事をきっちりこなせば、消防署長も夢じゃない」という道理を体現している男だ。仕事ぶりは敏腕で、決断は恐ろしく早い。

上亮は目つきを鋭くした。

「俺を現場から外す気ですか？」

痛い目なんてものではない。上亮にとっては死刑にも近い処分である。

消防学校を出て十年。経験は十分。身体能力もピークを維持している。大きな火災も何度か経験し、無事仲間と生還した。まさに脂が乗り始めた時期。ここでバックヤード部隊に飛ばされるなんてたまったものではない。

上亮はさげた拳を固めた。

「千曲署長。俺は現場でしか生きることができない人間です。火消しのために消防にいるんだ。使い所を見誤んないでください」

語る顔は凜々しい若武者を思わせる。自分の命を懸けて働いてきた男だけが見せることができる面持ちだ。普通の上司なら、部下の熱い台詞を汲み取るところだろう。

だが千曲は一筋縄ではいかない。

「えぇ～？　自分のこと、何様だと思ってんのぉ？」

弾んだ声のまま、上亮の覚悟をバッサリと切った。口数の減らない男が怯んだのを確認し、身振り手振りを交えて補足する。

「人事は僕たちの仕事。なえちゃんをどうするかは僕や流山副署長が決めます。なえちゃんは二言目には現場現場って言うけど、それ現場以外何も見えてない事の裏返しよ？僕と話をするには二十年早いわね」

千曲のお説教は流山のようにはいかない。ふざけているようで的確だ。貼り付けているのは口答えを許さない凄みのある笑顔ときているのだから、余計にタチが悪い。

上亮は顎を引いて底の見えない上司に険しい顔を向けた。傍目から見れば、今にも殴りかかりそうな目つきである。

「なーんてね！」

千曲はすぐに声音を元に戻した。朗らかな顔を作り、友好の証とばかりに手を広げる。

「ジョーク、ジョーク！　僕は冗談の通じるなえちゃんが好きよ？」

芝居掛かった言い草をすると、千曲の顔は狸のように見える。目元のくぼみがよく目立つのだ。

「なえちゃんが『現場バカ』って言われるくらい仕事熱心なことは僕たち皆知ってるもの。いろんな経験をもっと積んで欲しいと思ってるわ。良くも悪くもね」

千曲の言葉にはわずかな含みがある。

上亮は、その意図を読み取るのに数秒かかった。くぐもった声で礼を述べる。

追及はしない。下手に藪をつけば、それこそ内勤に飛ばされてしまう。

「物わかりのいい子は好き」

千曲はキャビネットに手を伸ばす。中から出した紙袋には〝署長特製猛反セット〟が入っている。

「最近それ使ってるのなえちゃんだけよ。気をつけてね」

お開きの合図である。上亮は挨拶もそこそこに署長室を後にした。

扉は中々閉まらない。廊下を行く上亮の足音がいつまでも残る。顔をしかめたくなるような音だった。

千曲の机の上に置かれている夕暮消防署のマスコット、消し太郎くんの顔も何だかげっそりしている。

「ハァ……」

たっぷりと間を開けた後、流山がため息をついた。

「可愛くない。本っ当に可愛くない。どうしてああも素直でないんでしょうね。こっちは心配して言っているというのに」

「ふふふ」

まるで年頃の息子に手を焼く父親だ。千曲は独特な笑い声を伴って同意する。

「そーねぇ、気持ちの切り替え方は人それぞれだものねぇ。余計なお世話だったかもしれないわ」

千曲が「あの子何年目だっけ？」と問えば、流山が「もう十年目ですよ」と忌々しそうに答えた。十という数字をこれでもかというほど強調する。年次に合わないトラブルを連発する上亮への当てつけだ。

「十年目にして初経験ってわけなの。若いわねぇ」

「辛いんですか？」

流山は短く尋ねた。

上亮に揶揄された通り、流山は内勤だけでここまで上り詰めた男だ。現場に出たことがないという事実は、消防署での共通意識を一部欠いた状態で働いているに等しい。自分に弱点があることは、流山自身がよく知っている。

千曲の顔から笑顔が消える。

「一生モノのトラウマよ」

被せるように署内アナウンスの音が入った。

出場要請だ。街のどこかで、誰かが助けを待っている。

「〝要救助者を助けることができなかった〟、〝炎に焼かれ死んだ人を見てしまった〟」

行かなくてはならない。昨日、何が起ころうと。一昨日、誰を失おうと。

千曲は窓の外を見下ろした。上亮が署長室のある本館から外に出て車庫の方へ向かおうとしている。

「なえちゃん。命を救えなかった自分が許せないと思うのなら、早くなんとかしなさい。そうじゃないとあなた、現場で死ぬことになるわよ」

底冷えした曇天の下を歩く消防士の姿は、どこか痛々しかった。


上亮がポンプ車の脇で黙々と腕立て伏せに励んでいると、二人の男が声をかけてきた。

「うわ、なっさんソレ……」

「はは、上亮。またやったのか?」

ラメが眩しい三角のパーティーハット、頬の辺りにキスマーク型のシール。千曲署長の唇を模して造られたと専ら噂の品だ。とどめに選挙候補者のような派手なタスキをかけている。

記されている文字はこうだ。〝猛烈反省中〟。

上亮が署長室を去る際、持って行けと言われた〝署長特製猛反セット〟の中味である。

消防士は体が資本だ。遅刻や居眠りを叱るにも、怪我や事故につながりかねない罰を科すのはご法度中のご法度である。代わりに用意されているのがこのお祭りセットだ。

「懸垂中にその格好見ると手元が狂いそうになるんだよなぁ」

「米さんは笑いの沸点が低すぎるんですよ」

上亮に米さんと呼ばれた男の名は、米津聡《よねつさとし》。夕暮消防署第二消火隊、通称笹子隊のポンプ係であり、上亮のすぐ上の先輩にあたる。

爽やかという言葉が似合う顔だ。仕事ができ、愛想も良く、金銭感覚も女の趣味もまとも。何より、人体で最も鍛えるのが難しいとされている広背筋を完全攻略した男として署内では有名である。

「さっきの通報はガス漏れだ。応援要請は来てない」

夕暮消防署には五つの消火隊があり、その内二つが常に活動できるよう、シフトが組まれている。上亮が所属する小隊は今日、応援要請が出て初めて出場する、第二出動隊扱いとなっていた。

なので今、上亮たちは待機中だ。ぴかぴかと光る真っ赤な水槽付きポンプ車の脇には隊員のために用意されたトレーニングセットが置いてある。あと二、三時間もすれば指令室勤務だ。交代で仮眠をとりながら夜を越える。

「上亮、何セット目だ？」

「二セットです」

米津は飛んできた答えに迷うことなく、「付き合うよ」と応える。コンクリの床に敷かれた薄いマットの上に、上亮よりも一回り大柄な体を投げ出した。

「ありがとうございます」

「当然だろ？　チームなんだから」

先輩の鑑のような口ぶりだ。今更百回や二百回の腕立てなど苦ではないというのも一因だろうが。

困ってしまうのは、米津とともに来たもう一人の男である。慌てて視線を来た道に泳がせた。

「あー、俺。操作盤の点検しようかなぁ」

こちらは上亮の後輩に当たった。名前は芦谷《あしや》直樹《なおき》。内勤副署長こと、流山ほど貧相な体はしていないが、面持ちや雰囲気はそこら辺の大学生と変わらない。

白々しい芦谷の声に上亮は意地悪く口の端を歪ませた。

「逃げんなよ芦谷、俺たちチームだろ？」

「だとしてもポジションが違います」

芦谷は米津や上亮を火災現場まで連れて行く運転手だ。機関員と呼ばれている。消防士と違い、炎と直接戦うことはない。

「馬鹿。筋トレが無駄になることなんてないんだよ」

「直樹、トレーニングはいいぞ。人生の悩みの七割五分はトレーニングで解決する」

先輩二人の顔に迷いはない。上亮は真顔だし、米津は穏やかな笑みを湛《たた》えている。

芦谷は忌々しそうに「筋肉信者共め……」と吐き捨てた。

「入信しろ。そしたらわかる」

「絶対嫌ですよ。なんですか七割五分って微妙な数字。残りの二割五分はどうすんですか？」

芦谷は早々に腕立て伏せを終わらせた二人に尋ねる。次は腹筋だ。息を切らすそぶりも見せず、米津は白い歯を見せた。

「そこは個人に紐づくかな。俺は嫁さん。こいつはバイク」

その言葉にシナプスを刺激されたのか、芦谷は「思い出した！」と声を爆《は》ぜさせる。頼まれてもいないのに捻り腹筋を始めた上亮に詰め寄った。

「なっさん。この前の合コン、なんで途中で帰ったんですか？」

「車検忘れてたんだよ。あとゴリラしかいなかったから」

「俺が全力で選りすぐった生保レディをゴリラ呼ばわりとか酷すぎやしないですか？」

昨年米津がめでたく結婚し、隊の独身三人衆を一抜けした。それからというもの、芦谷は色気のない先輩に人類の恋人を持たせようと躍起になっている。

「こっちはなっさんの売れ残りを心配してやってるのに。そもそも、なっさんの女性遍歴ってどうなってるんですか？」

アポロキャップの奥で芦谷の小さな黒目がせわしなく動く。上亮は煩わしさを隠さず、「語るほどじゃねーよ」と吐き捨てた。

「ほら、口じゃなくて体動かせ。お前、午後練で回数ちょろまかしてただろ」

急かしても芦谷は上体起こしの体勢を作るそぶりさえ見せない。懲りもせずに「今一番心配すべきは俺の肉体改造よりなっさんの恋愛事情だと思いますけどね」と続ける。

「このままだとなっさん、マジで隼《ハヤブサ》と結婚ですよ？」

「……別にいいだろ」

「つまり、一生タンデム童貞」

「おい！」

上亮が牙をむいた。勢いよく体を起こし、逃げようとする後輩に飛びかかる。

「ハラスメント！　言い訳できないハラスメントですよこれ！　日本語なら暴力だ！」

コンクリ打ちの車庫に米津の笑い声が響く。この場で上亮を止めることができるのは米津だけだったが、笑い上戸の当人は腹を抱えて倒れている。全く使い物にならなかった。


部活帰りの学生の賑やかな声が聞こえるようになった頃、米津が「直樹」と口火を切った。

「これから消火栓点検行くよな？　西ルート？」

消防車が放水に使う水は、街の消火栓を利用する。こまめに状態を見に行かないと、いざ消火活動をするという時に鉄蓋が取れなくなっていたり、栓が回らなくなっていたりする。

芦谷が「そうですよ」と肯んじた。

「俺と上亮を途中まで乗せていってくれ」

「お安い御用です。どこまでですか？」

「大工町三丁目」

米津の答えに上亮の顔が僅かに曇った。

芦谷も固い声で確認する。

「あれですか？」

「そう。一昨日のな。火災現場の実況見分」

消防の仕事は、何も火を消すことだけではない。火事が起きた現場を調べ、出火箇所や原因を特定するところまで行う。調査結果は事故再発防止の情報、そして建物の損害を証明する「不動産り災証明」の発行に利用される。

この証明書の程度によって、火災保険の適用額は大きく変わる。「済んだことだから」と軽い気持ちで鎮火した現場に入ることはできない。死者が出ていれば尚更だ。

「でも変ですね？　昨日もうちの火災調査課が出張所の人と現場見たんでしょ？　なんでまた行くんですか？」

「警察の要請って言えばいい……かな？」

後輩の質問に、米津は目を細める。嘘がつけない性格のためだ。言葉を選ぶように途切れ途切れに続けた。

「見分は確かに一回行われたんだけど……うまくいかなかったんだよ。混乱した現場だったしな。火災調査課は事故って判断したんだが、警察が却下したんだ。もう少し話を聞きたいから、第二出動隊だったうちも来て欲しいんだそうだ」

「ふうん」

「なんですかそれ」

鼻にかかる声を伴って芦谷は納得したが、隣の男は逆に眉を吊り上げる。

「昨日は大工町出張所の人たちも行ったんですよね？　実際に俺らと一緒に現場に立った人間の証言が『信じられない』ってどういうことなんスか？」

紡ぐ言葉には現場に対する圧倒的な信頼がある。上亮は畳み掛けた。

「こっちはプロだ。寝言なら寝て言え」

「ま。そう思っちゃうよなぁ……」

米津は困り眉を作って同調した。内心、これ以上言えるわけがないと人知れず滝のような汗を流す。

本当の要請は、上亮の怒りを増長させるようなものだ。短気な男に『最初に火災現場に突入した消防隊員を連れて来い。そいつが死体の第一発見者なのだから』なんて、ありのままに伝えたら何が起きるかわかったものではない。

米津は腕を組んで暗い色の空を見上げる。少し声色を変えて切り出した。

「上亮、師匠のこと覚えてるよな？」

「秩父《ちちぶ》師匠ですか？」

「そう、秩父師匠」

時代錯誤な呼称だ。だが、指しているのは芦谷よりもさらに年下の男である。三人が一時期はまっていたオンラインゲームのパーティーメイトで、超越したゲーム技術から「師匠」と慕われている。

その正体はこれから上亮たちが会う夕暮警察署の新人刑事だった。

米津は鼻の頭を少し掻いた。本気で困った時にする仕草であることは上亮も芦谷も知っている。

「さっき連絡くれたんだけど、前倒しですごい謝られたんだ。今年から、師匠のところに〝やばい人〟が来ちゃったんだって」

「やばい人？」

「うん。よくわかんないんだけど」

米津はポケットからスマートフォンを取り出し、画面を後輩たちに見せる。タイムラインには土下座する猫の画像がずらずらと並んでいた。

「なんでも、すごく頭がいい人らしい」

「ナシだな。チェンジで」

話の腰を折った上亮に、芦谷が「ちょっと！」と短い眉を吊り上げる。米津はというと、笑いのツボに入ってしまい続きを喋れずにいた。腹を抱えこんで十数秒震える。

やっと息を整えた米津の話は、ドラマの設定のようだった。

なんでもその刑事、アメリカからの帰国子女で、学歴も申し分なし、前にいた麻布警察署ではどんな難事件も必ず解決させていたのだという。

「それでついた通り名がな……」

「通り名？　本当にサスペンスドラマじゃないですか」

ぷぷぷと芦谷が吹き出す。

「〝火事場の奇人《シャーロック》〟なんだそうだ」

米津は同調することなく続けた。

自分でも信じられないことを口にしている、そんな顔をしていた。


上亮たちを降ろした後、芦谷は慎重にアクセルを踏んでポンプ車を発進させた。

大工町は夕暮市の南に位置する。戦後に建った個人商店がひしめき合うエリアだ。アパートや民家もコンパクトに作られており、細い道が多かった。

日は、とっぷりと暮れている。あの時と同じだ。

「大丈夫か？　上亮」

隣に立つ米津の声は、いつも以上にこちらを気遣っている。側のカーブミラーを見上げると、確かに己は絶好調とは程遠い顔をしていた。

上亮が気丈に返事をしようとしたところで、後ろから声がかかる。

「米津さーん。なっさーん」

ぽちゃぽちゃとした赤子をそのまま大きくしたような体型の男だ。短い手を振りながら駆け寄ってくる。

秩父圭一郎《けいいちろう》。通称、秩父師匠だ。

「こんばんはです」

「やぁ。オフでは久しぶりだな、師匠」

「それで、後ろにいるのが夕暮警察署の……？」

「どうも～。捜査一課の松山《まつやま》です」

シミのついたトレンチコートに、もう直しようがないといった感じの猫背。従える部下達とは親子ほどに年の開きがありそうだ。

「秩父が師匠ならさしずめ私は大師匠ですなぁ。ははは」

語尾を伸ばす癖があるのか、どうも喋り方に締まりがない。

「紹介します。周防《すおう》と糸魚川《いといがわ》。二人ともうちのチームの主力なんですわ」

「どうも」

「よろしくね」

こちらは米津と同じ年くらいか、二人とも「YUGURE POLICE DP.」という文字が記されたジャケットを着用している。凶悪犯を相手にする捜査一課らしい、厳しい顔の持ち主達だ。

唯一の女性メンバーである糸魚川でさえ、ひと睨みで大の男を威圧できそうな迫力を備えている。巷で流行りのふわふわとしたスタイルと真逆をいくうねりのないストレートの髪型が、本人の気の強さを表していた。

秩父はネット対戦中、「皆さん、うちの先輩たちと比べると殺意が足りないんですよねぇ」とよくこぼしていたが、冗談ではなかったらしい。

「これで全員なんですか？」

現場近くのコンビニ前で合流という約束である。

米津の質問に松山は取り繕うような笑みを浮かべた。

「えーっと、実は後一人、今年から来たうちのトップエースがいるんですけどねぇ。ちょっと手が離せなくて……ははは」

誰の事なのかはすぐにわかる。ちらと秩父の顔を見れば当たりのようで、松山のさらに後ろから荒振神《あらぶるかみ》に拝むように手を合わせていた。

上亮が「どこにいるんです？　そいつ」と嚙みつくように尋ねる。松山ではなく周防が短く答えた。

「現場だ」

冷たい印象を与える切れ長の目に負けず、口から出る言葉も刺々しい。初対面だというのにいきなり苛立ちをぶつけられ、上亮は顔を強張らせる。

「悪い。あんたに怒ってるわけじゃないんだ」

自分には愛想がないという自覚があるのか、周防はすぐさま謝罪する。その様を見た糸魚川がふっと笑った。赤い口紅が形良い唇を強調する。

「正確に言うと、あいつ、昨日から帰ってないの」

「帰ってない？」

「そう、帰ってないのよ。『納得がいかない』の一言で現場に張り付いたまま。食事も睡眠も一切ナシ。一緒に仕事してるこっちからすれば本っ当迷惑よ」

吐き捨てるような語調だ。件《くだん》の奇人への敵意を隠そうともしない。

米津は目尻を下げる。無意識にだろう、鼻の頭に右手の指が伸びて、ギリギリ止まっていた。

「こら〜、消防さんが一緒なんだぞ。いつも以上に感じ良くやってくれ」

松山はオーバーアクションに懇願するが、周防は眉一つ動かさないし、糸魚川は鼻で笑ってあしらう。三人が三人、これが初めてのやりとりではないと教えている。

「上亮。なんか、マジでやばそうだな」

「そっスね」

食事なし。睡眠なし。納得するまで現場から離れない。こんな場で聞いていなければ、話を盛っているとしか思えない。だが、これだけ沢山の人間が口を揃えて不平をあらわにする様を見ると、嫌でも信じてしまう。

夕暮警察署にやってきた天才刑事は、事件解決だけを追い求める変わり者なのだと。

「松山警部がなんと言おうと、今日こそ連れ帰りますよ。あいつは火災捜査を何も分かっちゃいない。一人にしたら何をしだすか……」

「フフ、今頃、仮説を検証するとか言って現場に火をつけているかもしれないわね」

「なんだよ、それ！」

聞き捨てならない台詞に全身の毛が逆立つ。

上亮は反射的に駆け出した。訓練で鍛えた足を使えば、米津の制止の言葉はあっという間に後ろへと消える。

一度来たことのある場所だ。道はしっかりと覚えている。

それどころか脳は、頼んでもいないのに景色を塗り替えていく。

雪が火の粉のように降り注いでいた。昇る煙の内側が赤く染まっていた。誰もが叫んでいた。中に人がいる、逃げ遅れだと。消防士たちの奮闘を嘲笑うように火柱が上がる。

(俺がもっと上手くやっていたら……)

階段を上がり、煤の匂いが残る廊下を進む。後悔を拭うこともできないまま、上亮は再び２０３号室に飛び込む。

天井の落ちた部屋が視界を満たす。廃墟は容赦無く消防士を責め立てる。

足の感覚が消える。腰のあたりに冷たいものが流れ込む。喉が詰まる。

上亮は天を仰いで叫ぶ。慟哭に変わるのは時間の問題だ。

(誰も死なずに済んだのに！)

激情を吐き出すにはそうするしかなかった。

体を内側から壊すように、濁った声を発する。フローリングの廊下を歩ききることができない。その場で四つ這いになる。

息継ぐ間すらない。吐き気がする。構うものか。自棄になった頭が告げる。

「やめるんだ」

その自傷行為を止めたのは、とても静かな声だった。

「月に吠えたって何も得られない」

上亮は目を見開いた。人がいるとは思わなかったし、何より部屋の奥の暗闇から現れた男の姿は、上亮の思考の範囲を超えていた。

ぬけるような乳白色の肌に、柔らかそうな質感の髪。流行りを上手に取り入れて、少し重めの前髪を作っている。鳥の嘴《くちばし》のような高い鼻には、薄いリムの眼鏡が載っている。品のいい形をしていた。

服は黒のスーツに、深緑のモッズコート。典型的な熱血刑事ファッションだ。しかし、どこまでが足なんだと言いたくなるような長身と、身につけているもの一つ一つに光るセンスが野暮ったい印象を消している。

「待っていた。随分と遅かったな」

何よりも、目が違う。北国の出なのだろうか、瞳の色が薄い。薄く、澄んでいるのだ。見ていると吸い込まれそうになる。

「僕の名前は穂村彗星《ほむらすいせい》。繰り返し言おう。僕は君を待っていた」

フランス人形が喋ったならば、きっとこんな感じだろう。自己紹介こそするが、ニコリともしない。

彗星は煤色に染まったフローリングの上で手を広げる。

「僕たちの仕事は実にシンプルだ」

舞台に上がった役者のような振る舞いは、長い手足を使うと絵になる。

「この焦げ付いた空間から、真実という名のダイヤモンドを拾い上げること！」

とはいえ、上亮には全くピンとこない。

こみ上げる感情をそのまま口にした。

「中二病かよ、その顔で」

聞こえるように言ったつもりだったが、彗星は眉一つ動かさない。代わりとばかりに上亮を見下ろす。

「さあ、早速取り掛かるぞ。いつまでそこに負け犬のように這いつくばっているんだ？」

「あぁ？」

上亮の中で吐き気は不思議と消えていた。

それどころではなくなった、ということだった。

先頭を行く松山がひょいと片足を上げて倒壊した柱を乗り越える。言うまでもなく黒焦げである。

「さぁ。今日こそさっさと切り上げよう。タクシー代は出ないぞ〜。自腹だぞ〜」

先行きが不安になる台詞だ。後に続く上亮は短く息をついた。

畳五枚分の狭い部屋だ。残留物が散乱し、足の踏み場はほとんどない。大人数が同時に入れば、息苦しさすら感じる。仲の悪い同僚であれば尚更だ。

「糸魚川。お前、こんな日にヒールとか常識なさすぎだろ」

「は？　なにそれセクハラ？」

「どこがセクハラなんだ。そうやって全方位に喧嘩売るのいい加減やめろ。ハリネズミ

「もともとこういう性格なの？　なんか文句ある？　つか、ハリネズミって何？　可愛いの？　可愛くしたいの？　私を？」

「ノーコメント」

十分肝の冷える会話だというのに、ガスと電気の配線図を取りに行っていた秩父が「わあ、恋人みたいですね」などと無邪気に言うものだから、上亮も米津もすくみ上がる。案の定、間の悪い男は先輩二人に睨まれた。

しょげきった様子で秩父は昨日までの見分で明らかになっている情報の展開を始める。

「火元はここ、ジャワ・ハイツ２０３号室です。被害者は住人の田中友則《たなかとものり》さん」

「通報ではサラリーマンの部屋って聞いたけど……実際はどうなの？」

米津が問えば、「えーっと」という秩父の声とメモをめくる音が重なり合う。

「浜松町に勤めていた派遣のプログラマーさんだそうです。歳は二十四歳。実家は北海道。上京して一、二年って感じですね。死因は喉の火傷ですけど、体表面はほとんど焼けました」

「でしてね～」

すかさず松山が部下の説明を引き受けた。ぴっと立てた指は、集中して聞いて欲しいという合図だ。

「夕暮消防署の皆さんの方がよくご存知かもしれないんですけど、見ての通り２０３号室は壁三面と床半分以上焼けた、いわゆる全焼なんですわ。壁も防火材を全然使ってなかったから、隣二部屋までキレイに燃えちゃってます。幸いにも、両方空き室だったんですけど」

器用にも松山は頰を片方だけ上げる。左右にやった視線の先には、大穴が開いて、眺めのよくなった隣の部屋があった。人ひとりが通れそうな穴の向こうに窺える隣室の焼け具合はこの２０３号室と比べるとかなり控えめだ。生活がなければ、燃えるものも少ない。

「下の階も空き室でしたっけ？」

米津の質問に松山は頷く。

「そう、みーんな空き部屋。まぁ、壁薄いし、バス使わないと駅まで出られないし、人気なかったんでしょうな。大家は全面建て替えを計画していたみたいだけど、これなら安く済みそうだ」

松山は不謹慎な笑いを上げる。リアクションが取りづらい。米津や秩父ですら曖昧な笑みを浮かべる程度にとどまった。

嫌な流れを変えようと、今度は米津が消防の調書を読み上げる。

「発見が遅れたのは隣に人がいなかったからですね。大工町出張所に出場命令があったのは、十三日の午前三時四十六分。新聞配達員が妙に明るい部屋があることに気づいたことがきっかけです。その時点で窓の中は真っ赤になっていた」

通報から五分後、派出所の普通ポンプ車がジャワ・ハイツから二筋隣の大通りに到着した。消火活動を開始するも、二台では完全鎮火は無理と判断し、市内の消防署や派出所から増援部隊を投入する。

　上亮達が合流したのは要請から十分後、四時三十分のことだ。最終的にはポンプ車三台が出動し、近隣住民に避難を依頼する大騒ぎになったのである。

「はしごは出せなかったの？」

　糸魚川だ。火元が二階であることを踏まえての質問である。警察の持っている情報と消防の情報をすり合わせる意図が感じられた。

「お、流石《さすが》。糸魚川は鋭いねぇ」

　松山がぱちんと指を鳴らす。

　するとどうだろう。名を呼ばれた女性捜査員の表情がみるみる変わった。鼻を貫いて、さっと両頬に朱が走ったのだ。

「やめてください」

「え～、褒めてるだけなのに。なあ、周防、秩父。今の糸魚川、グッドジョブだよな」

　周防は何も言わない。その方が、顔に似合わず照れ屋な同僚のためになるとわかっているようだ。対する秩父は元気よく「はい！　グッドジョブだと思います！」と答えて、再び糸魚川に睨《ね》めつけられていた。

　米津は震えを堪《こら》えて頷いた。体に正直になって笑ったら、それこそ話が進まない。

「このジャワ・ハイツの前の道は私道で道幅が法定ギリギリなんです。うちの機関員の言葉を借りると、『絶対四メートルないですよ、こんなん！』と憤慨するくらいで、はしご車の車幅じゃまず入れないですね」

「なるほど。大工町らしいわね」

「ええ」

「燃えるの速かったでしょ？　三匹の子豚の次男の家って感じだもの」

自分で調べてきたのか、糸魚川はジャワ・ハイツの施工記録をスラスラと読み上げる。その内容は上亮の耳にもかなりの手抜き工事が行われていたように聞こえた。

二階建ての建物は、必ず外壁に防火素材を使わなくてはならない。大家と建築士が一体どんな誤魔化し方をしたのかは不明だが、今頃あちこちの機関から違反を問われているはずだろう。

「保険会社にも虚偽の申請してたみたいだから、入るものも入らないでしょうね。本当、馬鹿よ」

糸魚川の辛辣な言い方はどこか耳に残る。自分に向けられた言葉ではないとわかっていてもだ。ただ、上司にやんやされるのが嫌だからかもしれないと思うと、糸魚川のつんけんとした態度は少しだけいじらしく見えた。

「やはり田中の私物はほとんどないな。仕事のものばかりだ」

周防がゴム手袋をした手で汚れたプラスチックケースを摑み上げた。ラベルには「統合試験実施記録／リプレース用.ver3」と書かれている。

趣味でやっているものとは到底思えない。

松山が顔中にシワを作った。

「きついな〜。持ち帰り残業って奴だ。田中さん、社畜だったんだね」

「そのようです」

周防が短く頷く。話す敬語は丁寧だが、質感はやはり冷たかった。

「勤めていた会社の人の証言だと、家に着くのは十二時越えてからで、朝七時には出て行くみたいな生活をしていたそうです。いつ倒れてもおかしくないという感じで、シャツのボタンを掛け違えていても、鞄が全開でも、人に教えて貰うまで全く気付いていなかったと」

「ううう。人のこととは思えない使われぶり……」

松山はスーツの裾で鼻をかむふりをする。小芝居に付き合う者は現れなかった。

「部屋を見るだけで人となりがわかるわ。仕事漬けって感じ。何が人生の楽しみだったのやら。こんなゴミだらけの部屋で寝る生活だなんて……」

「ゴミだらけの部屋?」

米津の確認に、糸魚川は手短に補足した。

「昨日、大工町出張所と調べてここからここまでは全部ゴミ袋が燃えたって事がわかったの」

糸魚川が指しているのは部屋の半分だ。毎週回収車が来ていたはずだろうに、ずっとタイミングを失っていたのだろう。延焼材としては十分である。

「ねえ、師匠。警察としては放火や自殺の可能性は考えてるの?」

米津の質問に、秩父は「リアルに師匠はやめてくださいよう」とくすぐったそうに体をくねらせる。一通り照れた後、簡潔に結論から始めた。

「考えてないです。野次馬の中にも不審な者はいませんでした。放火犯って、自分の仕事を見に現場にやってくる傾向があるんですけどね。周辺を探ってみても、それらしい人物はいませんでしたから」

自殺の線も同様である。周防が確認した限りでは、田中に職場で変わった様子は見られず、クレジットの履歴には来月のライブイベントのチケット決済があった。

「言いたいことは言う性格だったようだ。部屋と真逆で、あまり物事を溜め込むタイプでもなかったらしい」

「なるほど」

周防と米津のやりとりを聞きながら、上亮は足元を見た。ロゴの読めなくなった乾電池が転がっている。火事が起きる前はどこにあったのか。疑問はすぐさま忌まわしい光景を瞼に蘇らせる。

また胃がムカムカしてきた。短く息を吐き、呼吸を整える。

集中しろ、と自分に言い聞かせる。

「で？」

聞きたいことはただ一つだ。

なぜこんな特大サイズの違和感を全員で無視できるのか。怒りすら覚えている。

とびきり機嫌の悪い声を作って、上亮は今までの会話に一ミリも入ってこなかった夕暮警察署火災捜査班員を指差した。

「さっきからこいつは何やってんだよ？」

「見てわからない？　捜査よ」

糸魚川の煽るような返事に、上亮は「ふざけろ！　バリバリ遊んでるじゃねぇか！」と吠え返す。

「えーっと……秩父、彗星くんのつけてるアレ。なんて言ったんだっけ？　ＶＭ？　ＦＭ？」

「それは東京です」

上司の頓珍漢な質問に、周防は律儀に突っ込んだ。尋ねられた秩父は「も〜、警部。前も教えたじゃないですか〜」と、孫みたいな声を出す。

「ＶＲですよ、ＶＲ。つけているのはヘッドマウントディスプレイです」

彗星は一人、周囲とは違う景色を見ている。ダイバーのゴーグルにも似たデバイスを装着し、キョロキョロと辺りを見回しているのだ。

顔の半分を真っ黒なディスプレイで覆った姿は、上亮に親しみと真逆の感情を呼び起こす。

「危ないだろ、どう考えても」

ヘッドマウントディスプレイは視界が完全に塞がれてしまう。こんな瓦礫だらけの部屋で着用したらいつ躓くかわかったものではない。

「消防署に救急車も置いてあることを忘れてるのか？」と目くじらを立てる。

彗星の代わりに秩父が口を開いた。

「穂村先輩は〝情報系〟なんです。目撃者の証言や田中さんが昔ＳＮＳにあげていた写真から、火災発生時の部屋の家具や置かれていたものをディスプレイの中に再現しているんですよ」

「へぇ、格好いい！」

米津に褒められ、秩父は恐ろしく得意げだ。鼻からはふんすふんすという独特な音までする。

だが、ご機嫌な表情は二秒と持たなかった。

「違う」

冷たい声が秩父をぴしゃっと抑えつけたのだ。

「正確には透過処理を施している。背景アセットと家具やゴミのオブジェクトの透過度を上げて実際の現場と重ねて見るようにしているんだ。こういう時に凝りだすとキリがない。だから、使っているのは安物のコンポーネントだけ。そんな大したものじゃない」

聞いたことのない単語の連続にクラクラする。日本語なのに日本語としての理解を頭が拒否してしまうのだ。

米津がヒソヒソと耳打ちする。

「上亮、分かったか？」

「俺は自分のスマホもろくに使えない奴ですよ。前に撮った写真を米さんに代わりに共有して貰ったじゃないですか」

「……だったな」

「別に気にすることないですよ、米さん。新しけりゃいいってもんじゃない」

米津が慌てて人差し指を自分の口に押し当てる。彗星の冷めた視線を感じたのか、苦し紛れなフォローを口にする。

「いやぁ、最新機器をどんどん投入してすごいなぁ。警察は進んでるんですね」

「あれはあいつが勝手に持ち込んだ私物だ」

すかさず周防にぶった斬られた。これには米津も押し黙った。

（ダメダメじゃねぇか、あいつ）

呆れ返った上亮の視線の先では、彗星がまだヘッドマウントディスプレイをつけて一人、せわしなく首を動かしていた。


万人ウケする恋愛モノのドラマが終わり、ちょっとコアな深夜番組が始まるといった頃合いに、松山はわざとらしく手を挙げた。

「こんなにも出てこないってなると、やっぱり火元はこれですかね。火事のあった時間、田中が使っていたものなんですけど……」

指しているものを見て、消防士二人は絶句する。

「うわあ……」

「これで発火しない訳がねぇよ」

松山の指の先にあったのは、田中友則が使っていた電気あんかの成れの果てだった。家電販売店でよく千円以下で売られている量産品である。

自動電源オフ機能なんて大層なものは付いておらず、一度つけてしまえばずっと熱を発する。その電源コードを被害者の田中は縄跳びの紐を結わえる要領でひとつに結んでいた。

米津は悲しげに「こんなにケーブルを曲げちゃダメだ」と呟く。上亮も苛立ちを隠さず頷いた。

「あれだけやるなってうちから広報出してるのに」

上亮はコンセント口を覗き込む。プラスチックカバーはボコボコと泡が立つように溶けていた。まだ鼻につく匂いを発している。

静かに結論づける。

「半断線だな」

「俺もそう思うよ、上亮。深夜に帰宅した田中さんが半断線状態の電気あんかを使用。ケーブルが発火してゴミ袋に火が移ったんだ」

「え？　半分の断線でも発火するんですか？」

秩父の質問だ。消防士の回答が来る前に、怖い先輩が「お前も中学で理科くらいやっただろ？」と辛辣なコメントをよこした。

「すみません周防先輩。僕文系なんで……」

秩父が口走れば、周防から「文系だからという言葉は理科数学ができなくてもいい理由にはならん」という耳に痛い追撃がやってくる。秩父は泣きそうな顔で降参とばかりに両手をあげた。

見て見ぬ振りは忍びない。上亮は「大丈夫だ、師匠。大した仕組みじゃねぇ」とぶっきらぼうに助太刀した。

「電気って流れると熱に変わるだろ?」

「はい」

「つまりそういうことだ」

「はぁ」

「だから発火した」

「ええっと……」

上亮の顔に迷いはない。目には自信の色さえある。全く役に立たない助け舟だった。秩父は米津の方を見る。言葉なく「なんとかして下さい」と懇願すれば、気の良い消防士は少し鼻の頭を掻いた。

「えっとな、上亮……」

「なんスか?」

一瞥した表情にまずいと焦ってももう遅い。

米津は満面の笑みを浮かべている。親戚の小さな子どもに向けるような、わかりやすい破顔だった。

「すごくよかったよ」

叱らなくてはならないことがあるならば、その前に必ず褒める。

米津の指導ポリシーだ。

「タイミングが特によかった。篠塚和典のバッティング並みに完璧だった」

「……どうも」

体育会系のイメージが強い消防署の中で、米津は特に後輩に甘い。甘すぎてげっそりする。褒めている内容が斜め上とくれば尚のことである。

米津は腕を組み、演技がかった調子で首を何度も縦にふる。

「後ほんのもう少し、具体的な説明ができたら誰も文句が言えないくらいになってたと思うぞ。惜しい。すごく惜しいよ」

指摘を受けるはずだった上亮だけではない。周防や糸魚川さえげんなりした眼差しを向けている。打たれ弱い新人刑事だけは「いいなぁ……褒めて伸ばすタイプ」と本音を漏らした。

「上亮、今のを踏まえてもう一回師匠に説明してみるか?」

これ以上の誉め殺しは御免だ。いつの日か息をしているだけで大絶賛されることになる。

「いえ。米さん、お手本お願いします」

上亮は躊躇《ためら》うことなく先輩に解説役を譲った。米津は「お前なら絶対できると思うけどな」と名残惜しげに言った後、煤だらけのケーブルを指差した。

「電源ケーブルっていうのは電気を通すための細い芯線を絶縁体で包んだものなんだ。

強く折り曲げると、中の芯線が部分的に切れちゃうことがある。一見すると何も変わらないから、そのまま使用を続けてしまうんだけど……中では細くなった芯線に電流が集中して想定外の熱を持つようになるんだよ」

「へえ～」

「半断線の厄介なところは、断線してる芯線にも電気が流れ続けてるってことなんだ。そういう芯線がくっついたり離れたりしてスパークが起きる。ケーブルなんてあっという間に溶けちゃうね」

「え、溶けちゃうんですか……？」

秩父はぎょっとする。米津の解説に上亮も頷いた。

世には耐熱という言葉が溢れているが、直火の前には無力だ。電化製品のケーブルに使われているポリ塩化ビニルの最高許容温度はたかだか一〇〇℃。対するスパークの火花は一〇〇〇℃を超える。

「うわ、怖い！」

想像がついたのだろう。秩父は自分の体を抱きしめるように腕を回した。

「だからドライヤーや電気シェーバーのコードは絶対に結んで収納するな」

「消防署のお兄さんたちとの約束だぞ？」

「はい！」

消防士二人の結論に秩父は手をビシッと敬礼の形にする。なんとも講習しがいのあるリアクションだった。

「ですよね～」

松山が肩をぼきぼき鳴らしながら会話に割り込んでくる。長時間の立ち仕事で体に限界がきているようだった。

「夕暮消防署の隊員さん達もやっぱりそう言いますよね」

「どういう意味ですか？」

「いやね、昨日の大工町派出所の皆さんもお二人と全く同じことを言ってたんですよ。やっぱり消防さんの見立てはそうなりますか」

一部例外がいるということを匂わせる物言いだ。視線も一瞬、渦中の人間を捉える。上亮も松山の含みを心得て、嫌味ったらしく答える。

「こんだけ立派な溶解痕を見せられちゃ、誰でもそう思うでしょ」

「決まりですな」

秩父の顔がぱあと晴れる。連日働きづめだったのが、やっと報われるのだ。目元には涙すら見受けられた。

「じゃ、消防さんの方で調書作っていただいて、うちは事故情報として記録しときますんで。今回はここで……」

「おしまいに」という言葉は、聞こえてこない。

「視野が狭いんだな」

ヘッドマウントディスプレイ男が綺麗なテノールボイスを発して、松山の言葉を遮ったのだ。

低くしていた姿勢を直し、ゴミ袋の間に屹立する。常人がやれば間抜けな図だが、彗星の佇まいは多くの不都合を霞ませる。一枚の絵のようだった。

「自分たちの都合を優先か？　そうやって真実を灰の中に埋めておく気なのか？」

「そうは言ってもねぇ、彗星く〜ん」

松山は泣きつくような声を出すが、彗星は「僕は納得していない」と取り付く島がない。

その脇で、周防が目つきを平生よりさらに険しくさせた。生意気な口をきく後輩に、ではない。

視線の先には——上亮がいる。

消防士はゆっくり口を動かす。

「おい……」

おおよその人間が、こいつは怒っているとわかる声音だ。

糸魚川は愉快そうに頰を歪め、秩父は竦み上がって真っ青になる。

「悪いがよく聞こえなかった。お前、今なんて言った？」

彗星だけが瞬き一つでそれを受け流す。

「視野が狭い、と言ったんだ。それがプロの見解なのか？　と呆れてすらいる」

どう考えても喧嘩を売られている。買わない理由はない。

上亮は拳を固めて彗星に飛びかかろうとした。すぐさま、米津が後ろから羽交い締めにする。

「待て待て、落ち着け」

「ここまでコケにされて黙ってろって言うんですか⁉」

「子どもじゃないんだから、おかしいと思うならまず口で聞くんだ！　あー、穂村さん？　どうして電気あんかが火元じゃないと思ってるんですか？」

米津の丁寧な問いに、彗星が顔につけていたデバイスをやっと外した。ヘッドマウントディスプレイと眼鏡の併用はしないポリシーなのか、裸眼である。例の宝石のような目がますます際立った。

「炭化深度だ」

消防士達の体がピタリと止まった。もちろん、暴れていた上亮も含んでいる。

掛け直したメガネの位置が気になるのか、彗星はリムをいじりながら解説した。

「火元は最も長い時間、炎に晒される。従って火元にある家具や壁は最も炭化が進む、という理論だ」

「知ってるよ。うちをどこだと……」

「人の話は最後まで聞くべきだ」

相手の言葉を遮りながら吐くセリフではない。「お見事」と言いたくなるダブルスタンダードである。

上亮の青筋はもうどうにかなりそうになっている。見えているはずだが、彗星は涼しい顔で主張を続ける。

「測定結果によるとジャワ・ハイツ２０３号室で最も燃え上がっていたのは……ここ」

す、と長い人さし指を伸ばす。

「東側のゴミ山だ」

彗星が示したのは布団から半歩離れた空間だった。部屋の大半同様、自宅焼却となったゴミ山ができている。その位置はコンセント口とは反対の壁の方が近い。

「ここが？」

上亮は訝しんだ声を漏らした。矛盾は理解できている。

「そうだ。東が一番燃えた。西側に置いてあった電気あんかを火元とするならば、炭化深度と辻褄が合わなくなる。納得できる説明が欲しい」

彗星は居合わせた者の顔をぐるりと見渡した。

高飛車な物言いだ。皆呆れたり、過ぎた怒りで黙り込んだりしている。しかし彗星は瞬き一つ見せない。顔には自分の考えに間違いはないという絶対の自信が表れている。なまじ整った目鼻立ちをしているのが、よくない効果を生み出していた。

わざとらしい、大きなため息が漏れた。

「だからお前は火災捜査がわかってないんだ」

周防だ。口から零《こぼ》したのは、上亮たちと出会った時にも言っていた台詞だった。

言われ慣れているのだろう、彗星はツンとした顔で反論した。

「元組対《ソタイ》（※捜査二課）のあなたと僕のキャリアは一年しか変わらない。一方的な断定をされるのは極めて心外だ。あなたが炭化深度の矛盾を説明できるというのならば……僕も沈黙という選択肢を選ぶだろう」

上亮が一秒で買った彗星の売り言葉にも周防は動じない。三白眼を音なく動かすと、「そういう問題じゃねぇんだよ」とドスの利いた声を出した。

「お前は大事な前提がわかっていない。この空間を見ろ」

冷たい風がジャワ・ハイツ203号室を抜けていく。見上げれば星が冴え冴えと光り、表通りの様子もよく見える。壁や屋根が焼け落ちたからだ。当然、足元には瓦礫が山積し、焼けた遺留物とごちゃごちゃに混ざっている。

それだけではない。とっちらかったゴミ山や家具、中に入るために打ち破られた壁が消火活動の激しさを伝えてくる。多くの人間が現場に踏み込み、部屋の物を散らかし、壊していった。

真相究明のために保存したい。その前に危険を取り払うために破壊しなくてはならない。火災現場は相反する二つの側面を持つのだ。

検証する場所として見るならば、ジャワ・ハイツの状態は最悪と言ってよかった。

「火災捜査じゃ絶対の説明なんてできないんだよ。炭化深度だって、燃えたゴミの中身やスパークで飛んだ火花の方向、火事に気づいたガイシャの行動でいくらでも変わる。消防さんの前で言うのは問題かもしれないが、――〝そんなところまで警察は見るな〟」

絶妙なタイミングでかつん、とヒールが焦げたフローリングを穿った。糸魚川だ。

「穂村。あたしたちはね、警察の、それも刑事課の人間なの。貰っている仕事はこの火事が第三者による放火かどうかを見極めること。火災発生時、部屋にいたのは田中だけ。これは事故よ。誰がどう見てもね」

静かなにらみ合いが続いた。先輩二人に反論されても、彗星は顔色を変えない。瞳は周囲が何を言おうと持論は曲げないと言葉なく謳っている。

彗星の薄い唇が動く。

「だからこそ、彼に来てもらった」

上亮は心臓を直に掴まれる心地を覚えた。夕暮警察署の敏腕刑事が一体何を求めているのか、やっと理解したのだ。

「火災発生時、ここに突入したのは大工町派出所ではなく、彼ら夕暮消防署の隊員だ」

「そう。うちは増援隊だったから現場には遅れてやってきたんだけど、あの日は風が巻いていたんだ。丁度、上亮が居た北側が風上になって突入ルートが開いたんだよ。な?」

「はい……」

やめてくれ。ファイヤーファイターらしからぬ、情けない言葉が頭をかすめる。

襲ってくるのは熱を伴った忌まわしい記憶だ。

彗星は音もなく目を動かす。

視線が、たくましい体と勇気ある心を兼ね備えているはずの消防士の体を捉える。

「では教えてくれ。突入時のこの部屋の様子を」

「それは……」

「どこが一番激しく燃えていたんだ？」

上亮と彗星が向かい合わせに立つと、互いの体型の違いが際立つ。自然と彗星が上亮を見下ろす形になる。

糾弾の姿勢に見えて仕方がない。

上亮は数度喘ぎ、かすれた声で告白した。

「……わからない」

「わからない？」

初めて彗星の表情が大きく崩れた。上亮の肩を乱暴に掴み、畳み掛けるように尋ねる。

「延焼ルートは？　電気火災の有無は？　この現場で……火を、見ていなかったというのか？」

先ほどまでの威勢の良さはどこにもない。彗星の視線から逃れるように瞼を伏せて、上亮は小さく頷いた。

彗星は愕然とした表情を隠さず、胸の内を口にした。

「信じられない。それでもプロか？」

上亮の歯が、欠けてしまいそうなほどの音を伴って軋《きし》む。まずい、と悟った米津が「穂村さん……」と挟むが、彗星が聞いているわけがない。

躊躇うことなく言葉のナイフを振るう。

「君は人間だ。この地上で唯一熱を飼い馴らした種属の一員だぞ。更に言えばスペシャリストである消防士が、燃え盛る火を前に何を見てたって――」

皆まで言えない。

上亮の拳が、彗星の頬を綺麗に殴り抜いていた。

「マルキュウ（※要救助者）に決まってんだろッ！」

その目は輪郭を失うほどに燃えて、揺れている。

「上亮！」

「穂村先輩！」

米津の鋭い声と秩父の悲鳴が和する。あまりの出来事に松山は口をあんぐりと開け、糸魚川は眉をひそめる。

周防だけが動いた。上亮と倒れた彗星の間に割って入る。小柄なように見えるが、上亮の前に飛び込んできた動きは恐ろしく機敏だ。元はヤクザ相手の仕事をしていただけあって、発する空気はこの空間の誰よりも鋭い。一睨みされれば、大の大人でも足を動かすことはおろか、言葉一つ発することができそうにない。

だが、上亮は吠えた。

「俺は消防士だ！」

周防の制止を越えようともがく。道を阻む男の体の先で、無様に尻餅をついている奇人をもう一発殴らないと気が済まないでいる。無骨な手は、何度も空を切った。

気持ちが収まらない。

彗星は上亮が最も大切にしているものを、簡単に踏みにじったのだ。

「人の命を守ることが仕事だ！　こういう場所を作らないことが仕事だ！　テメェみたいに煤の山に難癖つける奴のために命張ってんじゃねぇんだよ！」

「上亮やめろ、やりすぎだ！」

周防の足払いが決まる。一拍遅れて米津が覆いかぶさる。

もう、火災現場の見分は続行不可能だった。


「なえちゃーん。なえちゃん、なえちゃん、なえちゃーん……」

夕暮消防署署長室。上亮にしてみればお馴染みの場所だ。

マホガニーの机の上に鎮座するマスコット、消し太郎くんの顔もなんだか上亮に向かって「よう、また来たのか」と言っているようである。

「流石にこれはフォローできないわよ。殴っちゃうとか勘弁してよぉ」

「すみません」

囁くようにしか返事ができない。

一晩明けて、上亮の頭はすっかり冷めていた。右頬骨のあたりには絆創膏がある。周防に倒されたときにできた傷だ。

千曲も今回ばかりは冗談を挟む気にもなれないらしい。気鬱なため息を何度も漏らす。

「よりによってあの〝穂村さん〟の息子でしょ？　僕の首が飛んだら末代まで祟るわよ」

「千曲署長、あいつの親父さんと知り合いなんですか？」

「まさか……知らないのですか？」

流山が割って入る。呆れかえった声だ。

「あの、穂村さんですよ？」

「不吉な名前ッスよね」

「棉苗さん。今の消防庁長官の名前は？」

「え……――あ！」

上亮が「嘘でしょ息子なんスか⁉」と目を丸くすれば、流山は手で顔を覆った。

「有名な話ですよ。あなたの中以外では。電子署内紙でも見るでしょう？　棉苗さん、メーリングリストを見ていないんですか？」

「なんか、どのメールも文字化けしてて見てないんですよ」

ズボラなアナログ人間の答えだ。

流山は盛大に顔をしかめる。その横で千曲も大きな吐息をついた。

「なえちゃんはよりにもよってな人に手を出しちゃったのよ。誰まで累が及ぶのかしら……考えただけでも震えちゃう」

「え、これ……もしかして隊長にも影響あるんですか？」

「笹子さんよりも僕の心配をしてちょうだい！　僕が路頭に迷ったら妻と娘たちはどうなるの。受験の子もいるのに……」

とうとう千曲に泣かれてしまう。やたらとファンシーなハンカチを使っていた。

さしもの不良消防士も今回ばかりは謝るしかない。千曲には何の落ち度もないのだから。

「責任を感じています」とらしくない言葉を使えば、千曲はきっと目つきを鋭くする。

「そうよ。責任とって一人はなえちゃんのお嫁さんにしてちょうだい」

「待ってください。それはおかしいです」

「なによ。うちの子にケチつけるの？」

「い、いえ。じゃなくて、普通に無理でしょ。三十ですよ、俺⁉」

ついつい現場仕込みの大声が出てしまう。アポロキャップのツバの中で必死で次の言い訳を考えていると、千曲が吹き出した。ベロベロバーでもするようなポーズまで添えられる。

「なーんてね！」

「……」

冗談にしてはタチが悪い。上亮は唇を尖らせて不満を露わにした。

「とってもラッキーなことに不問にして貰えたわ。まあ、警察もよく心得ているのよ。次男様のやることとは手に負えないってね」

千曲は夕暮消防署マスコット、消し太郎くんを持つと「やったね！」と甲高い声でアテレコする。かわいいはずの顔は心なしかブラックに見えた。

上亮は胸のつかえが下りたように息をついた。脳裏には世話になっている上司の日焼けした顔がある。その剛胆な性格を思えば、部下の不祥事の引責を求められたところで眉ひとつ動かさないだろうが、とにかくほっとした。

その矢先のことである。

「ただし、ここからは誠意の世界よ」

千曲は上亮をシビアな現実に引き戻した。にっこりという表現がぴったりな笑顔だ。問題は、ポジティブな感情を伴って浮かべているわけではないということだった。

「次男様、まだ現場から帰ってないそうなの」

食事をしない。寝もしない。

火事場の奇人のキャッチコピーが蘇る。

上亮はキャップ越しに千曲の姿を捉える。声は、自分が思っている以上に低いものが出た。

「行けってことですか？」

「それはなえちゃん自身の判断に任せるわ。どのみち、ジャワ・ハイツの見分調書を出す担当はなえちゃんに変えちゃったから」

「え？」

聞き捨てならない台詞だ。だが、驚きのあまり追及できない。口をパクつかせる上亮に「金魚みたい」と微笑んでから、千曲は作成途中の火災調査書を取り出した。

「倒壊の危険性もあるし、ジャワ・ハイツの解体工事もそんなに待ったかけてらんないのよ。経過報告の通り、電気あんかの漏電火災だと判断するならそう出せばいいわ。まー、そうね。今日いっぱいくらいまでなら待っても……いいかな？」

千曲はひょいと片眉を上げる。険しい顔を作って反論しようとする。ウインクされた。おぞけでどうにかなりそうだった。

「確かに火災現場の見分は難しいわよ。どこもかしこも滅茶苦茶で、前提も補完材料もみんな黒焦げ。どこが先に燃えたのかわかったもんじゃない……ただ、本当にあるかもしれないわ、あの現場」

「何がです？」

不機嫌に問えば、千曲はふふ、と手で口元を隠す。

中世の貴婦人のような仕草だった。

「誰も見つけていない、一級のダイヤモンドみたいな真実って奴が」


千曲の情報通り、彗星は一人ジャワ・ハイツの中を徘徊していた。

上亮の姿を捉えるも、さして驚かない。掲げられた文字を読むように告げる。

「君か」

火事が起きたのは三日前の明け方。消防と警察は翌日に現場に入っている。糸魚川の言葉が真実だとするならば、彗星は今日で二徹目だ。飯に至っては最低でも四食抜いている計算になる。

常人ならぶっ倒れている。東京の冬とはいえ、凍死だってありえる寒さだ。足元には夜のうちに凍った小さな水溜りがあった。

彗星の全身を見るなり、上亮は固まった。ジャワ・ハイツに来るまで散々考えていた謝罪の言葉はどこかにいってしまっている。

「なんか……、雰囲気違うな」

細身のスーツは深い色のパンツとニットに、上亮の一ヶ月の食費に換算されそうな上物のモッズコートは同じように質のいいチェスターコートに変わっていた。眼鏡の形は楕円から黒縁の四角に変わり、髪も昨日会った時とは違う、少し毛先を遊ばせた姿になっている。

「眼鏡が割れたからな。おかげで一度家に帰る必要が出てしまった」

「眼鏡だけ、割れたのか？」

「他に〝割れる〟という言葉を繋げる要素もないだろう。何を言ってるんだ君は」

「じゃあ、なんで着替えたんだ？」

消防士は常に活動服と呼ばれる作業着でいることが推奨されている。出動時に着替える手間を省くためだ。

上亮はこの制度にあぐらをかいている。誰に言われるまでもなく、年中活動服だ。手持ちの私服なんて一年通して両手の指に収まる数だし、髪はいつだって洗いざらし。眉も生まれてこの方、一度も整えたことがない。

彗星の答えに迷いはない。

「眼鏡だけ替えるなんて気持《わ》ち悪《り》ぃ」

「お前の感覚の方が気持ち悪ぃよ」

上亮は呻《うめ》いた。彗星を殴ったことはもう棚に上げていた。

「寝たのか？」

「いや」

「飯は？」

「食べていない。何か問題が？」

目眩《めまい》を覚えるほどに淀みない返事だ。昨日のことがなければ、「大有りだよシャレオツ刑事《デカ》」といった罵声と一緒に尻に蹴りを入れている。

苛立ちをなんとか抑え、上亮は彗星の半歩後ろにしゃがみ込んだ。背にゴミ袋の気配を感じた。

「昨日のことで来たのならば、気遣いは不要だ」

彗星が先に会話を切り出す。

「不本意だが、原因は僕だろう。僕が正しいことを喋ると、時々感情のコントロールができなくなる者が出るからな」

まだ胸の内の怒りの火は消えていないというのに、どばどばと油を注いでくれる。上亮は意識して息をついた。ここにはストッパー役の米津も周防もいないのだ。目つきを鋭くして、尋ねる。

「お前さ、もしかしなくてもロボット？　アイルビーバックするアレか？」

「三点ある。一点目。主観で容姿を訝らないでもらいたい。二点目、質問に答えるなら『それは違う』、だ。僕は生物分類上、君と同じヒト科—ヒト属—ヒト種の生き物だ」

「……………」

「三点目。言葉を知らないのならば教えるが、君が指そうとしているヒト型ロボットはアンドロイドと呼んだ方がいい。用語は正しく使うべきだ」

「いちいち腹のたつ言い方しかできないのか、お前は」

昨日の振る舞いを反省した上で来ているはずなのに、また手が出てしまいそうだ。上亮は体をわなわなと震わせた。

「そんなに嫌なら帰るといい」

「こっちには面子《メンツ》と誠意ってもんがあるんだよ」

つまり「大人の事情を汲んでくださいこの野郎」である。上亮の理性は笹子や米津……それからわずかではあるが千曲の存在によって保たれている。

彗星は静かに断言した。

「大河《たいが》はそんなこと気にしない」

上亮は目を丸くする。

「タイガ？　誰だそれ？」

「松山大河だ。昨日あれだけ話していただろう」

「え？」

うっかりどけてあった屋根タイルの山を崩しそうになった。

彗星は目を細めた。非難の色を隠そうともしない。

対する上亮は未来人どころか、遠い星から来た宇宙人でも見る心地だ。「お前のせいだろうが」と言い返すことも忘れ、恐る恐る確認した。

「お前……自分の上司を呼び捨てにしてるのか？」

「問題が？」

「あるだろ！」

こっちの肝が冷える態度だ。彗星本人は本当に気にしていないようで、「ローカルルールに従う必要はない」と嘯《うそぶ》く。

「東京だけじゃなくて全国どこだってそうだろ」

「日本という〝ローカル〟に適用されるルールだ」

ああ言えばこう言ってくれる。何よりも恐ろしいのは、自分の発言にいささかたりとも疑いを持っていないことだった。

「君だって圭一郎のことを〝師匠〟と呼ぶだろう」

「あいつはお前から見ても年下だろうが。周防さんとか糸魚川さんとかどうしてるんだよ？」

「春影《しゅんえい》も杏奈《あんな》も諦めている」

そりゃあ、ここまで堂々と名前で呼ばれたら諦めるだろう。っていうか、糸魚川さんの下の名前、意外に可愛いな、なんてどうでもいい感想が叱る気力を削《そ》ぐ。

上亮は疲れを吐息に変えて空を見上げた。まだ到着して五分と経っていない。だというのに、何度喧嘩を売られたのか。数える気すら起きなかった。

(面子と誠意、面子と誠意、面子と誠意だ)

頭の中で三回繰り返す。今はこちらが大人にならねばならない。

秩父によると、彗星は芦谷と同学年だった。

改めて上亮は田中友則の部屋を見渡した。

間取りは五畳1K。ドアを開けると細い廊下に迎えられ、その両脇にはユニットバスと台所が備わっている。メインの部屋への仕切りはない。暖簾《のれん》を引っ掛ける出っ張りがあるだけだ。

（キッチンや風呂の中は煙で黒くなっているだけで焼けていない。火元は間違いなく部屋の中だ）

問題はこの部屋のどこなのか、である。

糸魚川が嫌悪した通り、ジャワ・ハイツ203号室は壁伝いにゴミが積まれていた跡がある。特に山を作っていたのは窓のある南側だ。

毎朝不快な気分で窓を見ていたのか、忙しすぎてそれどころではなかったのか。住人が死んだ今となっては分からない。ゴミ袋の列は、入り口左側に置かれた小さなメタルラックのすぐ傍まで伸びていた。

残った二畳のスペースを埋めるのは――この部屋の主役だったのだろう――布団だ。ど真ん中に置いてある。布団は頭を東にして敷かれていた。例の電気あんかは部屋の西側、机の下のコンセントに刺さっている。

もし電気あんかが真っ先に燃えたのであれば。炎は壁沿いに広がり、ゴミ袋の列に次々引火する。同時に天井を燃やし、がれきが床に落ちてくる。実際、上亮が田中の体を引きずって部屋から出てきた時、すでに建物全体が軋んだ音を立てていた。

（つまりだ）

電気あんかを火元とする延焼ルートは、消火隊の突入経路の妥当性を裏付ける。今、上亮の目の前に広がっている火災現場の出来上がり方を説明している。

東側の壁の炭化深度を除いて。

「上亮」

早速グローバルスタンダードとやらを適用しているのだろう。上亮は彗星に名前を呼ばれた。許可は勿論していない。

がれきの前でしゃがむのをやめると、腹が立つほどに足が長く見えた。

「東側のゴミ山から奇妙なものが見つかった」

「奇妙なもの？」

次の問いを発することなく、上亮は呻くような悲鳴をあげる。

予告なしにヘッドマウントディスプレイを顔に押し付けられたのだ。

米津だったらはしゃいでいるところだろうが、残念ながらここにいるのはスマートフォンすら放棄したいと願っているデジタル嫌いである。

「やめろ、馬鹿」

「何故？」

彗星の短くも純粋な問いに、上亮はとっさに「恥ずかしい」という言葉を思い浮かべる。言ったところで、〝情報系〟は絶対に聞き入れない。上亮は黙ることにした。

別に上亮にとってもヘッドマウントディスプレイは未来世界の産物ではない。テレビやネットの広告でちらとは見ているし、最近はゲーム機のディスプレイとしても売られているものだ。触るのが初めてなだけである。

ディスプレイ、と名がつくだけあってずしりと重い。支えるベルトの幅は広く、無骨な感じがする。

（まあ、スマホとメガネをくっつけたもんだろ）

そう思えば納得のいく重量だ。上亮はディスプレイの発する明かりの中に顔を突っ込んだ。

昨日の話通り、彗星の見ていた視界は半分は実世界、半分は簡素なＣＧアニメだった。頭を動かすと景色も連動して変わる。仕組みはさっぱりだが、違和感は全くない。

「赤い丸が浮かんでいるだろう。その中に鍵が一つ見えるはずだ。それはこの部屋の鍵だ。実物は回収してしまったが……ＶＲ越しなら、あった状態を復元できる」

彗星の説明は淀みない。上亮はディスプレイをつけたまま黙り込んだ。

「どうした？」

喉のあたりで一回引っかかった言葉を発する。

「……すげえな」

妙な間があいた。とりつくろうように彗星が鼻を鳴らす。

「今をいつだと思っているんだ？」

嫌味っぽさの抜けた問いだ。「二十一世紀」と答えかけて、上亮は口をつぐんだ。

字面だけあっていても意味がない。彗星にとって〝今〟とは、二十二世紀まで百年を切った時代なのだろう。二十世紀から百年が経った時代と捉えている己とは大違いだ。

「しかし、なんでそんなとこから家の鍵が出てくるんだよ？」

気恥ずかしさから話題を切り替える。彗星は「僕だって知りたい」と眼鏡のブリッジを押し上げた。

「被害者が自ら鍵を捨てるような真似をするとは思えない。消火隊が現場に踏み込んだ時に水で吹き飛ばしたんじゃないのか？」

油断するとすぐこれだ。

上亮も負けじと目頭に力を込めた。

「うちはそういう仕事なんだよ、タコ」


ジャワ・ハイツ２０３号室の中に散らばっていた物品の確認が終わる頃。遠くに聞こえていた灯油販売車のメロディが途切れた。

聞き覚えのある声が遮ったのだ。

「なっさん。いらしてたんですか！」

秩父だ。後ろには松山もいる。それからもう一人、松山よりもさらに顎の位置が前に出た老婆がしんがりを務めていた。細く小さな体を反射テープをつけた杖で支えている。

「あ、この方は田中さんのおばあさんです。今日、北海道から出てこられまして」

「おいおいおい」

被害者の親族だからといって連れてきて良い場所と悪い場所がある。まだ火元がわからないままの火災現場ならば、間違いなく後者だ。

秩父は申し訳なさそうに顔を歪ませる。

「ごめんなさい。入り口まででいいんで、特別にお願いします」

瓦礫を避けつつ上亮に近づき、「ちょっと込み入った事情がありまして……」と耳うちする。

まとめるとこんな話だ。田中の祖母は北海道を発ち、真っ先に夕暮警察署を訪れた。そこで孫の住んでいたアパートの住所を確認し、一人向かった。だが、どうにもたどり着けない。かれこれ二時間ほど大工町で迷子になっていたところを秩父に助けられたのである。

原因は夕暮警察署で老婆の対応をした警官が誤った住所を教えていたことであり、悲しいかな、犯人は誰でもない上司の松山だった。

「いやぁ～、自分の担当事件だってことも完全に失念してましたわ。ストレスは記憶を溶かしますなぁ」

「笑い事じゃないですよ、警部」

秩父は恥ずかしさのあまり両手で顔を覆う。

「本当に大丈夫なのかよ、このチーム」

火災調査は専ら難航する。現場の保存状態が最悪だからというのが主な理由だが、このジャワ・ハイツ２０３号室の火事はもう少し……いや、かなり現場以外の阻害要因が混ざっている。

彗星といい、松山といい、曲者が多すぎるのだ。

上亮は疲れた眼差しで適当という言葉を生き物にしたような男を迎える。

そして、そのまま黙った。

松山が初歩的なミスをおかした意図がわかったのだ。

「ここで、あの子が……」

杖を摑む白い手が震えている。松山が柔らかい声で「戻られますか？」と尋ねたが、老婆は気丈にも首を横に振った。

孫が先に居なくなるとは思ってもいなかったのだろう。老婆の目の端からは大粒の涙が流れた。

上亮の胸にも、じわりと痛みが広がる。それは彗星と出会った時に感じたような吐き気に音もなく変わっていった。

凄惨な現場の様子を目に焼き付けた老婆は、囁くように問いかける。

「これは……あの子が起こした火事なのかい？」

上亮も秩父も答えに窮した。彗星に至っては無視している。

必然的に、捜査一課の警部が答えることになる。

「まだハッキリとしません」

「じゃあ、放火の可能性は？　あの子は殺されたんじゃないのかい？」

「事件と事故、どちらの可能性も視野に入れて捜査しています」

松山の口元からは笑みが消えている。軽すぎて不安になるような雰囲気もない。残るのはリーダーシップに優れ、年相応に落ち着いた男の顔だ。

老婆は松山にすがりついた。今度こそ、夕暮警察署の警部はまともに取り合ってくれるという確信を得たからだろう。一瀉千里《いっしゃせんり》にまくし立てる。

「あの子はね、喧嘩ができるわけでもないのにカッとなりやすかったんだよ。どこかで人様の恨みを買っていてもおかしくない。悪いやつに絡まれても相談先なんて知らないだろうし、それでとうとう家まで跡をつけられて……」

部屋の隅で彗星が「根拠のない憶測だ」と小さく口走る。幸か不幸か、彗星の辛辣極まりない発言は肝心の老婆には聞こえていなかった。松山がちょうど良く「おばあちゃん」と呼びかけたのだ。

曲がりなりにも上司である。狙ってやったのかもしれなかった。

「もしこれが殺人事件だったならば、私たちは犯人を絶対に逃がしません。約束します。必ず捕まえます」

「警部さん……」

老婆の双眸に強い光が灯る。礼の言葉を述べようとしていることは口の上がり具合からすぐにわかった。

夕暮警察署の警部はそれを遮った。

「まぁ、そのためにはまずこの火事が放火であると立証する必要があるんですけれどねえ、ははは」

口ぶりも元の軽佻浮薄《けいちょうふはく》なものに戻ってしまう。

「これがなかなか難しくて」と笑う様は、どこか他人事めいていた。


松山たちが本来の聞き込み捜査に戻って行った後、彗星が唐突に口を開いた。

「上亮」

呼びかけた相手の反応を待つことはしない。それがますます強面《こわもて》の消防士を苛立たせるとわかっているのか、いないのか、酷くマイペースに話を進める。

「圭一郎から話は聞いているだろうが、僕は事件が解決するまで一睡もしない。食事もとらない」

「そういう仏さんいるよな」と上亮が言い返せば、「そういう体なんだ」と彗星は言い切る。わずかに浮いたコートの襟を正した。

「今までの記録上、僕の捜査についてきた人間はいない。大河曰く、僕は『管理職泣かせの現場地蔵』なのだそうだ」

「だろうな。師匠達に同情するぜ」

こくりと頷くが、上亮だって周りから「口の減らない現場バカ」と囁かれている身である。もしこの場に米津がいれば「じゃあ似た者同士だな」という恐ろしい感想を口にしていたはずだ。

冷たい風が頰を撫でていく。夜が近づいている証拠だ。

「炭化深度に関する手掛かりが出てこないのならば、僕は帰らない。君は好きな時間に帰ってくれ」

上亮が合流してきっちり八時間が経っている。狙っているとするのならば、非常にスマートなタイミングでの発言だ。

(できるわけないだろ)

上亮は心の中で答えた。

消防法第三十五条に明記されている。

火災発生原因の調査主体は、消防である。

どんなに足搔こうと、彗星はジャワ・ハイツ203号室全焼の原因を公式記録に残すことができない。それは誰でもない上亮の仕事なのだ。「じゃあ満足するまで好きにやってくれ。俺は帰る」なんて言えない。言えるわけがない。

「残る」

「君は人の話を……」

「面子と誠意つっただろ。それに……」

アポロキャップを深く被り直す。目線をつばの中に隠す。

上亮は歯切れ悪く続けた。

「お前の言う通り、俺はまだ自分の仕事ができていない」

目の前にいるのは曖昧な会話を嫌う男だ。どういったところが至っていないと感じるのか、これから一体何をするべきなのか、逐一説明しなければ、受け入れなさそうなものなのに。

今はギリ、と歯を軋ませるだけで全てが伝わる。

「わかった」

彗星は小さく頷いた。

「僕と残るというならば、見つけるべき真実はただ一つだ。〝なぜ電気あんかの電源コードが刺さっていた壁よりも、反対側の壁が激しく燃えたのか？〟。説明ができる火種を探そう」

「そいつがお前の探してるダイヤモンドってわけか？」

「そうだ」

上亮がわざと彗星流の表現を使って確認すれば、彗星は何の臆面もなく肯定する。その頭越しに、飛行機が星に似た光を放ちながら低く飛んでいた。

まさかまたこの星空を拝むことになるとは。

上亮は疲れ切った声をあげて、現場地蔵と化した彗星を一瞥した。

一時間前にしゃがみ込んだ時と寸分変わらないポーズをしている。一時間後も同じ姿勢かもしれない。下手すれば十時間後もだ。

触れ込み通り食事も、睡眠もなしである。こうも見せつけられると、自分で言った冗談を信じてしまいそうだ。アンドロイドならば、三夜くらい余裕で連続稼働するだろう。

「コンビニなら一人で行けばいい。僕は不要だ」

まだ何も言っていないのにこれである。しかもこちらを見ようともしない。

「何のポリシーなのか知らないけどな、意地はる必要ないだろ」

「上亮、ポリシーという言葉に意地という意味は含まれない」

「細けぇな。あーもー、おにぎりでいいな、おにぎりで」

「不要だと伝えたのにどうして買うことになっているんだ。僕は絶対に手をつけない。君が食べることになるぞ」

「そういうのを意地はってるって言うんだよ」

まるで嫌いな食べ物を出された子どもだ。頑なで、聞く耳を持たない。

「ったく……」

上亮は悪態と共に尻の埃を払った。本当に地蔵の供え物を買いに行くことになりそうである。「アレルギーとかないよな?」と念押しするも、やはり返事はない。

代わりに彗星が寄越したのは、信仰にも近い個人的な見解だった。

「これは……集中力の反作用なんだ」

事件を解決するまで食欲も睡眠欲も忘れてしまう。全ての力を「わからない」を除外するために使うのだ。

「終わったらちゃんと食べているし、寝ている。安心してほしい」

「そうかよ」

呆れた声しか出せない。暗に「担当事件を未解決にしたことがない」と言っているようなものだ。自画自賛するタイプではないが、間違いなくナルシストの部類には入る。〝自分〟というものに強い確信を持っている。

結局、上亮は一人で２０３号室を出た。ジャワ・ハイツの廊下を進む。電気の落ちた建物は恐ろしく暗い。幽霊でも出てきそうな雰囲気である。

そういったものを信じている訳ではない。署内の訓練場へ肝試しに行ったときだって、きゃあきゃあ騒ぐ芦谷の横で「つまんねぇな」と愚痴愚痴言っていたほどだ。

だけど、もし、今。田中友則が化けて出てくるというのであれば……。

「うわあ！」

思考が野太い悲鳴に分断される。廊下の角を曲がろうとしたところで男と鉢合わせたのだ。男は危うく「ＫＥＥＰ　ＯＵＴ」のビニール紐に足を引っ掛けそうになっている。上亮が腕を取らなければそのまま階段へ頭から落ちていた。

「大丈夫ですか？」

「は、はい……」

中年のサラリーマンだ。一秒前に死にかけた余韻か、首まで真っ青になっている。動悸はなかなか収まらないようで、擦れたコートを纏った肩は何度も上下していた。

上亮は無関心を装って尋ねた。

「その線、入っちゃダメって意味なんですけど。もしかしてジャワ・ハイツの人？」

「２０２号室の者です。ちょっと荷物を取りたくて」

「本来は倒壊の危険があるので通せないんですよ。急ぎですか？」

上亮が何者なのか、着ている服でわかっているようだ。「なんとか入れてもらえないでしょうか？」と妙に慣れた口調で交渉してくる。

不自然にならない程度に黙った後、上亮は「わかりました」と道を開けた。

「足元暗いんで、気をつけてください」

「ありがとうございます。助かります」

男はペコペコと礼をしながら廊下を進んでいく。完全に背を向けたところで、上亮は階段を降りるフリをした。

踵を返す。田中友則の部屋の隣はどちらも空き室だ。男の申告は、松山の話と矛盾する。

(何ルツネッガーなのか知らねぇが、天才刑事さんのお手並み拝見と行こうかね)

準備体操代わりに首を少し捻った。口元には、後輩に不評な意地の悪い笑みがある。

ジャワ・ハイツの階段はここ一つだ。いざとなれば彗星を倒して逃げてきた男を自分が捕まえる。

そんな算段をつけていたのだが、上がったのはやはり情けない中年男の悲鳴だった。


「一般市民に後れを取るはずがない、か」

「当たり前だ。補足すれば、昨日の君の拳も見切っている。被害が最小限になるように動いたんだ」

「言ってろよ。綺麗に吹っ飛んだろ」

上亮は鼻で笑う。隣に立った彗星もすぐさまやり返す。嫌な息の合い方だ。二人に捕まった男にしてみれば、阿吽像の裁きを受けているようなものである。

「庵川《いおりかわ》さん、だっけ？」

「はい……」

彗星に取り押さえられたせいで、頬の辺りに煤汚れがついている。田中友則の上司を自称する男は、ある物を盗みにジャワ・ハイツ２０３号室に忍び込もうとした。

「お願いします。田中の残したコードがないと大変なことになるんです！」

床に散らばる瓦礫や煤などには構っていられないのか、この場で土下座を始めそうな勢いである。必死さが声に滲んでいる。

「嘘は控えた方がいい」

彗星の反応は冷酷と称するに十分なものだった。

「田中さんの開発コードはここに来なくても手に入るはずだ。杏奈が調べている」

「どういうことだ?」

上亮が尋ねる。もう糸魚川の名前のことは不問にしていた。

「田中さんは開発コードを全てクラウドサーバにあげていた。最近のプログラマーなら当然だろう。だからあなたはネットワーク越しに田中さんの残した開発コードを好きなだけコピーできる。DVDに保存したものを探しに来る必要はないはずだ」

彗星は庵川に反論する余地を与えない。放火犯を追い詰めるような口調だ。

先ほど痛い目を見たせいか、彗星の眼力に射すくめられたのか。庵川の体は微動だにしない。だらだらと脂汗を流す。

上亮はしばらく庵川から助けを求めるような眼差しを向けられていたが、アポロキャップの角度を変えて突っぱねた。

「そ、そうなんですが、今回は少し事情が違いまして……」

とうとう庵川が白状した。

「田中の事故があった日、弊社が作ったシステムに致命的なバグが見つかりまして。急いで解析してもらうため、お客様のデータを焼いて渡したんです」

「なるほど」

「預かりものだからまずいってことか?」

「君らしい非常にアバウトな表現だが、そういうことだ」

彗星はすっとスマートフォンを取り出す。薄いデザインのものだ。持ち主の細い指に合う。

画面には昨日周防が取り上げていたＤＶＤが写っていた。

「遺留品の字面を読めば大体想像がつく。田中さんはメガバンクのシステムプログラマーとして働いていた。帰れない、持ち帰り残業が多い点を鑑みるに、重要な機能の開発を任されていたのだろう。バグが出たのは過去に開発し終わって運用保守に入っている部分のはずだ」

上亮は彗星の話していることを微塵も理解できていない。唯一、漠然と頭に浮かんだのは、田中が仕事で携わっていた銀行というのが合併を繰り返して巨大化した有名企業であるという事実だった。

「その解析ってのをなんで秘密裏にやるんだ？」

システムに問題があるならば、正面から堂々と直せば良いのに。客にも連絡せずコソコソ隠れて進める理由がわからない。

正鵠を射る問いだったのか、彗星は余計なコメントを挟まずに答える。

「相手が大手メガバンクだというのが問題なんだ、上亮。テスト済みのシステムに問題があるとわかれば、相応のコストを庵川さんたち開発会社側が負担して修正することになる。銀行のシステムを止めた場合の影響は計り知れない。損害補償も馬鹿にならないだろう」

庵川の息遣いが喘ぐようなそれに変わった。大筋、合っているということらしい。彗星は「これ以上は追及しませんが」と一言挟んだ。

「田中さんが持ち帰ったデータにはかなりの価値がある。違いますか？」

「おっしゃる通りです。田中が持っているのは最終顧客の実データです。流失が見つかれば、数千万単位の損失になります」

「そんなにか⁉」

仕事柄、金銭のやり取りをしない上亮は目を丸くする。

庵川は上亮にすがりついた。彗星よりはこっちの方が話が通じやすいと見抜いているようだった。

「消防士さん、お願いです。あれを取り戻さないとうちの会社は潰れたも同然だ！」

「つってもねぇ……」

上亮は頭をガシガシと掻いた。

言い淀んでいるのは、庵川が耳にしたら卒倒してしまいそうな事実の羅列だ。今回、事件性は薄いという判断から現場の遺留品は夕暮消防署の預かりとなっている。ただし、少なくとも庵川の話すようなタイトルのＤＶＤは保管されていない。

探し物がどこに行ったのか、まだわからない。

どうしたものかと上亮が考えあぐねていると、彗星がすっと動いた。

「……もう見つけてんのかよ」

「たかが五畳だ」

「だったら火元もさっさと見つけようぜ？」

「されど五畳だ」

語感のいい返事に辟易しながら、上亮は彗星の手にあるものを一瞥する。そのまま固まった。

「なあ、それ……」

心臓が跳ねたっきり、帰ってこない。脈を打つ仕事を忘れてしまっている。頭だけが恐ろしくクリアだ。

上亮は唇をわななかせ、指を宙にあげた。

「なんかおかしくないか？」

ＤＶＤのケースに小さな傷がついている。一見すると何の変哲もないが、数えきれないほどの火事を見てきた男の目は誤魔化せない。

熱で溶けたにしては傷が局所的すぎる。火に当たったせいでプラスチックがやられるのであれば、もっとフレーム全体が歪む。

「穂村、お前これどこで見つけたんだ」

「苗字で呼ぶな。嫌いなんだ」

当然という顔でヘッドマウントディスプレイを渡される。

「口で言え」と上亮が鋭い歯を見せれば、彗星は部屋の一点を指した。

「部屋の入り口付近、メタルラックの上だ」

「ラック……？」

「庵川さんが田中さんにこれを渡した時に傷は？」

「いいえ。ないですよ」

庵川の答えに、確信が強まる。

上亮は自分の頭をよぎった仮説をなぞった。

「これ、小さな火が当たった痕みたいだ」

経験豊富な消防士の口から出た言葉に、彗星ははっとなる。弾かれるようにヘッドマウントディスプレイを着用し、部屋の角を見つめた。

メタルラックがあったのは部屋の中で唯一、焼けずに残った一角だ。上に重なった紙製のバインダーであっても原型を残している。消火隊の放水で駄目になっているものがほとんどだ。

「何かのはずみで燃える破片が飛んだのだとしても、あとが付着する。周りの紙類に引火する可能性も高い」

「ライターか何かを近づけて作ったみたいに見えるけどな」

上亮は懐中電灯の明かりをこまめに動かした。彗星が「田中さんは煙草《たばこ》を吸わない。春影が調べている」と補足すれば、庵川も同意する。

曰く、「文字通り煙たがるほど嫌いで、ちょっとの匂いでも機嫌を損ねるレベル」だという。他に小さな火事を引き起こしそうなものは部屋から見つかっていない。ガスメーターも事件当日は動いていない。

上亮は生唾を飲み込む。疑問は自然とこぼれた。

「何なんだよ、これ?」

緊張感のある空気を笑い声が壊した。声の低ささえ無視すれば赤子のように無邪気な笑い方だった。

一人しかいない。彗星である。

「お前……」

「素晴らしいことじゃないか」

特徴的な双眸は、頭上の星のようになっている。「ここには本物のダイヤモンドが埋まってるんだよ」という神託を受けたようだ。疲れなど、まるで感じていない。

上亮はそろそろと彗星を指差した。

「火事場の奇人《シャーロック》……」

「そう呼ぶ者もいる」

彗星はわずかに口角を上げた。不敵な表情だった。

「つまりこういうことか?」

庵川を帰した後、上亮と彗星は二人、ジャワ・ハイツの階段を早足に上がった。

「電気あんかのスパークは二次的な火災。最初に燃えたのは……」

「別の火元からだ。東側の壁が最も燃えたことも納得できる」

「そいつを見つければ……」

「この火事の火元がはっきりする」

喋り方は互いに熱っぽい。上亮がアンドロイドと揶揄した彗星でさえ、テンションが上がっている。顔の血色は今までで一番いい。こんな顔で迫ったら、女性なら万人が黄色い声を上げるだろう。

「もし、発火装置があった形跡を立証できれば、捜査本部が立つ。田中さんを殺した犯人を……」

「追うことができるってことだな！」

息もピッタリに203号室に入った時だった。

目の中にやる気の削がれる光景が飛び込んできた。

爛れた壁、溶け落ちた窓、煤を被った床。悪臭の漂う廃墟だ。「また来たのか」と言っているような寒々しさである。駄目押しとばかりに積み上げておいた瓦礫が崩れた。

上亮はげっそりした声をあげる。

「言い出したのは俺だけどさ、さすがに無理だろ」

砂漠でコンタクトレンズを探すというほどではないが、途方もない作業であることは間違いない。延焼ルートについての意見は彗星とめでたく一致したが、そもそもなぜ家主が寝ている間に突然火が起きたのか、謎は何も解けていない。

「殺人事件なら鑑識を十人程投入するところだ。せめてDVDケースの溶解痕だけでも調べたいが……残念ながら僕の中の春影が絶対に首を縦にふらない」

「人望のない奴だな」

よほど機嫌が良いのだろう、彗星は「あると思っていたのか？」とせせら笑う。「自覚あるならなんとかしろよ」という文句を無視して、彗星はゴム手袋をつけ直した。目は、相変わらず澄んでいる。心なしか初日に出会った時よりも彩度を上げていた。

「僕は見抜いてみせる。この部屋で一体何が起きたのかを」

迷いはない。諦めることもない。彗星は本気だ。

終電などとっくに終わっている時間だ。気温はどんどん下がっていく。

「……わーったよ」

上亮は二度自分の顔を叩いて気合を入れた。

彗星がしゃがみ込んだ場所とは反対側の壁に向かって座り込む。半分が自分の持ち分だ。

「さっさと終わらせて飯食うぞ」

しばし待ったが、返事がない。

聞こえていないかったのかと振り向いて確かめると、彗星もこちらを向いていた。見開いた目は滑稽なほどに丸い。

ここで茶化すのは野暮だ。上亮は吹き出すのを必死で堪えた。

「終わったら食えるんだろ？　行こうぜ」

誘う言葉に、迷いやためらいはない。

昨日は怒りのあまり殴り飛ばした相手だが、今は事情が違う。一仕事終えた後で食事を共にすることくらいわけはなかった。

彗星はしばらく考えるように黙る。

それから、素直な疑問を口にした。

「圭一郎といい、君といい……何故一人で食事ができないんだ？」


ジャワ・ハイツの抜けた天井越し。上亮たちの頭上に上がっているのは、さんさんと光る太陽だった。

このままいけば昼は春のような一日になるだろう。

「嘘だろ……」

たかが五畳。されど五畳。上亮と彗星の探すダイヤモンドは——見つかる気配すらなかった。

「……眠《ねみ》ぃ」

本能からの言葉が出る。胃を刺すような空腹は一回転してどこかへ行ってしまっていた。

上亮はちら、と後ろを見た。一時間前と変わらず、地蔵は黙々と作業に徹している。姿勢まで完全に一緒だ。

「今、何時だ……？」

「八時五分だ」

彗星は上亮のぼやきを丁寧に拾って返事をする。八時と時間を丸めて伝えることはない。スマートフォンに入っているエージェントアプリのようなまめさだった。

発火装置と言えなくても、この部屋にはありえないものがあればいい。とにかく侵入の形跡を探す。そう、朝日が昇りだしたあたりから方針を変えたというのに、まるで手ごたえがない。

上亮は何度目になるか分からないストレッチをして、もう一度ため息を漏らす。あくび交じりに彗星の真横に立った。

「やっぱり見つかんねぇのか……」

もしも火元がマッチの類であったならば。火を近づけられたプラスチックケースは局所的に溶ける。しかし、203号室の火の回り具合を思えばマッチの頭薬部分が確認できる状態で残っている可能性は低い。

加えて言えば、消火隊の突入時、部屋には鍵がかかっていた。窓も閉まっていた。家主は一人、眠っていた。

火災発生時、ジャワ・ハイツ203号室は完全な密室だったのだ。

「手ごたえがなさすぎるんだよ、クソ……」

「上亮」

悪態を遮るように、彗星がぽそりと話し始めた。

「僕はな、上亮」

彗星の態度は出会った時から一貫している。己の話したいことを己の話したい時にだけ話す。持ち込んだノートPCにデータを打ち込む手を止めようともしない。自分本位に物事を進めようとする。

しかし、その声には熱がある。だからこそ、聞き入ってしまう。

「〝わからない〟を他の言葉で隠匿することをこの世で一番憎んでいる。今回の場合は〝事故〟だ」

嘘や誇張はない。火の謎と向き合う刑事の横顔は、今まで見た中で一番人離れしている。

現場を包むどんよりとした空気を、彗星は一言で吹き飛ばした。

「格好をつけた諦めだ、それは」

上亮は彗星のすっと伸びた鼻筋を見つめる。

少しだけ、間が空いた。

「お前さ、周りから浮いているだろ?」

彗星は瞼を閉じた。

「今更何を聞くかと思えば、だな」

捜査中、食事や睡眠を一切欲しない。服に強いこだわりを持っている。彗星が指しているのはそういった類の「浮いている」のように聞こえる。

上亮は顔を引き締めた。違うのだ。そんな上っ面の話ではない。彗星が圧倒的に他者と異なっているのは「真実を知りたい」と思う気持ちだ。

彗星は石炭を渡されても絶対に満足しない。

いつだって、ダイヤモンドを欲しがっている。

見つけるための時間と労力を一切惜しまない。

松山が困り果てるのも、周防がイラつくのも、糸魚川が嫌味っぽくなるのも、秩父が少しだけ誇らしげになるのも全て頷ける。

正直、関わりたくないタイプだ。一緒にいたら寿命が縮む。

（けど……）

続きは不躾《ぶしつけ》なバイブ音に阻まれた。上亮の携帯だ。

電話。誰から？　そこまで考えたところで、記憶喪失から目覚めたような衝撃を受けた。

「げっ、当直！」

焦りが体を満たす。帽子が飛ぶのも構わず髪をかきむしった。

恥ずかしい話だが、完全に失念していたのだ。

昨日、彗星に帰れ帰れと言われていた間はちゃんと意識していたはずなのに、ＤＶＤケースという手がかりを見つけたせいで、綺麗に吹っ飛んでしまっていた。

電話の主はおそらく米津だ。上亮がトレーニングルームにいないので、まさかまだジャワ・ハイツにいるのでは、と心配したといったところだろう。ＳＮＳで連絡してこないあたり、よく心得ている。

上亮は腕時計を確認した。時刻は八時十分。格好はそのままで突っ込めるとしても、大工町から夕暮消防署までは一駅以上の距離がある。全力で走っても八時三十分の点呼に間に合うかどうか怪しい。

「穂村、悪い。俺……」

上亮は口を開けたまま固まった。

次の言葉が出てこない。

自分が帰ることとは、何を指しているのか。徹夜ボケした頭が理解したからだった。

消防法第三十五条だ。警察官である彗星一人では、火事の火元は特定できない。

嘘だろ。なんで。ここまで来て。浮かぶ言葉に、流れる時を止める力はない。愕然とした顔を隠すことができなかった。

「上亮?」

片足を水たまりに突っ込んだまま固まっている様子を、彗星は不思議そうに眺める。

「帰るんじゃないのか?」

上亮は答えない。まだ彗星に伝えていないのだ。この火事を見極める主体が誰なのかを。

夕暮消防署に戻れば、己は間違いなく千曲の呼び出しを受ける。報告義務もある。

今の手がかりだけでは何も言えない。その先に待っているものは? 想像は容易《たやす》かった。

「俺が帰ると……この火事は、ケーブルの接触不良が原因になる」

「何を言ってるんだ、僕が……」

「お前じゃ駄目なんだよ!」

上亮は歯をむき出しにして叫んだ。

拍子に箍《たが》が外れる。頬に熱いものが流れていった。

言葉を遮られることを唾棄《だき》する彗星でも、黙り込む。どんな顔をしていいかわからない。そう言いたげに視線を泳がせる。

それほどの剣幕だった。

「何もできてないのに……ッ」

手で押さえても、消防士の涙は収まる気配はない。あの日、赤く染まった世界を前に必死で堪えた分まで溢れ出てくる。

上亮は乱暴にアポロキャップを拾った。目深に被る。目はそれで良いとしても、震える口元は彗星に丸見えだ。

「君は……」

彗星は言い淀む。少し躊躇いを見せてから、続きを口にした。

「……顔の割にメンタルが弱いんだな」

「うおい！」

ある意味で効果覿面《てきめん》だった。

威嚇しても無駄である。彗星は眉ひとつ動かさない。「混乱しているようだから、僕が判断のアシストをしよう」だなんて、偉そうなことまで言い始める始末だ。

「上亮。今、君は選択肢に迷っている。僕とここに残るか、仲間のいる消防署に行くか、だ」

スマートフォンはまだ鳴っている。聞く者の心を等しく急き立てる。

「行けば、君はここには残れない。このジャワ・ハイツ２０３号室火災に関する見解の報告を求められる。君の話術で今見えている事実を伝えれば、結論は十中八九、電気あんかケーブルの漏電事故だ。田中さんの死の真相には、永遠にたどり着けなくなる」

いつも以上に機械のようだ。語っている本人の感情が、見えてこない。

「ここに残ることを選べば、君は消防署に行けない。都内の火災発生件数は一日あたり約十四件。市町村単位で計算すれば、一件も起きない方が多いことになる。取得および損失の期待値計算をするまでもない」

「……残れってことか？」

上亮は掠れた声で確かめた。

「行くべきだ」

火事場の奇人の答えは、明瞭だった。

眼鏡の奥で、淡い色の瞳が光る。

「君は、僕に己の仕事を語った」

消防士は人の命を助けることが仕事。凄惨な火災現場を作らないことが仕事。上亮は確かにそう言った。

「あの言葉は間違いなく君を形作るものだ。君は、君自身を裏切ってはいけない」

我を通すことに躊躇いを覚えない男だ。本来であれば、冷めた顔で無茶を振る。加えて言えば、彗星は自分が今、どれだけまずい状況に追い込まれているのか重々承知しているはずだ。

それでも、放つ言葉が全てだった。

怯むそぶりをまるで見せない。目をさやかにして立っている。

「お前は……どうするんだ？」

上亮は囁くように尋ねた。

「一緒だ」

彗星の返事は短く、どこまでも淡泊だった。

「僕は、僕の仕事をするだけだ」


別れ際、彗星は上亮に一発逆転の最終手段を教えた。

『なんだよ、それ？』

『君の記憶だ』

火災現場の見分において、突入した消火隊員の証言はそれなりの重みを持つ。

あの日上亮は確かにジャワ・ハイツにいた。意識は田中に向いていたかもしれないが、視界は火災現場全体を捉えていたはずである。

『いいか、上亮。忘れるというのは、脳の重要な自浄作用だ。精神に負荷のかかる記憶を消すことだから。無理に思い出そうとすればＰＴＳＤにつながるリスクだってある……だが、僕はこれから一点、君に矛盾したことを言う』

どんなに些細なことでもいい。思い出してくれ。

彗星の声を頭の中で繰り返しながら、上亮は夕暮消防署の署長室のドアを開けた。

「おはよう、なえちゃん」

正面の窓からは穏やかな日差しが注いでいる。千曲の背中も心なしか暖かそうだった。

「こんなにお天気がいいのに、なんだか疲れ切った顔してるわね」

「どうも」

流山の姿はない。夕暮消防署のマスコット・消し太郎くんはというと、かわいそうに机の上に転がっている。何かの拍子にそうなったのだろう。

千曲は「座る？」と上亮に着席を促した。そのままでいい旨を伝えると何度も頷く。

不意を打つタイミングで切り出した。

「なえちゃん、僕ね。今、結構怒ってるのよ」

いつも通りの食えない顔だ。動揺を見せたら付け込まれる。

上亮は「心当たりがありすぎますね」と受け流した。

「あら、本当？　じゃあ言ってみてくれる？」

「第一隊の保土ヶ谷《ほどがや》に喧嘩を売った」

「それはいつものことじゃない」

「思慮の足りない人ですねって丁寧に言おうと思ったら、口が勝手に動いて『うるせえ短小』って言ってたんスけどね」

「確かめてもないのにそれは失礼だわ。でも残念、そこじゃないの」

千曲はにっこりと眼を細める。

「年度の始まりにも言ったわよ？　僕はホウレンソウができない子は嫌いですって」

うめき声を抑えることができない。上亮は千曲に苦悶の顔を晒した。

報告。連絡。相談。社会人が真っ先に覚える三拍子だ。ダジャレではない。本気の言葉である。

二十四時間前に見た千曲の気持ち悪い顔が蘇る。「昨日いっぱいなら待つ」という、ウインク付きのコメントだ。

タイムリミットはとっくに超えていたということだった。

上亮は恐る恐る尋ねる。

「千曲署長。もしかして、り災証明書……」

「出したに決まってるでしょ。いつまで大家さん待たせる気なの？」

「じゃあ、原因は？」

「なえちゃんが声高に主張してた電気あんかケーブルの漏電事故よ。おめでとう」

ポンポンと手際よく、千曲は彗星と上亮がジャワ・ハイツに籠っていた裏で何が起きていたのかを説明した。ジャワ・ハイツの管理者は首尾よくり災証明書が発行されたので、今日にも業者を入れて建物の解体を始めるらしい。

つまり、何もかもが後の祭り。昨夜の頑張りは何から何まで、無駄な足掻きであったということである。
（クソッ）
上亮は歯を食いしばった。ジャワ・ハイツで緩めてしまった涙腺はなかなか元に戻ってくれそうにない。油断すると、また涙が出てきてしまいそうになる。

これ以上の恥はご免だ。千曲の前で泣くくらいならこの場で気絶した方がマシである。とはいえ、ばったりと倒れたところで狸親父の千曲にはなんの揺さぶりにもならないだろうが。

「え……？」

そこまで思考を巡らせたところで。

上亮は呼吸の方法を忘れた。

「どうしたの、なえちゃん？」

「たお、れて……？」

「ん？　ああ、消し太郎くんのこと？」

手で胸を押さえる。上亮は頭を振った。

乱れた呼吸音に、流石の千曲も立ち上がる。

「嫌だ、気分悪いの？　救急隊の子呼ぶ？」

上亮に千曲の声は届いていない。

その視界は今、赤く染まっている。炎の中に立っている。

生き物が生存することのできない世界。吸い込んだ空気すら凶器になる場所。形のない怪物が暴虐の限りを尽くす地獄だ。

上亮はそこで黒い塊を見た。布団と逆さを向いて倒れている——焼け焦げた人間を、見たのだ。

封じていた記憶をやっと摑んだ。

上亮は勢いよく顔を上げた。

「気道熱傷！」

「え？」

千曲の声は、いつもよりも低い。調子も、そこら辺にいるおっさんと何ら変わりない。普段だったら突っ込んでいる流れだが、それどころではなかった。

上亮はマホガニーの机に詰め寄る。目は、徹夜明けらしい強い光を放った。

「立ち上がった！　一度、立ち上がったんですよ田中さんは！」

「解剖の結果は、そうね。皮膚よりも前に呼吸器がやられていたわ。まあ、立ち上がったってのは、新事実だわ」

「そんな軽いもんじゃないです。電気あんかが火元だったら、おかしいことになる」

「どういうこと？」

「千曲署長は目が覚めて自分の足元が燃えてたらどうします？」

前のめりになって尋ねる。

部下に射すくめられた千曲は、ささやくような声量で答えた。

「……足を引っ込めて、逃げるわ」

人には生存本能が備わっている。意識の外側から体を動かし、命を脅かすものから距離を取ろうとする。火を確認したのならば、頭を火元に向けて倒れるなんてしないはずだ。彗星の言う通り、原因は電気あんかではなかったのだ。

「火元は他にある！」

一通りまくし立て、上亮は肩を上下させる。息を整えきれずにいる様を眺めた後、千曲はゆっくりと瞼を下ろし、上げた。

上亮の剣幕を脇に置くには、十分過ぎる間だ。残酷ともとれるほど優しい声で千曲は尋ねた。

「なえちゃん。それ、本当に言い切れるの？」

「それ、は……」

部下の一瞬の狼狽を千曲は逃さない。

「火事を目の当たりにした人の反応なんて予測不可能よ。絶対崩れるってわかってるのに貴重品を取りに戻る人もいるし、なぜかネギだけ持って出てくる人もいる」

「だけど、署長」

「こうは考えられないの？　火事なんて起こせば大事だわ。自分の不始末なら大家さんにも怒られる。火元はスパークしてるコンセント。だったら電気の流れを止めればいいって煙の中に不用意に頭を突っ込んだ。で、よろけて、電気あんかの側に頭から倒れた」

続ける言葉はない。千曲の仮説でも、十分被害者の倒れていた位置の説明ができる。

夕暮消防署の狸はにっこりと笑った。

「だから、いくらでも考えられるのよ。火災現場では発火原因を完全に説明してくれる〝もの〟が圧倒的に足りないの。なえちゃんだってよく知ってることでしょう？」

とうとう上亮は黙った。場違いな焼き芋屋の歌が、遠く聞こえる。

千曲はキャビネットを開く。腕の位置からして、〝署長特製猛反セット〟ではない。

「真実は確かに別のところにあるかもしれない。でも、今積み上げた事実だけでは届かない。なえちゃんたちは、鉱脈を見つけられなかった……そういうことよ」

「千曲署長！　いいんですか？　事故で片付けて」

上亮は食い下がる。千曲は微笑まなかった。

「それ、昨日話してくれてたら。僕ももう少し粘れたかもしれないわ」

「なんスかそれ⁉」

「一時間仮眠をとって、今日は五時に早退《はやび》きしなさい。特別に許してあげる」

マホガニーの机から出された毛布が上亮に襲いかかる。視界が褪せたオレンジ色に染まる。

「いいこと教えてあげるわ、なえちゃん」

千曲の顔は見えない。

「仕事をするときに必要なのはね、熱意じゃないの。根回しなのよ」

わかるのは本心で物を言っているということだけだった。


夕方。上亮は、解体工事の足場が取り付けられたジャワ・ハイツの前に立っていた。まだ彗星がいるかと思ったのだ。結果は空振りだった。元々空き室ばかりだったアパートだ。潰して更地にするのはわけのない作業である。

今日の朝まで粘っていた現場が、なかったことにされる。明るい顔などできるわけがない。

今日夕暮消防署に寄せられた要請はゼロだった。

ここに残っていたら、何かが変わっただろうか。

自問しても浮かばれない。

無意識に呟く。

「あいつ……飯食ったのか」

上亮の次の気がかりだ。本人の申告を信じれば、集中力が切れれば食欲と睡眠欲は回復するという。捜査が打ち切られた場合はどうなるのだろうか。前例はないはずだ。

夕暮警察署はここから少し離れた場所にある。消防署とも方向が違う。点を結べばちょうど正三角形になるような感じだ。

「行くか」

上亮の顔に迷いはない。理由は単純だ。消防士のアパートは夕暮警察署の真裏にあり、今日、上亮の勤務時間はもう終わっていた。

夕暮警察署は、市内の旧街道に通じる大通り沿いにある。休日バイクで中央自動車道に出ることが多い上亮にとっては都合の良い立地だ。近所には夜中まで開いている郊外型のショッピングセンターと大衆中華料理店があり、生活に不便はない。たとえアパートの窓を開けて見えるのが一面の墓場だったとしても、何の問題もないのである。

「うん?」

家の前を通ってから警察署に入ろうとする。途中で上亮は奇妙なものを見た。

件の墓場は寺の中にあるものだ。中には保育園も併設されている。ついでに作られた小さな公園は園帰りの親子でいつも盛況だ。ブランコとシーソーしかないので、常に芋洗い状態である。

だというのに、今日はなんだか様子が違う。

「ママ〜。あれ何〜?」

「し、見ちゃいけません!」

ベタな会話が繰り広げられていた。警察署の真裏で不審者か? と人の頭をひょいと避けながら見てみると、なんと探し人がいる。

「うげ、穂村……」

閑静な夕暮市の住宅街に、奇人が降臨していた。例のヘッドマウントディスプレイを装着し、ぐるぐるぐるぐると狭い公園の中を歩き回っているのだ。怪しいことこの上ない。

いくらスタイル抜群の美男子だからって、やっていいことと悪いことがある。「お巡りさんあの人です」って通報しようものなら、夕暮警察署の面子が丸潰れな光景だった。

「何やってんだあいつ」

「さしずめVR現場検証ってとこかしらね?」

「うわ!」

まさか答えをもらえるとは思っていなかった。上亮が悲鳴をあげると、背後に立っていた糸魚川は「うるさい」と顔をしかめる。相変わらず凄みのある顔をしている。ただ、照れ屋な性格と下の名前のことを思うと不思議と怖くなかった。

「なっさん、お疲れ様です！」

「師匠も。つか、皆さんお揃いなんですね……」

松山を筆頭とする、夕暮警察署捜査一課の面々だ。目つきの鋭い部下を後ろに従えて、猫背の警部はぱさついた頭を掻いた。

「いや〜、見ての通り、彗星くんが拗ねちゃいましてねぇ。解体前の部屋の様子をＶＲで完全再現したから一人で捜査を続行させてもらうって聞かないんです。あはは、お恥ずかしい」

「拗ねるって……」

成人男性にはおよそ適用されない表現だ。

「当てつけか知らないけど、あんなところでやってくれてるのよ」

糸魚川の顔には「迷惑千万」とはっきり書いてある。上亮は同情の眼差しを向けた。自分の後輩が公衆の眼前で未来人ゴーグルをかぶってウロウロしていたら同じ気持ちになるだろう。それどころか、己だったら有無を言わさず一発殴って署に引っ込めている。

「全く……」

周防は苦虫を噛み潰したような顔こそしているが、手を出す気配はない。酷く大人に見えた。その横で秩父が間延びした声をあげる。

「心配だなぁ。穂村先輩、まだご飯食べてくれないんですよ」

「まだ⁉」

糸魚川の「だからうるさいっつってんの」という苦言も無視して、上亮は秩父と人だかりの奥にいる彗星の顔を何度も見返した。動きこそキビキビしているが、確かにゴーグルの真下にある頬はなんだかこけて見える。

「今回こそ死ぬわね」

意地悪な感想だ。重ねるように、松山や周防も口を開いた。

「本当、彗星くんは往生際が悪いんだよねぇ」

「馬鹿と天才は紙一重と言うが、あれは前者だ」

ヘッドマウントディスプレイ越しにラックの隙間が見えているのだろう、何もないところでしゃがみだしている。目の前にスカートを履いた人がいたら完全アウトな体勢だ。

秩父が声を張り上げて注意するも、聞こえていない。

「あーもー、見てるこっちが恥ずかしい」

糸魚川が痺れを切らした。

「ねえ、警部。もう戻りましょうよ。仲間と思われたらいい迷惑だわ」

「そうだねぇ。ま、好きにやらせとこっか」

松山が同調して踵を返す。周防が黙ってその後に続いた。秩父は後ろ髪引かれるといった顔で先輩の姿を見ていたが、とうとう背中を向けてしまう。

「待てよ」

上亮だけが、動かなかった。

刑事たちに向かって低い声を放つ。

「あんたらにはあれがどう見えるんだ？」

「筋金入りの奇人よ」

「事件を解決するまで寝ないから？」

「そう」

「その上、事件を解決するまで飯も食わないからか？」

「そーよ」

「それってさ……」

上亮は彗星の姿を見つめる。

鏡の向こう側の自分を見るようだ。冷めた思いで。しかし、どこかで安心を覚えている。

「〝この謎を解かなければ、生きる意味がない〟って……言ってるみたいじゃないか？」

消防士は晴れやかな笑みを湛えた。

「あいつは現場に命を張ってる。俺と一緒だ」

迷うそぶりなど微塵も見せず、彗星のもとに近づいていく。背はしゃんと伸び、腕の振りは力強い。

「秩父」

離れていく消防士の背中を目で追いながら、周防は最年少の後輩に尋ねた。

「正直に答えろ。あいつは、ああいう奴か？」

「ああいう奴、とは？」

質問の意味を飲み込めず、秩父はふくふくとした顔を傾ける。鈍臭い奴めという代わりに、周防は聞き直した。

「意地っ張りで、熱い奴かと聞いている」

秩父は大きく頷いた。

「それはもう、間違いなく」

ぺちんと音を立て、糸魚川が手で顔を覆う。「さいでございますか」と松山も苦笑いを浮かべる。

周防は小さな声で状況をまとめた。

「似た者同士、か」


ブーツの足音たかく、上亮は彗星に近づいた。

「穂村。悪い、遅くなった」

チームメイトに声をかけるような調子で話しかける。

混乱した火災現場でもよく通ると評判の声量だ。まだ数歩分の距離があったが、彗星は黒いゴーグルを上亮の方に向ける。

振り向きざまに何を見たのか、突然声を荒らげる。

「見つけた！」

「は？」

何が何だかわからない。彗星は完全にＶＲの世界に入ってしまっている。脇目も振らず上亮の方へと近づいてくる。

「おい、ちょっと待て。穂村、そのゴーグル外せ。なあ、聞こえてんだろ？」

上亮は慌てて後退するが、奇人の勢いは止まらない。しまいには足を取られて転んでしまう。

踏まれる、と思った瞬間、どことは言わないが体の一部がすくんでしまった。

「穂村！　ああクソ」

彗星の影はすぐそこまで迫っている。自分の苗字が嫌いだと言っていたが、まさかなと、可能性を自ら潰すこともできない。

上亮は破れかぶれに叫んだ。

「彗星！」

暴走するアンドロイドの電源を落としたらこんな感じだろう。彗星はピタリと止まった。

ちなみに体勢は、あと少しで大事なものを踏み潰されるといったところだった。

ヘッドマウントディスプレイが外れる。中から出てきたのはそこら辺の宝石よりもキラキラと輝く双眸だ。

「あぁ、君か。上亮」

「君か、じゃねぇよ。危ねえだろ。障害物のある屋外で使うな、それ」

苦言はまだまだ出せるのだが、肝心の彗星が聞いていない。

「それどころじゃない。行くぞ」

すっころんだ上亮に手をかすそぶりも見せず、夕暮警察署の刑事は走り出す。流石に八食の絶食は無理があるのか。足元は若干おぼつかなかった。

人望がないという自己分析に嘘はないのか、彗星はパトカーではなくタクシーで移動するつもりのようだった。夕暮警察署の前を通る車道に目を凝らしている。

「ちょっと待ってろ」

上亮は彗星の進行方向とは反対に駆け出した。

一分も待たせずに、エンジン音を轟かせる。結婚相手と揶揄された、隼1300だ。

予備のヘルメットを彗星に投げ渡した。

「どこ行くんだ？　大工町か？」

上亮の後ろにまたがった彗星の答えは明瞭だった。

「君の職場だ」

赤く長い尾を引きながら、隼が街の中を飛ぶ。

久々に愛車に跨ったというのに、上亮の調子は最悪だった。

「無理だ……吐く」

「君が運転しているのにか？」

「喋んな馬鹿、気配を消してろ」

「このスピードだ。揺れもほとんどないじゃないか。積載量も問題ない」

「絵面の問題なんだよ。言わせんな」

まさかこんな形で家族以外の誰かを後ろに乗せることになるとは。彗星にヘルメットを渡した時は頭に血が上っていて綺麗に失念していたが、上亮のタンデム童貞は間違いなくここで失われた。

幸か不幸か上亮と彗星は信号に一度も引っかかることなく、夕暮消防署の駐輪場にたどり着く。

スタンドを下ろし、上亮は彗星の方を向く。バイクのミラーを使って髪を整えている様が非常に癇に障ったが、我慢した。

「で、何を見つけたんだ？」

彗星は何も言わずにヘッドマウントディスプレイを差し出してくる。自分の分身を託すようなそぶりだ。

上亮も黙って無骨なゴーグルを受け取った。光の中を覗き込む。

「おい、これ……」

ディスプレイには、昨日渡された時に見たのとは違う景色が広がっていた。半透明の世界ではない。本当にジャワ・ハイツ203号室の中にいるようなのだ。朽ちた壁の様子も、床の焦げ付き具合もそのままだ。何より驚いたのが、自分が動くと移動距離や角度に連動してディスプレイが切り替わっていくことだ。現場を歩く時と全く遜色ない。

彗星はなんてことないように告げる。

「三六〇度カメラで撮った画像を加工した。こうすれば本物の現場が解体されても、捜査は続行できる」

「お前が……やったのか？」

「そうだ」

〝情報系〟は伊達ではないということか。

この光景を作り出すのに彗星がどれだけ高度な技術を使っているのかは、上亮には計り知れない。どう褒めればいいのか、正直戸惑う。

つい、違う話題で誤魔化してしまった。

「表示も、前と違うな」

赤い丸が増えている。ゴミ袋の山だけではない、玄関に続く廊下の脇。それにプリンターがあった場所も注視するように促されているのだ。

「それぞれで充電バッテリーと入館証が見つかった」

「なんでそんなところに？」

彗星は上亮の質問に答えない。

「普通どこにあると思う？」

「馬鹿にしてんのか？　鞄だろ」

「馬鹿になんてしていない。脊髄しか使わない男でもわかるものなのだなと感心していたんだ」

「おい」

足音が遠ざかる。見えてはいないが、間違いなく彗星は我が物顔で夕暮消防署に入っていく気である。

上亮は慌てて「ちょっと待てよ」と声を荒らげた。自主的に付けたとはいえ、コスプレじみた恰好のまま置いていかれるのだけは勘弁だった。

「君の直感は正しい」

ヘッドマウントディスプレイの持ち主は淡々と解説する。

「部屋の鍵を含め、部屋に散らばるように落ちていたものは皆、本来鞄の中にあるべきものだ。こんな風に分散する形で出てくることはまずない。入館証に至っては朝確実に忘れるような場所に落ちている」

「放水の結果なんじゃねぇのか？」とコメントすれば、すかさず「想像力が足りてないな」と嘆息される。

どっちがだよ、と上亮は心の中で反論した。彗星はVRをつけていないはずなのだが、ギリギリのところで堪えている上亮の拳が見えないようだった。

「田中さんの帰宅時間は深夜だ。睡眠もそこそこに朝早く起きなくてはならない。ゴミ出しすら真っ当にできない人間がいちいち鞄の中身を取り出すのか？　君ならどうする？」

考えるまでもない。鞄に入れっぱなしにする。

大体、家に帰って入館証を取り出す理由なんてない筈だ。家でやるからこその持ち帰り残業である。

矛盾を煮詰めて作り上げたような部屋をぐるりと見渡す。浮かぶ丸を見つめていると、上亮の頭に一つの仮説が浮かんだ。

「おい、もしかして……」

乱暴にヘッドマウントディスプレイを外す。彗星は嫌味っぽそうに眉をあげたが、口は意外にも素直だった。

「その通りだ。君が今頭に浮べた考えは、ジャワ・ハイツ２０３号室にちりばめられた謎のほとんどを説明してくれる」

何故、電気あんかが入っていた布団や電源コードが挿さっていた壁よりも、被害者の頭上にあったゴミ袋が激しく燃えたのか？

何故、火の届いていないはずのラックの上に一部が熱で溶けたＤＶＤケースがあったのか？

何故、鞄の中身が部屋に散乱していたのか？

上亮はぽつりと言葉を宙に浮かべた。

「目覚めたら――鞄が燃えていた」

「そうだ。田中さんは鞄の中身を部屋にぶちまけた。預かっているＤＶＤを取り出すた

そうして煙を吸って気道熱傷を起こし、倒れた。火種となっていた鞄の中身は部屋の中に拡散し、電気あんかとは反対側のゴミ袋が真っ先に燃え上がる。火はゴミ袋と壁を伝い、電気あんかのケーブルをスパークさせる。

ありありと思い浮かべることができる。

わからないのは、その前だ。そもそも何が燃えたのか。

「携帯バッテリーに発火した形跡はなかったぜ？」

「火元を携帯バッテリーと断定するのは尚早だ、上亮。だが、火種が部屋に分散したという前提を持って見てみると、面白く映るものがある」

彗星に言われるまま、上亮はディスプレイをつけてセンサーコントローラーを操作する。仮想の部屋の中に今度は、青い丸が浮かび上がった。

「これは何の丸だ？」

「近づいて見てみるといい」

言われるがまま歩を進める。

「いっ」

上亮は実世界の柱にぶつかった。

あれだけ注意していたというのに、まさか自分が痛い目を見るとは。彗星が「気をつ

けてくれよ。それは結構高いんだ」と辛辣な言葉を投げてよこす。反論する元気も起きない。上亮の肩にどっと疲れがのしかかった。

「見えたか？」

「ああ。なんだこれ？　酒瓶か？」

上亮は実体のないガラスの破片を覗き込んだ。コンビニでよく見るワンカップのラベルである。

「観点が変われば、調べるべきものが変わる。そのガラスは瓶の底の一部だ。鞄の残骸にも入っていた。付着物があるだろう。それが気になる」

ジャワ・ハイツ２０３号室の遺留品は全て、夕暮消防署にある。燃え残った酒瓶も回収されているはずだ。

「なんでそんなものを？」

上亮はディスプレイを外して尋ねる。

彗星は瞳を一度だけ光らせた。

「その汚れ。煙草の吸い殻のように見えないか？」


検証の結果はあっさりと出てきた。

彗星の睨んだ通り、床や通勤鞄に残っていたガラスの汚れを調べると、アセテート繊維が検出されたのだ。煙草のフィルターに含まれる素材である。

夕暮警察署の一室で、上亮は胸の内の疑問を口にした。

「吸わないんじゃなかったのか？」

田中友則は煙草嫌いで、匂いを嗅ぐだけでも嫌がったはずだ。

「その前にプロの見解を聞きたい。ワンカップ瓶を灰皿がわりにしていたらどうなる？」

「どうって……」

「想像してくれ」

窓の外を一瞥し、思考の海に潜る。消防署とは異なる電話の呼び出し音が数回流れるのを聞いた後、「場合によるけど……」と前置きした後、消防士ははっきりと告げた。

「割れる。煙草の火を消しきらずに突っ込んでたら、一部だけ膨張するだろ？　しかも真冬だ。何度も使ってたら、可能性は十分あり得る」

「僕も同意見だ」

彗星は大きく頷いた。

「煙草嫌いな田中さんの部屋から、煙草が出てきた。火災発生時、部屋は密室で、周囲にも不審な人物はいなかった。それはそうだろう。火種は田中さん自身が持ち帰っていたのだから。今、春影たちが田中さんの足取りを追っている」

「どこで、ワンカップを持ったのかを知るためにか？」

「君にしては察しがいいな」

上亮を貶《おとし》める気がないことは、彗星の上機嫌な顔つきからよくわかる。逆に厄介だった。無意識に嫌味っぽい人間を、それも二十歳をとうに超えた男を更生させるのは至難の業である。

（そうやって、いろんな奴が諦めたんだろうなぁ……）

上亮は奥の部屋を見やった。秩父と松山が大工町商店街の監視カメラを追っている。田中が駅から出てきたところは見つかったので、芋づる式に足取りを追うことができるようになったところだった。

「直《じき》に犯人もわかるだろう」

彗星の声は冷えたままだ。もしかすると大手柄かもしれないというのに、誇る気配もない。ただ、自分の仕事が静かに終わろうとしていることを実感し、体の力を抜いていることだけが窺えた。

上亮は無言で立ち上がった。廊下に出て、程なくして戻る。

「ほら」

ぶっきらぼうな声とともに、手の中のものを差し出した。

「これは？」

「スポーツドリンクだよ。知らねぇの？　ホットのは珍しいかもしれねぇけど。とにかく飲め」

「何故？」

「うちに救急があるの忘れんなよ。冬でも脱水症状は十分あり得るんだからな。それに……」

おかしな緊張に包まれる。上亮は半分祈るような気持ちで火事場の奇人《シャーロック》に缶を突きつけた。

「もう、飲めるんだろ？」

彗星の解きたかった謎はほぼほぼ明らかになっている。あとは裏付けを待つだけだ。

数秒の沈黙の後、彗星は薄い唇を開いた。

「上亮。僕は思うんだ。真実はいつだってダイヤモンドのようだと」

何時《いつ》ぞやの言葉を繰り返す。声は別人のようだ。

上亮は目を丸くした。彗星の口の端がはっきりと上がっているのだ。

機械人形のような印象が薄れる。残るのは、絵にして残したいほどに魅力的な微笑みを見せる男だった。

「拾い上げない限り、その価値を認めてもらえない」

「……だな」

上亮も否定しなかった。

彗星が淡い色の缶を受け取ろうとする。その矢先、秩父の「見つけました！」という鋭い声が飛んだ。

何を、と聞くまでもない。彗星も上亮も秩父の元に駆け出そうとする。

だが、そうしようとしただけだった。

刹那とおかず、上亮の視界から彗星が消えた。

「穂村⁉」

彗星は受け身も取れずに床に倒れた。

今までよくもっていたと褒めるべきところだ。顔は、青を通り越して白くなっている。痙攣さえ起こしていた。

上亮は慌てて足にブレーキをかける。一方、秩父の声を聞きつけてやってきた周防と糸魚川は、無情にも二人を置いてモニター室に飛び込んだ。

「おいおい、無視かよ」

「救命活動のプロに任せるわよ」

憎たらしい捨てゼリフだ。上亮はぎりぎりと歯を鳴らした。

モニタに集まった先輩たちに向かい、秩父は一点を指差す。

「ここです」

「確かに田中ね」

真実は大工町商店街を抜けた先にあるコンビニの監視カメラに映っていた。

火事が起きた夜、田中はコンビニの前で男と軽い口論になっていたのだ。

夕暮市は昨年から路上喫煙を禁止している。コンビニの前にあった吸い殻入れも撤去され、喫煙家には肩身の狭い街に変わってしまっている。翻って言えば、田中のような煙草嫌いにはホッと息つける場所になっていた……はずだった。

コンビニの駐車場を映す監視カメラには店から出てきた田中がいる。若いドライバーがワンカップを灰皿がわりにしているのを見つけ、ずかずかと近づき一言二言会話をした。

　問題はその後だ。

「こいつ、鞄に……」

「そうなんです」

　秩父が沈んだ声で同意した。

「鞄がぱっくり開いてるのをいいことに、灰皿にしてたカップ酒の瓶を入れてるんです。疲れた田中さんは気づかないまま……」

「あいつのいう通り、家まで煙草を持って帰った」

　煙草の火は、すぐには大きくならない。周囲に熱をばら撒きながら少しずつ火種を喰らっていく。家主が寝入った頃に本格的な炎に化ける。煙草の不始末による火事によくある流れだ。

　松山が目尻を下げる。

「そんじゃあ、ドライバーの特定をしますかね」

　次の飲み屋を探すような気軽さだ。最年少の部下が顔を引き締めて頷いた。

　周防や糸魚川に至ってはすでに動き出している。足早に廊下に出て行く。秩父も軽い足音を立てて後を追う。

　残るのは長椅子の上で死んだように眠る男と、そいつのせいでもう一仕事を強いられている消防士だ。

「いや～。かなわないなぁ」

松山は顔をクシャと動かして呟いた。

翌日。事件の顛末を聞いた芦谷は素っ頓狂な声をあげた。

「で、犯人の顔もわからず仕舞いのまま、なっさんは奇人さんを家まで運んで行ったんですか？」

上亮はひと睨みで後輩を黙らせる。声に出すならば「文句あんのか？」と言った感じだ。

「夕暮警察の連中、誰も穂村を助けないんだよ。ほっぽり出す訳にはいかねぇだろ」

彗星の家は前の職場の近くにある。つまり、大都会東京のど真ん中だ。神奈川県の一部と勘違いされる夕暮市からタクシーを使えば、とんでもない額になる。ボーナスが出たとはいえ、上亮の財布には大打撃だった。

「なっさんの家、近いじゃないですか。だったら……」

「黙れ。それ以上言うな」

とうとう肉声を伴って脅される。鳥肌を立たせながら、芦谷は神妙な顔で何度も頷いた。

奥では米津が足をはしごに引っ掛けた姿勢のまま、動けずに震えている。訓練になっていなかった。

「なえちゃ～ん」

「げぇ」

上亮は不快を露わにした。

そんなことも気にならないのか、千曲はとろける笑顔を浮かべ、笹子小隊に近づいてくる。携えた手提げからして夕暮警察署からの戻りのようである。

「うふふ、ありがとう。大手柄よ。犯人も捕まったし、次男様とも仲良くなったみたいだし、もう大団円って感じ」

ご機嫌な狸顔で何度も頷くも、上亮の返事はつれない。

「仲良くないです」

「あら、そうなの？」

「ああいうキザな奴と根本的に合わないんスよ、俺」

思い出すだけでも怖気《おぞけ》がする。

免許証を頼りに訪れた彗星のマンションは上亮の想像をはるかに超えるお洒落部屋だったのだ。

基本的に物がない。見えないところに置いているのか、そもそも持たない主義なのかは定かではないが、すっきりしすぎていて上亮には物足りない。置かれている家具は皆住人の気質を表すようにスタイリッシュで、上亮が量販店で買ったものにゼロを一つ……下手すれば二つつけた値段のような気がした。写真に撮れば雑誌の表紙になりそう、という代物だった。

千曲は目を丸くしたまま口角を上げた。おどけるピエロのような迫力があった。

「せっかくまた組ませてあげようと思ってなえちゃんを配置換えしたのに」

「はあ⁉」

寝耳に水どころではない。熱された油を注がれたような心情だ。つまり拷問である。追撃とばかりに千曲は発令状を見せる。

上亮は震える声で読み上げた。

「夕暮消防署予防部火災調査課……調査・窓口係⁉」

「そう。なえちゃんは今日から火災調査を担当するの。夕暮警察署の火災捜査班とタッグを組んでね」

「何の罰ゲームっスか、それ！」

肩で息をする上亮の威嚇なんて見えちゃいない。千曲は何も言わず、今度はスマートフォンを取り出す。画面を上亮に突きつける。

「え？」

画面にいるのは間違いない、己である。活動服を腰巻きにしてうろうろしている消防士なんて、日本広しといえど夕暮消防署にしかいない。

若者に人気の動画投稿サイトだ。そのトップ画面に桜之下学園の生徒に向けて行ったハチャメチャな救命講習の様子がサムネイルとして切り出されている。

脂汗が止まらない。上亮はゆっくりと確認した。

「……撮られてたんですか、あれ？」

「すっごいわよ、そこらへんの歌手のPVくらい再生されてて。流山副署長の言う通り、SNSは怖いわねぇ」

千曲は上機嫌に補足する。あくまでうわべだけの上機嫌だ。

「もちろんどこの消防署かなんてとっくに特定されてるからね？　大手町の本庁にも知られているわ。だから当面、なえちゃんを現場に出す訳にはいかないってことなの、おわかり？」

「いや、でも……」

往生際悪く反論を口の中で転がしてみても無駄だ。逃げられないところまで追い込まれた。

千曲は、鼻息が届く距離まで迫っている。

「わかるわね？」

誰も恨むことができない。自業自得、身から出た錆《さび》。自分で蒔いた種である。

まさかこんな形で芽を出すとは。

上亮は震える声で呟く。

「嘘だろ……」

最近こればっかりだ。

まぶたの裏には、冴え渡る月影の下に佇む、痩身の男の姿があった。

ROOM 2

スウィート・ウィリアム・ガーデン　熱帯館

この世のものとは思えない臭いだった。

地獄の釜の蓋を開いたら、きっと似たような煙が出るだろう。

口や鼻、その奥にある喉までもがヒリヒリと痛む。ハンカチ程度では防ぎようのない激臭である。

(何て馬鹿なことを考えてしまったんだ)

激しい後悔が男を襲った。

多少の火であれば自力で消すことができる。根拠のない自信を振りかざすことなく、一目散に逃げておけば良かったのに。

今更としか言いようのない反省が体の中をぐるぐると駆け巡る。一分前、消火器のホースを炎に向けていた勇敢な姿はどこにもない。

(どうする？　どうすれば？)

煙のせいで、男は目を開けることができなくなっている。慣れた場所にいる筈なのに、どちらに向けて初めの一歩を踏み出せば良いのかすらわからない。

はっきりと感じるのは、火がすぐそこまで迫っているという事実だ。熱が服を通り越して肌をあぶる。逃げろ、と頭は体に何度も命令を下す。肝心の足はすくんでしまって、石のようになっていた。

数度咳き込み、体をくの字に折る。男は床に這いつくばった。

（これだけ燃えているのだ。助けはすぐに来るはず）

覚悟を決めて、ひどい味になった空気を吸い直す。

廊下に出ることさえできれば、活路はある。あそこは客の往来にも耐えられるよう広く設計されている。まだ、酸素が残っているはずだ。

男はぺた、ぺたと手を伸ばす。途中、中指の先が何かに触れた。炎に晒され、熱くなっていないか。恐る恐る手のひらで確かめる。

「あ、ああ」

何に触れたのか理解した瞬間、堪らず胃の中のものを吐き出した。

違う。ここではない。出口とはまるで別のところに進んでしまっている。

「そんな……！」

男は頭を抱えた。それ以上はもう、何をすることもできなかった。

人生の長い道のりを歩く上で、ポリシーというものは多かれ少なかれ必要になる。

高尚なものでも、低俗なものでも構わない。とにかく進む方向を明らかにする事が肝心だ。道を決める手がかりがなければ、いつの間にか想像もしていなかったような悪所に行きついていたり、結局同じところに帰ってきてしまったりする。

岐路に立ち、決断を求められた時。

多くの人は己の心に問いかける。

答えを得る事ができるのは、そもそも己を持っている者だ。

「……俺は現場一筋だ」

去年とうとう三十路に両足を突っ込んだ男、棉苗上亮にも人生の指標があった。「人生の」と「指標」の間に「いくつもの」という言葉を挟んでも構わないくらいに、沢山のこだわりを持っている。

おかげで就職の時には何の迷いもなく、数多ある職業の中から消防士の道を選んだ。言い方を変えればずっと願って来たのだ。

朝から晩までデスクに張り付くつまらないサラリーマンにだけは絶対になりたくない、と。

「俺はこういう仕事だけはやりたくなかったんだよ」

故に今、上亮は人生のどん底にいる。

火事、大雨、地震。災害はいつ何時起きてもおかしくない。当然、消防士の勤務も二十四時間という大きなサイクルを中心に回ることになる。

食事は勿論、寝る場所だって署の中だ。学校の保健室にありそうな簡易なベッドに活動服姿のまま横になる生活をもう二桁年も続けてきている。

だが、これは交代制勤務に従事する職員に限った話だ。いわゆる消防係や救急係といった警防課に属する者のタイムスケジュールである。消防署で働くもの全員に適用される訳ではない。

「あぁ、クソ」

足を伸ばすとすぐにキャビネットにぶつかる窮屈な机も、座り心地の悪い椅子も、慰めとは真逆の効果しか生み出さない。ポンプ係にも同じデザインの席が与えられているのだが、着席時間は半分で済んでいた。

「誰でもいいから嘘だったって言ってくれ……」

不良消防士は今、夕暮消防署の最奥の部屋で働いている。

勤務時間は八時三十分から十七時三十分まで。曜日は月曜から金曜だ。定時制で働くサラリーマンとなんら変わらない。一日働いて一日または二日休むという生活に爪先から頭までどっぷり浸かっていた上亮からすれば、地獄のような環境である。

「独り言をやめろとは言いませんが、内容はよく考えてから発言いただけますかね」

何かにつけて小言を寄越す嫌味な副署長が側にいるとくれば尚更だ。

上亮はとびきり低い声で応じた。

「何か用ですか、流山さん」

流山は席の斜め後ろに立っている。上亮は椅子を回した。またキャビネットの角で膝を軽く打ってしまう。

そのいでたちに肌が粟立つ。アレルギー反応が出たのだ。

（うーっげ……）

痩せた体をした上司は暗い色の制服を着ている。厚手の布でできたダブルボタンのブレザーだ。動きやすさを追い求める上亮からすれば、式典でもない限り引っ張り出さない代物である。

何が嬉しくて都心行きの満員電車に乗るサラリーマンと大差ない格好をしなくてはならないのか。さっぱりわからない。

結局、上亮は異動した後も使い古した紺色の活動服に身を包んでいる。アポロキャップも、トレードマークの腰巻きも健在だった。おかげで流山の心証はすこぶる悪い。

「室内では帽子はとる。何度言ったらわかるんです？」

「すぐ外に出るかもしれないじゃないですか」

「だったら外に出る時にかぶればいいんです。訓練三昧だった頃とは違うんですから。いい加減マインドを切り替えて貰わないと困るんですよ」

流山は鬼の首でも取ったような顔で上亮を見下ろした。

「貴方、今のご自身の所属が言えますか？」

痛烈な皮肉まで添えてくる。

かっと腸《はらわた》が熱くなる。上亮はなんとか堪えた。そろそろと返事する。

「夕暮消防署予防部火災調査課、……調査・窓口係です」

「その通り。今のあなたは棉苗隊員ではなく棉苗調査員なんですよ」

重たい音と共に新品のデスクマットが跳ねた。流山が大量の教本を置いたためだった。巻き起こった風が上亮の短い前髪を撫でていく。インクの独特な匂いが鼻をかすめた。

「さぁ、昨日おさらいした火災原因判定書の記入要件に関するテストから始めましょう。と、言いたい所なのですが、まずはこれを見てください」

上亮は流山が開いたノートパソコンを覗き込んだ。

「なんスか、これ？」

「何に見えます？」

「さあ。壁っぽそうですけどボケちゃってて素材がコンクリなのか石膏なのかもわかんないッスね」

「こういう写真が火元調査に役立つと思いますか？」

「寝言は寝ていいましょうよ、流山さん。これなら現場行って直接見た方がマシです。滅茶苦茶下手ですけど一体誰が撮ったんスか？」

「あなたですよ」

流山の答えに一瞬、フロアの音が止まった。

「先週の実習で撮ってきてもらったものです。デジカメでね」

声には間違いなく苛立ちが滲んでいる。当の上亮は「あぁ、道理で」と頷いた。

「他人事のように言っている場合じゃないでしょう。あなたの業務は火を消すことから火元を探すことに変わってるんですよ。こういう地道な証拠の確保が物を言うんです！」

「オートなんとか機能って使いづらいんですよね」

「ただ待てばいいんですよ！　オートフォーカス機能なんですから！」

周囲の職員は吹き出すまいと必死に手で口元を隠している。誰も助け舟を出す気はないらしい。

上亮は流山の様子を盗み見た。相変わらず唾が雨のように飛んでくる。心中、帽子のありがたみを覚えながら、いけしゃあしゃあと言い放った。

「やっぱ向いてないんスよ、俺」

配属この方現場一筋。十年間、ずっと炎と戦って来た。ハードな仕事だが、辞めたいと思ったことは一度もない。天職だとさえ思っている。加えて言えば、体を動かしていないと気が狂いそうになる性質なのだ。

「戻しませんよ」

だが、流山の反応はつれなかった。

「私は千曲署長からあなたを『新人だと思ってきっちり鍛え直せ』と言われているんです」

「いや、署長なら『きっちり鍛え直してね♡』じゃないっスか？」

「茶々を入れるんじゃない」

脳裏に都内……いや全国でも指折りのユニーク上司の影がよぎったのだろう、流山はかぶりを振って邪念を振り払う。一度咳払いをし、声を凄ませた。

「元はと言えば、誰が何をしてこうなったんですか？」

「それは……」

そこを突かれてしまうとぐうの音も出ない。

望まない人事異動の憂き目にあったのは、誰でもない自分のせいである。

流山の十八番、救命講習に駆り出されたときについつい地金を出してしまったのだ。その様を隠し撮りされ、ＳＮＳで拡散されてしまったのである。

夕暮市は東京都の外れにある。関東住まいの者にさえ時々、神奈川県の一部と間違えられる地だ。当然、皇居のすぐ側にある消防庁からは物理的にも心理的にも離れている。

一方で、インターネットに距離という概念はない。アップロードされてしまえばそこまでである。

流山は重々しく結論づける。

「クビにならなかっただけありがたいと思うことです。繰り返しになりますけど、いい加減マインドを切り替えてくださいね」

「ウッス」

「今のはお返事なんですか？」

数秒黙った後、上亮は「はい」とも「へい」ともつかない音を喉の奥から絞り出した。心中、何度目になるかわからない悪態を胸の内でつく。

窓の向こうでは、見知った顔が小雨の中ランニングに勤《いそ》しんでいた。

昼休み、皿を数えていた芦谷が鼻を天井に向けた。

「うわぁ、やっちゃった〜」

若い機関員はもともと甲高いという印象を与える声をしている。こうやって気が動転した時に放つ悲鳴は場にあっという間に伝播した。

「今日十三人分でよかったんだ。一人前余計にできちゃうぞ、これ」

訓練後のミーティングを終えた消火隊のメンバーが談話室に集まってくる。食事を作って、摂るためだ。

大小の違いこそあれ、全国の消防署および出張所の談話室には大きなキッチンが備え付けられている。キッチンと称するにはいささか無骨で、厨房と称した方がしっくりくる。

キッチンの写真だけ撮って人に見せれば、消防署と答えるものは少ないだろう。一番多い回答は「定食屋」といったところか。

巨大な換気扇に六口コンロ。棚にはそのままヘルメットにもできてしまいそうな大きさをした鍋やボウルが並ぶ。冷蔵庫は二台もあり、扉を開けると業務用サイズの調味料がぎっしりと詰まっていた。

部屋に染み付いた匂いもなんとなく油っぽい。ニンニクと胡椒が効いた唐揚げや唐辛子を隠し味にしたレバニラなど、スタミナのつくものをよく作るためだ。

いつ何時通報があるかわからない。消火隊員は外食に出るわけにはいかない。代わりに署内にはキッチンが用意されていて、食事当番となった隊員が調理をする。自分達のご飯は自分達で、ということだ。

「もともと大盛り計算なのにぃ～」

嘆く芦谷の横で、すかさず上亮が嚙み付く。

「おい、芦谷。俺を勘定から抜くんじゃねぇよ。手伝ってやんねぇぞ」

「違います、違います。米さんの分が余計なんです。米さん、最近お嫁さんからお弁当を持たされるようになったんですよ。なっさん、お願いですから見捨てないで！」

芦谷の包丁捌きはおぼつかない。「芦谷のアシは料理アシスタントのアシです」と豪語するだけあって、食事当番が回ってくるたびに大騒ぎになる。しまいには先輩たちに助けを求めるのだ。

隣で大根の皮むきをしていた上亮は「大体なぁ」と言葉を繫いだ。

「なにが『隊は抜けてもいいから、食当は抜けないでください』だ。ふざけるのもいい加減にしろ」

「ふざけてないですよ、俺の素直な気持ちです」

「余計にタチが悪い。もう自分でやれ自分で」

「そんなぁ！」

カウンターの向こうでは米津が腹を抱えている。机の上にはコロンとしたフォルムの弁当箱があった。

上亮と芦谷の先輩は本当に些細なことで笑い出す沸点の低い男だ。芦谷が作りすぎた分を片付けるために、先に愛妻弁当を食べようとしていたが難航している。手で目元を隠しているが、代わりに綺麗な歯並びが目立っていた。

キッチンから出て行こうとする上亮の袖を掴み、芦谷が眉を吊り上げる。

「だったら戻ってきてくださいよ。なっさんが抜けるとその分当番が早く俺に回ってくるんです。俺にとっては死活問題なんですから！」

「俺だって一秒でも早く戻りたいっつーの……」

人の噂も七十五日というが、残念ながら救命講習ＳＮＳ拡散事件からはまだ一ヶ月と経っていない。何度直談判に行っても、異動を命じた女言葉の署長は「ほとぼりが冷めたら戻してあげるかも」とのらりくらりするばかりだ。

そのマホガニーの机には夕暮消防署のマスコット・消し太郎くんが羽織を纏って正月飾りと並んで座っていた。曰く、どちらも千曲の愛娘達の手作りなのだという。

「そうだ」

やっと弁当を半分ほど空にした米津が上亮の名前を呼んだ。「何気なく尋ねている」を心がけているという雰囲気がよくわかる。

白々しく窓の外を見やり、回復してきた天気を確認している体を装っていた。

「笹子隊長、異動についてなんて言ってたんだ？」

「ええーっと」

上亮は言葉を濁した。

正式な命令を受けとる前、上亮は小隊長の笹子と面談をしていた。経緯が経緯だし、結果が結果だからである。

上亮は芦谷の肩越しに談話室の入り口を盗み見る。赤銅色に日焼けした上司は遅かれ早かれこの場にも姿を表すはずだ。

「もしかして……怒ってたのか？」

「そりゃそうでしょう、米さん。理由が阿呆過ぎますもん」

すぐに答えられないのには訳がある。上亮は眉間にしわを作った。

（あれは怒っていたのか……？）

上司は心中をなかなか言動に表してくれないのだ。上亮自身がまだ笹子の言葉を上手く飲み込めずにいた。

仕方がないので朝同様、相手の言葉をそっくりそのまま再現する。モノマネには定評がある。

「『まぁ、しょうがねぇな』……っスね」

途端に芦谷が口をへの字に曲げ、対照的に米津の口が大きなVの字を作った。

「あぁ、言いそう……笹子隊長すごく言いそう。傍で放水長が頭抱えているところまでありありと想像できますよ、それ」

「上亮、もっと喜んでいいと思うぞ。きっと戻ってきた時にも『まぁ、いい経験だったな』って言ってくれるはずだ」

「……だといいんスけどね」

険しい形になった目の中に影が下りる。

芦谷の冷静な分析も、米津の楽観的な観測も正直、上亮には響かなかった。

不安は手の指では足りない程にある。現場での迅速で的確な対応は日々の訓練の賜物だ。頭でなく、体で覚えていくものである。こうやって毎日デスクに縛り付けられていれば、反比例して今まで積み上げたものは音もなく消えてしまう。

隊員の問題だってある。ポンプ車を動かすのには最低四人必要だ。一人でも欠ければ回らない。今は管轄内の調整でなんとか間に合わせているが、ぐずぐずしていたら戻る場所がなくなってしまう。

そして何よりも。

（あいつとまた仕事するのか）

瞼を閉じずとも像を結ぶことができる。同じ人間とは思えない程に冷たく整った姿をした、若い男だ。眼差しは冴え冴えとしていて、口調にも一切の温かみを感じない。

会話を思い出すだけで胃がムカムカしてくる。目の前にある大根と豚肉の旨辛炒めの匂いすら受け付けない。

早くなんとかしなければ。ため息交じりに上亮は決意を新たにする。

瞬間、談話室の時計の横につけられているスピーカーがビープ音と共に無機質な声を流し始めた。

「夕暮市出火報、山地区六番八号」

場の空気が一変する。出場命令だ。

すぐさま芦谷がコンロの火を止める。米津も弁当に蓋だけ被せて立ち上がった。

皆、駆け足で談話室を後にする。

上亮がしんがりだ。火災調査課の人間も鎮火前の現場に駆けつける必要がある。炎の様子を記録することは、後の調査でも重要な手がかりになるからだ。

だが、乗る車は米津達とは違う。優先順位もだ。流山の言う通り、役割が変わってしまっている。

「後でな、上亮‼」

今は仲間の背中を見送るしかない。

階段下へと足音が遠のく。

ぎり、と上亮の歯が軋んだ音をたてた。


　夕暮市の北には丘陵地帯が広がっている。海抜三〇〇メートル程のなだらかな丘には昔、家具工場と倉庫がいくつか建っていた。

　歴史を遡れば、夕暮市のある一帯は大昔から多摩川を利用した材木産業が盛んな場所であり、広い土地を利用した工場や作業場が作られることが多かった。戦中には歩いて半日とかからない距離に日本軍の航空技術研究所も存在していた。

しかし経済の求心力は次第に都心に集中し、夕暮市もベッドタウンとしての役割を求められるようになる。家具工場もまた海外産の廉価製品に押された挙句、バブル崩壊が決定打となり閉鎖した。

跡地はすぐさま第三セクターによって再開発され、植物園をベースとした有料公園に生まれ変わった。

名前をスウィート・ウィリアム・ガーデンという。

春になると濃いピンク色をした小ぶりな花が咲き乱れ、花見の次のイベントとして盛り上がる。電車でのアクセスは難しいが、夕暮市中心部から定期バスが出ており、子育て世代に人気がある場所である。

少なくとも市内の小学生は在学中、一度は遠足で必ず訪れる。科学館やプラネタリウムが併設されているためだ。通報があったのはこの複合施設の花形である熱帯館だった。スウィート・ウィリアム・ガーデン内の施設はここ数年、老朽化に伴うリニューアル計画が実行されており、熱帯館はその記念すべき第一号としてお目見えした。

建物は増築され、背の高いスタイリッシュなガラス館となった。展示内容もユニークだと評判である。

しかし今は……見る影もない。

「下がってください！」

「倒壊する可能性があるんです！　近づかないで！」

無残な音を立てて壁のガラスが剝がれ落ち、赤く染まったアスファルトにぶつかって砕ける。天井に届かん勢いで枝葉を伸ばしていた木々がそのまま炎に包まれている。迫力すらも感じる光景だ。

「風向きが変わったら煙がこっちにくるんだ！　いい加減離れろ！」

上亮は避難指示の声掛けにあたっていた。

騒ぎを聞きつけた野次馬が熱帯館に隣接する公道に集まっている。持ち物やジャージのロゴによれば、丘の麓にある大学の学生たちのようだった。危険も顧みずスマートフォンを握り、炎に近づいていく。

「ったく、堂々と車道で撮影しやがって。俺がやらなきゃいけないんだよ、それは」

上亮の首にはまだ使いこなせていないデジカメがぶら下がっている。延焼の様子を撮影するためのものだ。だがこうも野次馬が多いとやるべきことも始められない。

手元の時計をちらと見る。デイデイトが日付を伝える。

（これが営業日だったら……）

想像するだけでゾッとする。世間はまだ冬休みで、Uターンラッシュのピークも超えた頃である。日帰りで遊びに行くにはスウィート・ウィリアム・ガーデンはうってつけの場所だ。家族連れであふれていたに違いない。今日が休園日であったことは本当に幸いであった。

ギャラリーのどよめきが大きくなる。割れた天井から炎が吹き出したのだ。すかさず上亮も声を張り上げ、野次馬を道路の向こう側へ追いやった。

（まだ放水は始まらないのか）

ポンプ車が動いていないということは、逃げ遅れの確認が取り切れていない可能性が高い。本格的な放水を受ければ、人の体など簡単に吹っ飛んでしまう。むやみやたらに水を撒くわけにはいかないのだ。

見ると入園ゲートの脇に人が集まりはじめている。皆顔に疲れと不安を張り付け、火柱を見つめていた。集団の中には派手なパーカーを着ている者もいる。公園のトレードマークであるヒゲナデシコをイメージした色だ。

あれは野次馬ではない。上亮は小走りで近づいた。

集まった人の世代は様々で、下は学生、上は己の父ほどの年の者も混ざっている。気が動転して泣いていたり、今にも倒れてしまいそうな者もいた。

上亮はその中から職員達の顔を必死で確認している中年の男に声をかけた。

「夕暮消防署の棉苗です。ちょっとお話聞いてもいいですか?」

「は、はい。私でよければ……」

男は依田《よだ》と名乗った。園内のグリーンツアーの担当をしているのだという。

確かに一目で外で働いている者だとわかる。日に焼けた肌やささくれが目立つゴツゴツとした手が、依田がどんな仕事をしてきたのかを教えてくれる。口や顎に蓄えたひげには白いものが混ざっていた。

「これで全員ですか?」

「いえ、他にもいます。ほとんどは園の一番端にある科学館の職員で、電話で連絡を取ってもらっているんですが……」

チラと依田は後ろを見やった。周りの音がうるさいのか、受話器と反対側の耳を塞いで叫ぶように女性職員が話している。

「やっぱりそっちにも来ていないのね⁉」

聞くや否やアルバイト風の若い女がわっと手で顔を覆う。隣にいた痩せた男に至っては見て分かる程に震えていた。皆、瞳に暗い色を宿している。

「誰か行方が分からないんですか？」

「園長の渡久地《とぐち》です。パンフレットにも挨拶の写真があるので風貌は伝えやすいんですが……。そこにいる清水《しみず》の話では園長が火事を見つけたらしいんです。熱帯館から飛び出してきて、倉庫から火がでていると叫んだと。それで通報に至ったんです」

「その後、園長は？」

「初期消火にあたると言って一人熱帯館に戻って行ったそうなんです。職員全員の避難を私に任せると……」

「どうして戻ったりしたんだ⁉」と声の限りに叫びたかった。

確かに初期消火は有効な手段だ。消防車が到着するまでの間も火は燃え続け、延焼のリスクが跳ね上がっていく。鎮火ができればそれに越したことはない。

だが、一人で消すことのできる炎には限度がある。消火器の噴射もせいぜい二十秒ほどしか続かない。

今回のように出口まで一度退いた後、誰かに指示を出した上で消火のためにもう一度火元に戻るだなんて、正直無茶だ。

上亮は踵を返して駆け出した。一見乗用車のようなフォルムをした赤い車……指揮車の先に目当ての人物がいる。

「大隊長！」

現場指揮を担う泉山《せんざん》である。小山のような体格をしている。呼びかけに振り向いた瞬間、防火服についたオレンジの反射板とスポーツタイプの眼鏡が鈍く光った。

「棉苗か」

「職員から話が聞けました。火元は熱帯館に併設されている倉庫の中。それと初期消火に入った園長と連絡が取れてないそうです」

泉山は返事をよこさない。代わりに手元の拡声器のスイッチを入れた。軍手越しにも太い指が目立つ。子どもの指二本分ほどはありそうだった。

空気を吸い込む音までもが大きく伝わり、ドラ声が空に響き渡る。

「安否不明一名！　倉庫内に逃げ遅れの可能性あり！」

ポンプ係が呼応するように叫び合う。皆顔を夕焼け色に染め、駆けずり回っている。

その様をあざ笑うかのようにまた熱帯館の天井から火の粉が降り注いだ。

「消防士さん」

上亮の背後にはいつの間にか、依田が佇んでいる。

「もう……お終いなんですね」

なんだかどっと老けたように見える。顔に刻まれた皺には影すらさしていた。

「あそこは園長が心血を注いで企画した場所なんです。熱帯雨林をそのまま夕暮に持ってくると彼はずっと夢見てたんですよ。リニューアルの時には私もお手伝いさせていただきました。なのに……」

「園長は」という言葉の先が出てこないでいる。依田が何を言わんとしているのかは上亮にもわかった。

きっと眉を吊り上げ、依田と対峙する。泉山の名を呼んだ時同様腹の底から声を出した。

「まだ終わってない！」

隊員は誰一人諦めてなどいない。そこに火があるのならば、消防士は戦い続ける。助けを待つ命があるならば尚更だ。

「あの……」

依田は面食らっていた。突然大声を浴びせられたのだから当然ではあるのだが、気弱な視線は不思議と上亮ではないところに注がれている。

目の具合も、怯えているというよりは、見惚れていると称した方がよさそうな形をしている。

まるで、上亮の隣に誰かが来たような反応だ。

「その通りだ、上亮」

「うげっ！」

できれば二度と聞きたくなかった。上亮は太い悲鳴をあげて飛びのいた。

磁器人形のような肌をした男だ。目元も涼やかで、複雑な虹彩を有した瞳がレンズ越しに見える。

「僕たちからすればこれは始まりに過ぎない」

淡々とした物言いでは誤魔化しきれない。聞いているだけで鳥肌が立つような台詞回しだ。キザの塊である。間違いなく上亮が生きている上でもっとも関わりたくない人種の一人だ。しかし、悲しいかなこれから上亮が一緒に仕事をする相手でもある。

名は穂村彗星。夕暮警察署捜査一課に所属する若手刑事だ。

その奇抜な捜査方法から、火事場の奇人《シャーロック》という不名誉な通り名をもらっている。

舞台の上に立つ千両役者のように彗星は長い腕を広げる。

「さあ、焦げ付いた空間から真実という名のダイヤモンドを拾い上げよう」

「まだ燃えてるだろ。来るのが早《はえ》えんだよ、タコ」

刺々しく言い放ったつもりだったが、まるで効かない。

「ならばさっさと消してくれ。それは君たちの仕事だろう」

何度聞いても神経を逆撫でしてくる高飛車な物言いだ。

早速、上亮は喉から凶暴な威嚇音を発した。

スウィート・ウィリアム・ガーデンに現れた刑事は彗星だけではなかった。

「どうも～」

肩の力が抜けてしまいそうな挨拶に、くにゃんと曲がった背中。夕暮警察署捜査一課の警部・松山大河である。何事も六割方の力でこなすのがモットーらしく、上司でありながら彗星の暴走を放置するのが常だ。

その後ろに続くのは松山の部下の周防春影と糸魚川杏奈である。二人はジャワ・ハイツの火災現場の見分で会った時同様、警察署所属であることを主張するジャケットをスーツの上から着ていた。ぴしり、と場が締まる空気を放っていた。

しんがりを務めるのは最年少の秩父圭一郎だ。途中で一度、靴紐でも解けたのか、前の三人に置いていかれている。若干、小走り気味だった。

「消火活動お疲れ様でございました」

熱帯館の入り口にはスロープが設けられている。車椅子に乗った来園者にも配慮してのことだ。

その終端で上亮は松山達を待っていた。当然のように一人だ。彗星はとっくに火元の疑いがかかっている倉庫に入っていってしまっていた。

「いつから来てたんスか？」

「結構早めにね。ほらここ、夕暮市から中央道に入るのによく使われる裏道でしょ？熱帯館は入り口のすぐ傍にあるし、封鎖が必要なのは目に見えてたからさ」

松山が力なく笑うとくたびれたトレンチコートも一緒に揺れる。上亮は目上が相手なのにも構わず、「だったらあいつにもしっかり警察の仕事させてくださいよ」と苦言を呈した。

「すまんな」

さっと謝罪を口にするのは松山ではなく周防だ。当の上司は手入れをほとんどしていない頭を掻きながら、「彗星くんは意外にすばしっこいんだよねぇ」とどうでも良い弁明をしている。

糸魚川に至っては、しれっと「別に私たちじゃなくて棉苗くんが面倒見てくれてもいいのよ?」と言い出す始末だ。

上亮は迷うことなく答えた。

「願い下げだ」

「あら。この前はえらくあいつの肩持ってたじゃない。〝俺と一緒で現場に命張ってる〟んじゃなかったの?」

「今となってはあんまり蒸し返して欲しくない」

大工町で起きた火災で、上亮は要救助者を助けることができなかった。その火事の原因を不眠不休で追いかける彗星に心動かされたことは事実だが、決して不断の友になったわけではない。

あの時は頭に血が上っていた。彗星の失礼な態度や自己中心的な振る舞いをつい、棚にあげてしまったのだ。

糸魚川はコシのある長い髪を揺らし、ふふんと勝ち誇った表情をする。

「私はあんた達、絶対にうまくいくと思うけど? 似てるもん、魂が」

なんとも艶やかな顔だ。くっきりとした色の口紅や濃く彩った目元が勝気な性格をよく表している。だが上亮の頭をよぎったのは、上司に褒められると顔を赤らめる方の糸魚川だった。

人間、一度固まったイメージを払拭する事はなかなか難しい。加えて言えば、マイペース極まりない糸魚川の後輩は彼女のことを「杏奈」と呼び捨てにしている。これもまた、意地悪な発言を繰り返す女性捜査員の印象を丸くしていた。

「あ、そういえば米津さんから聞きましたよ！　なっさん、この前のジャワ・ハイツ事件をきっかけに正式に調査課配属になったんですよね。ご就任、おめでとうございます！」

秩父は満面の笑みを上亮に向けた。焼きたてのパンのような頬だ。話の流れが見えていなかったのだろう、あまりにも間が悪すぎる。

「やだ、そうなの？　至れり尽くせりね」

「勘弁してくれよ、糸魚川さん。俺だってこの前ので懲りた」

思い出すと寒気がしてくる。薄着もいくばくか手伝っているだろうが、彗星に振り回された悪しき記憶が主な原因であることは疑いようがない。

「まぁまぁ、そう遠慮せずに。馬車馬のように働いてくれるわよ？　穂村は」

「あんな滅茶苦茶な奴に付き合ってたら体がイカれるって。基本方針は俺も皆さんと一緒ですよ」

消防が火元の特定、警察が事件性の判断。火災現場の見分の大原則だ。

上亮の断言に松山は頰を緩める。

「そりゃありがたい。今日はさっさと終わらせたいもんですよ。夜からまた雨だし、下手したら雪だって話だし。野宿だけは勘弁ですなぁ」

不吉な予言には誰も同調しなかった。

「さて、彗星くんに追いつきますか」

奇跡的に残った扉を上亮が開ける。一行は熱帯館の中に踏み込んだ。


園長の肝いり施設なだけあって、熱帯館は凝った外観をしていた。ところどころに遊びがあるアーチパイプの様子はアンティークの鳥かごを連想させる。中に二階建ての家が一つ入りそうな大きさだ。地上階から天井を見上げると迫力すら感じる。

「夕暮に熱帯雨林を」という言葉に誇張はないのか、歩道もコンクリート舗装をしていない。全面に土を盛っていた。放水の結果、グジョグジョだ。えぐれている部分すらある。今日も高いヒールで来てしまった糸魚川が秩父の肩を借りながら泥の上を進んでいた。

清水や依田が話していた倉庫、というのは熱帯館の出口に続く廊下の脇にある。

「嘘でしょ。ここもなの？」

糸魚川の悲鳴には訳がある。壁こそガラスではなくなったが、廊下の床はまだまだ土でできていたのだ。同期のヒステリックな悲鳴が耳に障るのだろう、周防は眉間に小さくシワを作った。

「だから交通課から長靴借りてこいって言ったんだ」

「仕方ないじゃない、こんな所だなんて知らなかったんだから」

「あれ、糸魚川さんスウィート・ウィリアム・ガーデン来たことないんですか？」

糸魚川は細い眉を吊り上げて、「ないわよ。デートスポットでしょ、ここ」と早口に答える。ここぞとばかりに周防が「だから聞いてるんだろ、秩父は」とキラーパスを放つものだから、気の弱い後輩は般若に睨まれることになった。

「他意はありません！　他意は！」

その哀れな様を上司の松山が笑って見ている。

「僕もリニューアル後の熱帯館……と、もはや言って良いのかな？　は初めて来たなぁ。いやぁ、まさかこんなに凝ったものになっていたとはねぇ。お金かけてただろうに、勿体無い。あ、いたいた。彗星く～ん」

彗星は煤に汚れた倉庫に一人佇んでいた。冬の日ざしは弱い。電気の落ちた倉庫は、ほとんどが暗闇に飲まれている。

常人なら不安を覚えるであろう空間だ。しかし、彗星は居心地良さそうな顔をしている。部屋に馴染んでいるのだ。その泰然とした様に上亮の記憶が刺激された。

（本当、変な所が似合う奴だな……）

ジャワ・ハイツで出会った時にも感じたことだ。

彗星は廃墟がよく似合う。もう少し突きつめて言うならば、〝日常からあぶれてしまった〟雰囲気が似合うのだ。

万人が憧れる容姿を持っていながら、万人に避けられる言動を厭わない。終わってしまった場所を、始まりだと称する。ちぐはぐな所がなんとなく似ていた。

ここ数日寒い日が続いているからか、彗星は今日、綿入りのダウンコートを纏っている。しっかり金をかけているのだろう、野暮ったい印象は一切ないデザインだ。そして相変わらず嫌味なほどに足が長い。

「遅かったじゃないか」

「お前がフライングなんだよ」

早速、憎まれ口の応酬である。彗星の手の中にはスマートフォンがぴったりと収まっていた。腕を目一杯使って、あちこちにカメラを向けていた。

「早速何してくれやがっているんだ？　またお得意のＶＲか？」

「今の君の質問には僕へのネガティブな印象が含まれているようだな。話が進まないから不問にしておこう。僕は今、部屋の大きさを測っているんだ」

「スマホで？」

「そうだ。カメラと加速度センサーを使えば簡単にできる」

すかさず周防が「正式記録には使わんぞ」と釘を刺す。彗星は肩を竦めることすらしなかった。ただ、ちらと目の端で話の合わない先輩を捉える。

「縦五メートル、横四メートル五〇センチ、高さ三メートル。ジャワ・ハイツ２０３号室より一回り大きいな」

「ふうん」

入り口に設けられた扉は鉄製で、学校施設の階段にある防火扉を少し小さくしたような具合である。中には棚が二列並んでいるが、熱と煙で炙られて変色していた。

「ここで渡久地さんが？」

「そうです。夕暮中央病院に連絡した所、死亡が確認されました。煙による中毒死のようです」

火事で発生する煙には煤や灰だけでなく、不完全燃焼による一酸化炭素が多く含まれている。一酸化炭素は血中のヘモグロビンと結合しやすいため、結果細胞に酸素が届かなくなり、中毒症状が発生する。

「窓を開けた形跡もあるけど、間に合わなかったみたいね」

糸魚川が指す先には大人がぎりぎり通れそうな大きさの窓がある。倉庫の入口とは真反対の場所に設置されており、部屋いっぱいに満ちた煙を逃すにはいささか心もとなかった。

窓の真下にはアルミの机がどしっと構えている。熱でまだらに変色していたが、おそらく渡久地もここを足場にしたのだろう。

「あれ何かしら？」

凝った装飾のない、しかし綺麗にネイルの塗られた糸魚川の爪が机の下に落ちているものを指す。歩きづらい靴で来てしまった同僚の代わりに、周防がまっすぐ近づいた。

「成長促進剤とか殺虫剤みたいな薬液を入れるボトルだな。中身は流れてしまっている」

透明なプラスチックボトルの残骸は原型の半分も残っていない。破裂したように割れてしまっている。

「周防先輩。それ、窓の液ダレ跡とぴったり合いそうですよ」

秩父の主張する通りだった。ボトルの底の形は窓枠にできたシミと一致する。

「おぉ～。秩父、グッドジョブ」

「はい。グッドジョブです！」

自分で言うのか、という突っ込みを飲み込み上亮はデジカメで記録を残す。場に口うるさい上司はいなかったが、ちゃんとピントが合うまで待った上でシャッターボタンを押した。

上亮が瞳をアポロキャップの庇に隠したのが見えたのだろう、秩父もホクホク顔を引っ込める。

「なっさん、嫌ですね。正義感のある人が亡くなるのって……」

依田曰く、渡久地にとって熱帯館は自分の子どものように手塩にかけて育ててきた館だった。愛する美しい植物が炎に包まれるのを黙って見ていることはできなかったのだろう。

上亮の拳の中で指が軋んだ音を立てる。

「……だな」

死が作り出す空気は重く、息苦しい。

人は自然と口をつぐむ。

話の流れを一切読もうとしない奇人を除いて、の話だが。放火事件捜査のエキスパートを自称する男は憚ることなく断言する。

「馬鹿馬鹿しい。僕はそういう先入観が嫌いだ」

「穂村！」

弾かれたように上亮は顔を上げた。もともときつい形をした眦《まなじり》が吊り上がり、先ほどの糸魚川にも勝るとも劣らない形相になった。

「お前、いい加減にしろよ」

「いい加減にするのは君の方だ、上亮。僕のことは苗字で呼ぶな。前に伝えたはずだぞ」

わざとやっているとしか言いようのない切り返しである。飛びかかることをぎりぎりこらえた上亮は、「次元が違うだろ！」とがなり散らした。耳を塞ぎたそうにしている男に向けて喚く。

「この際だからはっきり言っておくぜ。ジャワ・ハイツの事件はマグレだ。上はお前を俺と組ませたがってるようだが、俺は暴走マイペース野郎に付き合う気はない。つか、お前とだけは一緒に仕事ができると思えない」

「問題ない」

彗星は眉一つ動かさず上亮の宣言に応じた。初歩的な数式を「難問だ」と脅されたような顔だ。

「僕は君の立場も心情も理解しているつもりだ」

「そいつは良かった。この前みたいに邪魔されての徹夜三昧はごめんだぜ」

「僕が火事の原因を見つける。君は消防側の調書を作ってくれ」

しばし間が空いた。

上亮は歪んだ口元を隠さず尋ねた。

「……俺の話聞いていたか？」

「聞いていたとも。寝ているように見えるのか？」

焼け落ちたアパートで彗星と二人、瓦礫をほじくり返していた時のやりとりが蘇る。上亮自身、上司から「一言余計だ」と叱られることが多い。自覚だってある。しかし彗星は己の更に上をいく。

相手がどれだけ怒り狂おうと知ったことではない。感情についての知識はあっても、共感が伴わないのだ。だからこそ相手の反応に重きをおかずに主張を続けることができる。

「真実を見つけるのはいつだって僕の仕事だ」

映画や劇の中でしか使いそうにない台詞を、彗星は躊躇うことなく口にする。周防が瞼を閉じ、糸魚川は鼻をひくと動かす。松山は盛大に苦笑いをした。秩父だけが憧れの眼差しを浮かべている。

「君がこの場を上手く見極められるとは到底思えない。悪いことは言わないから僕に任せるんだ」

「麻布消防署の担当官は融通が利いたぞ」と彗星が不平を口にすれば、負けじと上亮も「覚えとけ。ここは夕暮だ」とやり返す。

「都心じゃどうだか知らねぇが、自分のテリトリーに土足で踏み込まれて黙っていられる腑抜けはいねぇんだよ」

好きではなくとも、火元の特定は消防の仕事である。法的規定もある。警察に横から奪われるわけにはいかないのだ。

彗星は首をわずかに傾けて腕を組んだ。

「何故そう突っぱねる？　建設的ではないな。僕は君に『協力する』と言っているんだぞ？」

「『協力』の方向がおかしいんだよお前は。つか、それで協力って……ああもうわかった、わかったよ！」

もともと気の長い性質ではない。穏やかな性格の先輩やどっしりと構えた隊長が側にいなければ上亮は簡単に短気な地金を覗かせる。

鍛え上げた足で大地を踏みつける。仕切り直しの合図だ。

「一日！」

不良消防士もとい、不良調査課職員は目の前の男を指さした。無作法なことは承知な上での振る舞いだ。

「今日一日、お前と一回でも気が合う瞬間があれば、俺もお前に協力する。全く駄目だったらお前も諦めろ。せいぜい本庁に手を回して俺をここから退かすんだな」

爆ぜるような声が告げる内容に松山が顔をしかめた。

気難しい部下は、消防庁長官である親のことを良く思っていない。引き合いに出されると手がつけられないほどにヘソを曲げるのだ。

上亮は消防と警察、どちらの本庁のことを指しているのかは明言しなかったが、場にいるものは全員理解できた。

きっと静かに怒りを露わにする。

そんな上司の予想を裏切って、火事場の奇人《シャーロック》は小さく頷いた。

「面白い。いいだろう」

珍しく、口の端を上げてさえいる。

「えっと」

「それって……？」

あまりの展開についていける者は少ない。ほとんどが呆けた顔を晒している。

周防だけが、長い吐息を漏らした。

血気盛んですぐ手が出る消防士と、理屈っぽくて嫌味っぽい刑事。タイプは違うが、どちらにしても間違いなく手を焼くトラブルメーカーの二人だ。それが揃いも揃って捜査の妨げになることを始めようとしている。

ため息くらい許して欲しかった。

「改めて説明します。亡くなったのは渡久地敬《たかし》さん。六十歳。このスウィート・ウィリアム・ガーデンの園長さんです」

秩父が手元のメモを読み上げる。残った片手を挙げて、周囲に注目するよう促していた。横断歩道を渡る小学生のポーズだった。

被害者情報は自分の受け持ちとばかりにはきはき説明する。

「ご自宅は北鎌倉だそうです。夕暮市からは遠いので駅前にマンションを借りて、一人暮らしをされていました。近距離単身赴任。週末だけご家族の所に帰るって奴ですね」

「ワオ、ブルジョワだね。火災発生時の園内の様子は？」

松山の質問に周防が短く頷いた。

「確認しました。今日はスウィート・ウィリアム・ガーデンの休園日です。来園者はゼロ人、職員も開園日の三分の一程度しかいませんでした。施設点検を任されていた者がほとんどで、被害者も本来なら来る必要はなかった」

「え～、だったら家で大人しくしていればいいのに……ってまあ、六十代のおじさん一人じゃねぇ。寂しいか。職場来ちゃうか。一番偉い人だと誰も止めないからねぇ。いられると正直面倒なんだけど」

松山は根拠なく断定する。訳知り顔でうんうん頷いているが、実際聞き込みをしてきた周防は無言を貫いた。

事実として言えるのは、渡久地が本来は休みという日にスウィート・ウィリアム・ガーデンにちょくちょく姿を現していたことだけである。

行き先はいつも決まっていた。リニューアルを経て美しく生まれ変わった熱帯館だ。渡久地に用事がある者はまず熱帯館にいくことがセオリーであるほどだ。

「だからこそ渡久地は真っ先に倉庫の火事に気づいたって訳ね。時間は？」

「夕暮消防署への通報は午後零時三十九分だった」

これは上亮が回答を請け負う質問だ。

秩父にお揃いだとニコニコされた、手のひらサイズのメモを読み上げる。ミミズの這ったような文字だ。自分で読み解くのにも少し苦労する。

「指令センターはアルバイトの清水さんの名前を記録している。渡久地さんの指示ですぐ電話したって言っていたから、逆算して渡久地さんが火事に気づいたのは午後零時三十五分前後ってところだろ」

零時四十八分、夕暮消防署から到着した消火隊は熱帯館の様子を外から確認した。

展示されている椰子やフタバガキが激しく燃えていたのだ。上亮が依田から話を聞くまで、誰もが火元は倉庫ではなくガラス館のどこかとあたりを付けていたのである。

「じゃあ火元は倉庫で、ガラス館に向けて延焼したってこと？」

「そうだな」

「上亮、なぜそう言い切れる？」

「……」

糸魚川の確認にはすんなり頷いた上亮が黙った。唇を引き結んだまま、彗星と睨み合う。

意地悪をしているわけではない。これが今回のルールなのである。ついさっき決まったことだ。

上亮はぼそと呟いた。

「〝好きな動物〟」

不思議な緊張感を纏いながら、彗星も首を縦にふる。

準備は整った。

「せーのっ」

秩父の掛け声がかかる。

上亮と彗星は口々に答えた。

「犬っ！」

「特にいないな」

「いないのかよ！」

予想外の回答だ。上亮は体をのけぞらせた。

「いないといけないのか？」

「だったら頷くな。やり損だろうが！」

どちらかがどちらかに質問する際に、せーので好きなものを言い合う。

一つでも答えがかぶれば、気が合うのだと見なす。今後は喧嘩をせずに火元調査に協力しあう。それがまるで歩調の合わない消防職員と刑事が結んだ約束の全容であった。

「あいつらふざけてんの？」

「あれがふざけているように見えるか？」

ギャアギャア喚く上亮に糸魚川と周防は冷めた眼差しを送り続ける。彗星と付き合いの長い二人からすれば、「好きな動物がいないんだったら初めからやらせるなよ！」という上亮の怒りは全くもって無駄だ。

火事場の奇人はけろりとしている。恥ずかしいという感覚をそもそも持ち合わせていない。

「義務は果たしたんだ。さあ、上亮。見解を教えてくれ」

「んなもん、簡単なことだぜ」

秩父になだめられ、やっと会話できる程度まで調子を取り戻す。上亮は忌々しげに鼻を鳴らした。

ぞんざいに親指を肩の向こう側へ突き立てる。

「ここには防犯カメラがついていたんだ」

日はすでに落ちている。廊下には闇が広がっていた。

熱帯館に取り付けられていたのはアナログ式の防犯カメラだった。数は三つ。場所は出入り口に一つずつと、ガラス館と廊下のちょうど境界にあたる部分に一つである。それぞれ人の顔が映る角度で設置されていた。

夕暮消防および警察署の合同火災調査チームにとって幸いだったのは、出火後しばらくしてから防犯カメラの録画ボタンが止められたことであった。

火事に気づいた渡久地の様子はブラックアウトした映像に上書きされることなく、記録に残っていたのである。

映像の確認には秩父と周防が赴いた。公園管理室はスウィート・ウィリアム・ガーデンの入り口に併設されている。いかにも事務所然とした部屋で、常駐しているのは監視を委託された民間セキュリティ企業の警備員二人である。

全員で押しかけたら誰かが部屋から溢れてしまう。それは大方、モニターの前に陣取っている秩父であったはずだった。

「あ、渡久地さん廊下から飛び出して来ましたね」

ふくふくとした指の先には、よろけるように走る男の背中がある。振り向くことなくジャングルの中にできた細道をかけて行く。時折、足に残った火を払う仕草をしていた。

「棉苗が読んでいた通りだ。植物展示そのものに異変はない」

怒っているつもりはないのだが、周防の声は聞く者を怯えさせる。秩父も一度体を震わせてから、目を皿のように見開いて熱帯館の様子を窺った。

確かに、鬱蒼と生い茂る木々が燃えている様には見えない。湿気の多い地域に生息する植物が多いとはいえ、火がつけば燃えるものである。

「もしかして渡久地さんがわざわざ遠い入り口に向かって走ったのも……」

「すでに出口側に火が回っていたからかもしれんな」

丁度、防犯カメラが記録した映像の中で渡久地が消火器を持って戻って来た。解像度の悪い画面でもわかる。歯を食いしばり、進行方向にある何かを睨みつけている。泣きそうにも見える顔だ。

「ここで引き返しておけば、大事にはならなかったのに」

しみじみと呟いて、周防はパイプ椅子から立ち上がった。

園内に設置された街灯は開園日と同じように機能している。秩父は周防の後をついて歩いた。

柵の向こうを見ると野次馬は帰っている。夜を迎えた公園はひっそりとしていて、生き物の気配を全く感じない。

不安を振り払うためにも、秩父は先輩に世間話を振った。

「なっさん、穂村先輩と仲良くなれるといいんですけどね」

「無理だろ」

にべも無い返事だ。秩父は「で、でも」とつっかえ気味に食い下がる。

「周防先輩も前は似た者同士だって言ってたじゃないですか」

「確かに言ったたな」

「なら」

「俺がどこが似ているって言ったか覚えているか？」

「えっと、それは……」

少しだけ間が空く。

「……〝意地っ張り〟、です」

もう一つくらいあった気がするが、さっと出てこない。

周防にとってはそれで十分だったらしい。

「意地っ張り同士でうまくやれると思うか？　お互い退く気がないんだぞ」

しかも頑固な性格以外は全てが真逆ときている。足して二で割れたらどれだけ良いか。

「目的を共有しきれていない。手段も合意しあわない。あれでうまく行くわけがない」

周防は語尾の語呂を小気味好く揃えた。頬には霧雨が当たっている。当たるというよりは、張り付くと言った方が良い。

冷え切った水滴は容赦無く外にいる人間の体温を奪う。あと半月ほどで大寒なのだ。一時間外にいれば、遅かれ早かれ体調を崩すだろう。松山ではないが早く帰った方が吉である。

だというのに、周防の脳裏を現場に居座ろうとする後輩の顔がよぎった。

「棉苗は啖呵のつもりで言ったのかもしれないが、穂村と仕事をすると碌なことにならないからな。さっさと消火隊に戻った方が良い」

消防法第三十五条があるのだ。彗星が提案した『協力』を飲まない限り、上亮は彗星にどこまでも付き合わされる。

体が資本の職業だし、体力にはもちろん自信があるだろう。だが、上亮の性格上、彗星に理不尽にこき使われるのは絶対によしとしないはずだ。

周防の結論に秩父は少しだけ唇を尖らせた。「なんとなくなんですけど」と遠慮がちに前置きする。

「僕、なっさんと穂村先輩がタッグを組んだら絶対すごいと思うんです。なんかこう、何でもできるような気がするんですよね」

周防の足がピタッと止まった。

首だけを動かし、秩父の締まりのない口元を捉える。

「秩父」

「はい」

「それ、口が裂けても本人たちの前で言うなよ」

「え、なんでですか？」と秩父が無邪気に問う。周防は「肉体的にも精神的にも痛い目に遭いたいのか？」と確認した。

「それは嫌です」

「じゃあ黙ってろ」

秩父は早速、口を噤んで何度も頷いた。

周防たちが合流したことで、倉庫は再び手狭な具合になる。

湿気にうねる髪が気になるのだろう、彗星は指先で前髪をつまんでいる。その神経質そうな仕草に辟易した後、上亮は隣の男の名前を呼んだ。

「依田さん」

他の公園職員はもう家に帰している。避難の途中、足をくじいたり、煙を吸ったりした者もいたので長く留めることはできなかったのだ。でも、職員全員にいなくなられてしまうと園の勝手がわからない。そこで独り身の古参職員に白羽の矢が立った、という訳だった。

「ここの倉庫には何を入れてたんですか？」

咄嗟に園長から避難指揮を一任されただけある。依田は立て板に水を流すように、上亮たちの質問にすらすらと答える。

「熱帯館の場合は掃除道具や剪定用品の類がほとんどです。それからプランターもありました」

「プランター？」

「苗の状態で持ってきて、ある程度大きくしてから館内に植え直すんです。大体、あそこら辺にありました」

依田が指差したのは、丁度渡久地が倒れていた壁の付近だ。確かに原型を留めていない、『黒焦げの何か』としか称することができなくなった植物の成れの果てが散らばっていた。

「あれ、あそこじゃ日光が届かないのでは？」

松山が首をかしげる。柔和な顔をした職員は目尻を下げた。

「ええ、なので人工光を当てるんですよ。植物工場とかでも使われているものですね」

光合成に必要な要素は水、二酸化炭素、そして光だ。日光に準ずる強さの光があれば、室内でも十分植物は育つ。

その言葉に彗星は考えるように手を口元に当てた。目は、絶え間無く倉庫の中を動いていた。何を捉え、何を考えているのかは、瞳の動きが速すぎて読めない。

上亮は構わず聞き取りを続けた。

「人工光は常時ついていたんですか？　休みの日でもつけっぱなし？」

「それは……園長次第ですね」

「渡久地さん？」

「そうです。渡久地は事務所より園の中にいる方が好きだったんですよ。隙あらば土いじりを始めてしまって……ほら、ここも」

おもむろに依田はしゃがむ。まだおろしたばかりに見える軍手が汚れるのも気にせず、足の周りを撫でていった。そのまま、まだ形の残っている葉を拾い上げる。

プランターがあった所のものとは形状が違う。共通するのは、焦げ付いた色だけである。

「芝です。渡久地が敷いたんですよ。お客さんの目を逃れて裸足になれる場所が欲しいと言って」

「あぁ。燃えるな、それは」

これで地面からの延焼ルートも成立することになる。廊下の床の端には蔦が這っていたのだ。倉庫には芝である。どこかで何かが燃えれば、火は床の植物を伝ってあっという間にガラス館まで延びるだろう。

「ええ。ですからこの部屋では火の扱いを本当に厳重に行なっていたんです。普段は休園日でも館内暖房が効いていますから、これと言って何かを持ち込むことはないはず。渡久地は煙草も吸いませんし……」

「なるほど、失火の可能性は低いと」

松山の細い首が鳴る。時計を確認し、そのまま一人、大きく伸びをした。帰り支度を始めそうな仕草である。

「だとすれば、倉庫の中の何が原因だったのかだねぇ。まあ、それは明日の仕事かな」

納得するまで現場からはテコでも動かない部下とは正反対の態度だ。あくびついでに出た涙を拭うこともせず、「もう定時超えてるしねぇ」ととぼけだす。

反論したのは、意外な人物だった。

「困ります」

依田である。今までの温和そうな印象を払拭する鋭い語調で松山に迫った。

「火元が見つかるまで、熱帯館はこのまま残していなくてはいけないんですよね？」

スウィート・ウィリアム・ガーデンそのものの休園が長引くことを危惧しているのだ。イルミネーションイベントだって中止にしなくてはならない。冬休み中のかき入れ時を思えば、調査の遅れは甚大な損失に繋がっていくはずだ。

「そんな所まで依田さんが気にされる必要はないでしょう？　お疲れでしょうから、今日はゆっくりお休みになってください」

「もし渡久地が生きていたら！」

依田は声を爆ぜさせる。日焼けも手伝って力強い印象が増した。

「彼はお客様のために全力を尽くします！　一年以内に熱帯館を元に戻すはずだ！　だとしたら、時間は全然ないんですよ！」

「うう一ん」

「お願いします、警部さん」

いつもだったら「とは言ってもねぇ」と煙に巻く所だ。しかし、松山とて経験豊富な捜査員である。ここでいい加減なそぶりを見せれば、目撃者の協力を自ら断ち切ることになるとわかっている。

ひとしきり唸った後、松山は顔に笑みを貼り付けた。

「わかりました。もう少し粘りましょう」

時間をかけることが最善となるかは五分と五分だけれども。そう言いたげな片頰上げを添える。

周防が場を繋ぐように問いかけた。

「警部、私たちがカメラを確認しに出ている間に何か見つけたんですか？」

「まあ、いくつかはね。部屋の温度が上がれば破裂しそうなものもあったし、実際割れているものも多かった。まだ結果は出ていないけれど、渡久地さんの中毒も一概に一酸化炭素だけとは言えないかもしれないなぁ。でも一番怪しかったのは……」

すっと、手袋に収まった松山の指が窓辺を指す。

「初めてここに来た時に糸魚川が見つけた薬液剤だねぇ」

一見する限りはなんてことのない代物だ。ホームセンターや園芸店で売られている。五〇〇ミリリットルのペットボトルと同じ大きさをしており、ボトルの素材は無色透明なプラスチックだった。

液が広い範囲に拡散するよう、握り部分の先は霧吹き状になっている。毎回、買い直してはここに置いているのだろう。

周防は口元に手をやった。ゆっくりと確認する。

「もしかして……収れん火災ですか？」

「さっすが周防。そうそう。冬場は特に起きやすいっていうでしょ？」

一番わかりやすいのは虫眼鏡だ。レンズを通し太陽の光を一ヶ所に集めると、そこだけ温度が跳ね上がる。

太陽光線を利用した火起こしの歴史は長い。オリンピックの聖火も凹面鏡を使って生み出されるし、アルキメデスはローマ艦隊を迎え撃つため、シラクサの要塞に鏡を用意したという逸話も残っている。

太陽はあまりにも身近で当たり前な存在だ。だからこそ、人の意識から外れ、まさかというタイミングで猛威を振るう。

松山の言う通り、冬は特に日差しが建物の奥まで入る。机の上に何気なく置いた鏡やステンレスボウルが光を集め、その先にたまたま衣服や紙の類がおいてあれば、あっという間に焦げ始めるのだ。

「なっさん」

「何だ？　師匠」

年下の、それも未だに中学生と間違えられることのある男に向けて使うには少々不思議な呼称だが、上亮にとってはこれが自然だ。

秩父とは現場よりも先にネットで知り合った仲である。芦谷に手伝ってもらいながらセットアップしたオンラインゲームでパーティーメイトになったのが、この夕暮警察署の若手刑事だった。

秩父はゲームの中でヨボヨボという擬音が似合いそうな風貌のキャラクターをよく選択した。これといってパッとしたスキルもないのだが、秩父が動かすと八面六臂の活躍を見せる。その上で、チャットで初心者の上亮たちに的確なアドバイスを飛ばすのだ。これを師匠と呼ばずして何と呼べばよいのか。

しかし、それらは秩父がオンラインで見せる姿に過ぎない。

火災現場での秩父は年長者たちに素朴な疑問をぶつけることが多かった。

「虫眼鏡なら想像つきやすいんですけど、ペットボトルでも太陽の光って集まるものなんですか？　素材、プラスチックなんですよね？」

「あー……」

上亮は一瞬考えるために視線を天井にやった。

「素材っつーよりは形状の問題なんだよ」

太陽光は本来地上に向かって平行に降り注ぐ。なので光を集めるにはなんらかの物体を間において、光を反射あるいは屈折させる必要があるのだ。ある程度光を跳ね返す素材であれば、十分収れん火災の原因になる。

「他の管轄区であった事例だと、……ほら、セレブがよく家ん中で無駄に水貯めるだろ」

「ウォーターサーバーですか？」

「あれでも火がついたことがある」

「ええ？　本当に⁉」

見ばえを意識してベランダ側においたのが失敗だったのだ。カーテンの隙間から入った日光を集め、床に敷いていたカーペットが焼けた。

想像すらしていなかったのだろう、秩父は握り拳を口元にあてがい慄《おのの》く。

「件数こそそんなにないけどな、こういう火種の少ない空間なら十分疑えるはずだぜ」

倉庫にはコンセント口がなかった。渡久地が用意した人工光のＬＥＤは備え付けのものだったのだ。

「窓辺に置いた薬液容器がレンズの役割を果たして床の芝に引火。そのまま火が伝わり、全館に広がったってところだな」

上亮の推察に糸魚川も神妙な顔で頷いた。

「確かに今日のお昼、市内は晴れていたわ。午後一時なら日差しそのものが強いし、傾きも十分あるわね」

光が部屋の奥に入ってくる。住人の意識をかいくぐって、静かに炎を灯す。

「では、これは……事故なんですね？」

依田が場の意見を取りまとめた。

先ほど見せた怒りはどこにもない。体は風船の口を開けたように、しぼんでいる。その疲れ切った顔に、上亮は同情する様な笑みを向けた。

「まあ、明日もう一度日が出てからちゃんと見る必要はありますけど。周防さんたちの聞き込みや俺たちが見た感じでも放火の線は薄そうだから、このまま……」

「頭の痛くなるような推察だな」

内容だけで誰の発言かがわかる。彗星だ。声は不満を露わにしている。

すかさず、周防が上亮の腕を摑んだ。周防は夕暮消防署の米津のような立派な体格を持ち合わせていない。代わりに足腰をうまく使っている。

警察といえば柔道。上亮の中で連想ゲームのように単語が繋がる。ジャワ・ハイツで周防が上亮に喰らわせた足払いは見事なものだった。

彗星は涼しい顔だ。この男の怖いところは、たとえ上亮が周防に拘束されていなくても絶対に同じ態度を取る肝の太い性格にある。

口を開いて思った通りのことを言えば、上亮が暴れるのは易々と想像がついていたはずだが、彗星は絶対に止まらない。

「それと日が昇るのを待つというのはナンセンスだ」

「お前な。もう少し言い方を工夫しろ。喧嘩売られてるようにしか聞こえないんだよ！」

「失礼。言い方が正しくなかった。日が昇るのを待つというのはセンスがない」

しれっと嫌味を悪化させる。

そのまま持ってきたノートパソコンを開いた。

「シミュレーションすればよい話だろう。ボトルは実物があるし、調べれば太陽高度も方位もわかるのだから」

周囲の視線が彗星の持つ画面に注がれる。秩父と上亮のやり取りの間に仕込んでいたのか、シミュレーション結果の絵は非常に質素なものだった。なんだか可愛げすら感じてしまう太陽の絵とプラスチックボトルの写真が並んでいる。

「薬液は霧吹き部分にビニール包装がついたままだった。新品で、ボトル内の液体は満杯だったはず。だとすると、午後零時から一時の間の太陽光が焦点を作る場所は……ボトルを中心にして半径三センチだけ」

「三センチ……」

「そう。三センチ。光は床に敷かれた芝生には届かない。アルミ製の机に阻まれる」

彗星の口調は教科書を読むようだ。上亮の誤った見立てを馬鹿にするそぶりは微塵もないのだが、逆に寛容さを示す様子もないので、結局、良い印象は残らない。

先ほど見せた威勢を保つには少々分が悪い。上亮は帽子のつばに顔を隠した。

「要するに、だ」

眼鏡の奥で彗星の双眸がきらりと光る。

スウィート・ウィリアム・ガーデンの入り口で会った時にも通ずる表情だ。複雑怪奇な謎を前に、期待で胸を高鳴らせている。

「僕たちはまだここにとどまって火元を探さなくてはならない」

「雪なのに……」

松山の嘆きがポツリと浮かび、虚しく消えた。


「やれやれ、困ったもんだ。こいつは長くなりそうだぞ……」

松山がため息と共に弱音を吐いた。

姿勢の悪い男は上亮の隣でずっと消防側の記録が済んだ遺留品をチェックしていたが、手を止め、緩慢な動きで立ち上がる。関節をぼきぼき鳴らした後、最年少の部下を呼んだ。

「おーい、秩父。大交差点のコンビニまで行ってきてくれ~。背中のカイロが冷えてきちゃったんだ」

食べ物も依田の分を含めて買うように指示する。

時計を見ると確かに夕食時だ。

「無駄になってもいいから、ちゃんと人数分買うんだぞ？」

目を丸くした上亮に、松山はクシャと笑いかける。

伊達に現場地蔵とあだ名される男の上司をやってはいないらしい。

「松山さん、あいつのこと甘やかしすぎじゃないっスか？」

「えぇ～？　そう見えちゃう？」

「見えますよ。あんなワガママ、うちだったら現場に連れて行きません」

「そっちは助ける側の命もかかってるからねぇ。まあ、……ある意味では、うちの彗星くんも命がけで捜査してる訳なんだけど」

大げさな表現ではない。火災捜査のエキスパート、穂村彗星は事件解決に己の命をかけている。火事の原因がわかるまで決して眠らず、食事もとらず、捜査を続けるのだ。それほどに謎解きに集中している。

曰く、「事件が解決すれば睡魔も食欲も戻ってくる」とのことなのだが、自ら進んで拷問にあっているようなものだ。

周囲からすれば気が気でない。余計な心配が増えるのだから、かえって迷惑である。

「さっきの収れん火災で決着がついていれば、僕たち全員、十二時前にはベッドについていたんだろうけどねぇ。残念なことに、捜査状況がほとんど振り出しに戻っちゃったからなぁ。いやぁ、困った困った」

廊下に取り付けられていた防犯カメラに映っていた炎の向きは、手前から奥……つまり廊下からガラス館に向けてだった。火が起きたのは廊下よりも出口側のどこかでということになる。

……なるのだが。

「そこから先がさっぱりなんだよねぇ」

降参とばかりに松山が両手を天井に向ける。猫背のせいか、全く腕が上がっていない。

「そういや棉苗くんはプランター栽培用のＬＥＤの光も怪しんでたみたいだけど、結局収れん火災の線は諦めたのかい？」

上亮は無言で首を縦に振った。走り込んできたわけでもないのに……むしろ走り込みにいかせた方が元気だっただろう、目元に疲れが滲んでいる。

「あれだけシミュレーションを見せられたら俺も引き下がりますよ」

床一面が三〇〇℃前後で引火する可燃素材だったのだ、太陽光が集まって倉庫内のどこかに熱源ができていたはず。

上亮は声高に主張したが、彗星は冷たい眼差しを伴いながら自作ツールの計算結果を盾に反論し続けた。その言葉の端々に、本来は不要な、そして聞き手の神経を逆なでする表現がふんだんに使われていたのだから堪らない。

上亮が彗星と距離を置くのは、当然の結果だった。

「ったく、学がなくて悪かったな」

「彗星くん、プリンストン大出身だからさ。アイビーリーグ様からすれば我々なんて霞んじゃうわけだよ」

「それで『協力』とか言い出すんだからすげぇっスよ」

同意になりきらない返事を口の中で転がして、松山は話題の男の様子をさっと見た。また一人、ノートパソコンのモニターと睨めっこしている。覗き込んでみると、どうやら防犯カメラの映像を手に入れたらしい。画像の彩度を弄っている。

「どうだい、彗星くん。何か見つかったかい？」

「何も。画像が粗すぎて手に負えない。運営費を倹約するにしても他に選択肢があったんじゃないか？」

「そう言いなさんなって。水族館とか博物館みたいなハコモノはね、いつだって見た目だけよくして中身は予算ギリギリで回すもんなんだよ。ねぇ、依田さん」

いきなり話題を振られた依田が、困った笑みで応える。

「そう、ですねぇ」

長く唸り、言葉を選ぶ時間を作り出す。

「個人的な意見ではありますが……、見た目も、予算も、本質ではないと思いますよ」

松山は梟にも似た声を出し、続きを促した。依田は「本当に個人的な意見ですけど」と繰り返す。

「先立つものは、理念です。自分たちの知識や経験を、正しい姿のまま、市民の皆様に伝えていくことが大事なんです。そこに嘘や隠し事が混ざれば、どれだけお金をかけても意味はない。欺瞞の城をあれこれ飾りたてても虚しいじゃないですか？　だったら……もとより何もなくたって構わない」

「防犯カメラも？」

「ええ。あるだけ御の字、ということですね」

笑うと目の端に三本皺が走った。

「だからってこれはあまりにも酷い」

納得できないのは彗星だ。ぷりぷりとした口調でノートパソコンを見せてくる。

「確かに、これなら俺の写真の方が出来がいいぜ」

画面手前ならまだしも、奥の方は緑の何かが漠然と映っているだけなのだ。監視するという行為が目的になってしまっている。

彗星は上亮に同意せず、渡久地が熱帯館の入り口に向かっている画像を表示した。これもまた彗星がぼやく通り、男を囲む植物はどれもがぼんやりとしていて、シダなのかアシなのか見分けがつかない。

「この……渡久地の足元にある植物ですか?」

依田はおずおずと言った調子で画面を覗き込んだ。

「そうです」

「これはアグラオネマですね」

「………」

倉庫内の電気は明日、復旧する見込みである。工事現場で使われるバルーン照明を持ってきているが、通常の明かりそのままとはいかない。彗星の持つ薄いノートPCが放つ光は依田の顔を下から照らしている。

子どもが見たら泣き叫びそうだ。ただ、上亮は勿論、糸魚川や周防が依田の方を振り返ったのは、化け物のような顔のせいではなかった。

　彗星は質問を重ねた。

「では、右側のこれは？」

「サンタンカです」

「渡久地さんの頭上にあるものは？」

「コウモリランでしょう」

　よく続く正月の羽根つきのようなやり取りである。これには彗星も黙り込む。

　上亮は口火を切った。

「もしかして……」

　思い当たる節がある。依田はスイート・ウィリアム・ガーデンの入り口で、熱帯館のリニューアルに協力していたと言っていたのだ。

「依田さん、熱帯館の中のことは……？」

「はい。目を閉じていてもわかります」

　朗らかな返事には、確かな自信が滲んでいた。


　急遽、要請された深夜のグリーンツアーを依田は快く引き受けた。

「入り口はいって右側には大きなバナナの木がありました。皆さんがよくスーパーで見るものよりももう一回り小ぶりな実をつけます。あとバナナって受精能力がないので、挿し木で増やしているんですよ」

「へぇ～」

松山が一人、顎を上げ下げする。秩父がいたら一緒になって感心していただろうが、残念ながらまだコンビニに行っていた。最寄りの店は歩いて二十分の距離である。

「もともと防犯カメラをここにおいたのも、バナナの木にいたずらする人が出てきてしまったからなんです。昔はあまり人が来なくて、そういう悪意に晒されることもなかったんですが……」

依田は懐かしげに顔をほころばせる。しかし指さす先にはバナナの木なんてない。木炭の親戚が積み上がっているばかりだ。寂しげな嘆息を隠すように、ますます目尻を下げた。

「リニューアル前の熱帯館はそれはそれは平々凡々とした館だったんです。展示している植物もこれといって統一性がなくて。渡久地のような求心力のある男が進めなければ、前の二の舞になっていたと思います」

「『夕暮市に熱帯雨林を』でしたっけ？」

「そうです。私がモデル地域をインドネシアにしませんかと勧め、採用されました。オランウータンっているじゃないですか？　主な生息地域はボルネオ島なんです。その話を渡久地にしたら、せっかくだからオランウータンの視点で森を見てもらおうって事になって、吊り橋を取り付けたんですよ。本当に人気でした」

依田のライトが砕けた足場を照らし出す。件の吊り橋の残骸が積んである。

大人の重さにも耐えられるよう、吊り橋にはワイヤーが這わせてあった。鎮火後も健気にぶら下がっていたのだが、危険だったので米津が切り落としたのだ。

「あ、警部さん。そこ気をつけてください」

「え？」

依田が松山を止める。横着をして、前を行く周防たちと違うルートを通ろうとしていたのだ。

ライトが松山の足先を照らす。へたった革靴のつま先が汀に当たる。そこから音もなく波紋が広がっていった。色は、墨のように黒い。

「警部さんが立っている場所には湿地林の展示があったんです。向こうの水も再現していますので、むやみに入ると靴が汚れますよ」

「わあ、ご親切にどうもありがとうございます。間一髪でしたな」

池の跡を避けたところで、ガラス館の中はすでに泥だらけだ。消火活動の結果である。更に悪いことに割れたガラスが散乱している。うっかり転ぼうものなら、身体中傷だらけになるだろう。一番危ないのは糸魚川だ。秩父に代わり、周防が肩を貸していた。

寡黙な男はいつも通り口数少なく振る舞っていたが、上司が話を続けようとしないことを見届けてから静かに質問をした。

「……渡久地さんは求心力のある人だったとおっしゃいましたよね？」

「ええ」

「周りを巻き込むのが得意なタイプ？」

「そうですね」

「言い方を少し変えると、強引な一面があった？」

「それは……」

手際よく追い込まれた依田は目を右へ左へ泳がせる。誤魔化しても無駄だと悟ったのだろう。そうでなくとも、周防の刃物のような眼差しを浴びるのは堪え難い。依田は少しだけ声のトーンを落とした。

「……客観的に見れば、あったと思います」

微笑は、どことなく遣る瀬ない。そこには死んだ男との付き合いの長さが生み出した慣れと諦めが混ざりあっている。

曰く、渡久地は実家が土建屋で、リニューアル工事の請負も名ばかりの民間公募だったのだという。募集条件をわざと厳しくし、渡久地が指定した業者しか介入できないようにしていた。

「酒の席での話ですが、とある業者の〝融通〟が満足いかなかったので着工直前で断ったとも言っていましたし……」

「うわぁ、それは恨まれても仕方がない」

松山がオーバーアクションに体をのけぞらせる。そのまま水飲み鳥のように姿勢を戻し、指を鳴らした。

「もしかしてあれじゃないですか？　この火事、渡久地さんを狙った放火だったのでは？」

倉庫の窓は開いていた。渡久地が煙を逃がすために開けたものだと解釈していたが、真実は異なるのでは、と夕暮警察署の警部は主張する。

「誰かが倉庫の窓の鍵を開けてそこに火炎瓶をぽーい、ですよ」

「……」

誰も同意しない。彗星に至っては「頭痛どころか吐き気のレベルだ」とまで零した。見かねた糸魚川がやんわりと反論する。

「警部、あんまり現実的じゃないと思うわ」

窓を外から開けようとすれば、倉庫にいる渡久地が真っ先に気づく。火炎瓶のようなとんでもない目に遭っているのならば、それこそ渡久地は出会った清水に一言言うだろう。

「ま、そうだよねぇ」

松山は照れ臭そうに頬を片方だけ上げる。真剣に考えた推理を一蹴されてしょげた、というよりも場を和まそうとしたのに不発に終わったことを恥じていた。

上亮も鼻から息を出すことしかできない。すると、その横に音もなく彗星が立った。

「まださっき君の言っていた収れん火災の方が筋がいい」

「そりゃどうも」

上亮もざっくばらんとした調子で受け答えした。同時に珍しいとも感じる。

彗星がこちらに声をかけるのは、決まって用事……それもしょうもない雑用を言い渡す時である。犬を呼びつけるのと一緒だ。命令はあれど、雑談はない。

「僕は動機から犯人を絞り込むのが嫌いだ。人の心ほど、信用ならないものはない」

もともと表情の硬い男だ。正体はロボットでたまたま人の形をしている、と言われても納得してしまう。多くの人が大切にしているものをばっさりと切り捨てる様を見るとその印象がますます強くなった。

「そんな風に……」

上亮が苦言を呈そうとしているのがわかったのだろう、彗星は上亮の前に手のひらを示す。色は顔同様、白かった。

「上亮、僕に怒る前に最後まで聞くんだ。君は相手の話を遮る傾向がある」

「お前もだろ」

「僕が言いたいのは、心ほど不安定なものを土台にして真実を求めてはならないということだ。確かに渡久地さんは誰かから恨みをかうような事をしていた。だが、恨みでは火はつかない」

普通に使っている空間で突然、火がつくことがあるのならば。

普通ではない何かが、その前から起きているはずなのである。

火事場の奇人《シャーロック》は固い瞳をそのままに断言する。

「どんな火事にだって必ず仕組みがある。それを見つけるのが僕の仕事だ」

その聡い横顔を試すように、焼け落ちた天井から降り注ぐ小雨は、雪に変わろうとしていた。

一行は熱帯館の入り口に戻って来ていた。

スロープの先にあるカラーコーンの側に立つと、焼け落ちた廃墟は大きな黒い化け物のように見える。暗い影が夜闇の中でうずくまっている、そんな風に喩えることができる。

焼け残った階段の足元灯の残骸が周囲の明かりを鈍く反射する。目玉のようだった。

「ああ、良かった皆さんいらっしゃって！」

コンビニの袋を提げた秩父が情けなく口元を緩ませた。

秩父はノミの心臓の持ち主だ。職業柄、恐怖心を煽られる場所に連れていかれることが多いはずなのだが、埃が部屋の隅を転げるだけで悲鳴をあげる。明かりの落ちた熱帯館に入っていくのが恐ろしく、一人ぐずぐずしていたのだろう。

「僕がここに戻ってくる間はもっていたんですけど、とうとう降って来ちゃいましたね」

雪のことである。夕方から始まった霧雨は、指先で捉えることができるほどの氷の結晶に変わってしまっている。勢いはまだないが天気予報曰く、時間の問題であった。

律儀な後輩はきちんと人数分の飲み物を買って来た。依田の遠慮がちなリクエストの結果、秩父はコンビニで温かいカフェオレやスープの入った缶飲料を買ったのである。

天候を思えばこれ以上ない選択だ。

上亮も礼を述べ、秩父が広げた袋の中から缶コーヒーを取り出す。手で包むとかじかんだ指先の感覚が戻ってきた。

松山はコーンスープ缶を空にして小さくげっぷをした。

「ええー、夜も更けてまいりましたが……」

飲み会の挨拶でもするような口ぶりだ。切り出し方としては酷すぎる。無視する者が多かった。

「いや聞いて！　大事なことだから！」

邪険に扱われることには慣れっこなのか、松山の叱る声に怒気はない。半分笑いながら「彗星くんも！」と、一番話を聞かない部下を名指しする。

呼ばれた彗星はというと、一人勝手に倉庫に戻ろうとしていた。周防にダウンコートの襟首を捕まれている。

「あのね。いい加減言おうと思っていたことなんだけれど、警察の超過勤務時間には一応上限があるんです」

妙な間が空いた。松山はもっとはっきりとしたリアクションを期待していたのか、じっと一人一人の目を見て反応を確かめている。

だが誰の、どんな形をした目を見ても、酷く冷静に語っている。

そんなものはあってないようなものだと。

秩父でさえ、曖昧な笑顔を浮かべていた。

松山は大げさに両手を広げる。とったポーズは彗星がするものとよく似ていたが、腕の上がり具合が全然違った。

「君たちねぇ、全ての時間は自分の寿命と直結しているんだぞ？　今浪費した一秒は、死ぬ前に惜しむ一秒だ。忘れないでワークライフバランス！　すごく大事なこと！」

彗星がわざとらしく鼻を鳴らす。寿命を削っているのは承知の上、と言わんばかりだ。松山は「そんな顔しても駄目なものは駄目だよ」と首をふるふる振った。

勤務時間にうるさいのは最前線で働く人間よりも、案外、使役する上司の方である。というのも、更に上層部からのプレッシャーがかかるからだ。

夕暮警察署の中間管理職も多分にもれず、嘆きっぽい口調で「このままだと僕は人事委員会に殺されちゃうんだって！」と喚いている。本音はこちらだろう。

「という訳で今日はこれで撤収！　異論は認めません!!」

松山はキビキビと指示を出した。ほとんどが現場に居残りたがる部下を抑え込むための方策だ。

依田がシリンダー式の鍵を回すと、錠の下りる重たい音がする。

「出口も同じようにお願いしますね、依田さん。そうじゃないと彗星くんが深夜にタクシー使って戻ってきちゃうんで」

思いもよらぬ発言に上亮は呆れ返る。「そこは家に帰ってろよ」と物言いをつけた。

「帰っても特にすることがない。一体何をするんだ、普通は？」

「眠るんだよ！　普通はな！」

がなり散らしても暖簾に腕押しである。その脇で依田が手際よく熱帯館の閉館作業を進めていった。もともと死んでいる建物だ。省いてよい手順ばかりだろう。

「さてさて。これで熱帯館は完全な閉鎖空間になりました。わかっているとは思うけど、ガラス壁破って中に入ろうなんて考えるんじゃないぞ～？　始末書待った無しだぞ～？」

松山は周防に取り押さえられたままの彗星に向かって片頬を上げる。

彗星の薄い唇は動かない。お得意の長口上が出てくるかと上亮は思っていたが、意外にも現場地蔵は沈黙に徹した。

上亮からすれば不安でならない。糸魚川も周防もピリピリとした空気を発している。気づいていない松山だけが胸をなで下ろした。

「はあ、良かった。これで明日はどやされずに済む……。いやぁ、依田さんも長いお時間お付き合いいただいてしまってすみませんでしたね」

「いえ、半分は私が無理を言ったせいですから」

依田は軍手をつけたままの手のひらを見せる。手袋の代わりにしているのだろう。カフェオレ缶を開ける時以外、はずそうとはしなかった。

「さあ、撤収だ撤収だ。本降りの前に撤収だ」と妙な節をつけて歌う松山を先頭に、一同は帰路を行く。

上亮も異論なくしんがりを務めたが、突然、腕をぐいと引かれた。

「ぎっ⁉」

羞恥……もとい上亮の矜恃が喉を制する。悲鳴は誰にも聞き取られなかった。

誰の仕業なのかは見ずともわかっている。目的も想像がつく。

消防法第三十五条がある限り、彗星一人では特定した火元を公式記録に残せない。消防署員の上亮が必要不可欠だ。

ここで周防の名を呼べば、文字通りすっ飛んできて、往生際の悪い後輩を連行して行くだろう。

上亮は告げ口の代わりに「なんだよ？」と短く尋ねた。千曲あたりが「お腹の足しにもならないわ」と一蹴する男の美学である。

「無駄な質問はするな、上亮。僕は戻るぞ」

「戻るったって入れねぇだろーが」

熱帯館の扉は施錠されてしまっている。

壁はあちこちが崩れているが、それらは全て火災現場の見分の重要な情報である。壊して進むわけにはいかない。

「VRじゃ駄目なのか？」

こういう時、彗星にはとっておきの対応方法がある。〝情報系〟と称される彗星はカメラの記録を元に現場の状況を仮想空間内に再現できるのだ。いわば現場のバックアップだ。

現実世界の火災現場が解体され、更地にされても何ら問題ない。ヘッドマウントディスプレイを装着すれば、いつであっても、どこであっても火事の原因を追うことができる。

上亮の指摘に彗星は極めて事務的に答える。

「今回は時間がなかった」

「そりゃ残念だったな」

「大丈夫だ、他にも策がある」

「悪いこと言わねぇから帰って寝とけって」

徹夜は百害あって一利なしだ。おおよその人間の集中力は体を休めた時間と正の方向に比例して発揮される。

「これは一応の確認なんだ。君が来なくても僕は残る。別に帰りたいと思うことをプロ意識の欠如と咎めるつもりもない。帰りたいなら帰るといい」

彗星の眉の角度は確かにニュートラルだ。苛立ちを伝えてくる気配はない。彗星にはよくある自分勝手極まりない態度である。

言い返そうと上亮も口を開く。買い言葉は喉まで出かかっていた。

「……〝好きな乗り物〟」

「はぁ?」

何を言われたのか、一瞬では理解できない。

「今日のルールだろう? 『君は残るのか?』という問いの前に義務を果たそう」

「……わぁーったよ」

かったるそうに返事をしたが、正直に言えば、上亮は内心感動していた。彗星のお題のチョイスにである。

目の前の冷血漢は己がバイク愛好家であることを把握しているはずだ。まさかこんな形で夕暮警察署のマイペース刑事から譲歩を引き出せるとは。

少しだけ、……ほんの少しだけだが上亮は先の現場で彗星と意気投合した瞬間の感覚を思い出していた。

「いくぞ」

鋭く掛け声を発する。上亮は素直に心の内に思い浮かんだものを答えた。しかし彗星が口にしたのは、

「ジェットコースターだ」

「……」

斜め上すぎて、かける言葉が見つからない。

「聞こえなかったのか、上亮。僕はジェットコースターと答えたんだ」

「あ、ああ……。聞こえているよ。そっか、ジェットコースターな」

彗星の言葉を繰り返すも、全く納得していない。そもそも友達なんて一人もいなさそうなこの男が、遊園地でジェットコースターに乗っている姿を思い描けないのだ。頑張って像を結ぼうとしたが、滑稽としか言えない絵になった。

「なんか……意外だな。絶叫好きとか……」

上亮は途切れ途切れに感想を口にする。かついでいるのならば、そろそろネタバラシが欲しい所だった。

彗星は熱っぽく上亮の名前を呼ぶ。

「上亮。ジェットコースターにはエンジンがついていないんだ」

「そりゃそうだろ」

「だというのに、あれだけ複雑な運動をするんだぞ？　位置エネルギーだけで」

そんな高尚な視点でジェットコースターを見たことがない。

「素晴らしいと思わないか？」

同志は、できなかった。

改めて距離感を思い知る。一日どころか百年たっても目の前の男と気が合うと感じる日は来ないだろう。確信だった。

とはいえ、胸の内にあるものは絶望ばかりではない。

「ったく、しょうがねぇな」

アンドロイドと呼んでもあながち間違いではない男の、血の通った一面を垣間見ることができたのだ。

上亮の心の中には、彗星の言う「策」とやらを聞く程度の余裕ができていた。


熱帯館のスロープの前で彗星が鞄から取り出したものが一体何なのか、上亮にもすぐにわかった。

ヘッドマウントディスプレイと比べるとまだとっつきやすい。プラスチック製の筐体《きょうたい》は子どもの頃夢中になっていたモーター駆動のプラモデルカーを連想させたし、小さなプロペラも百円均一で売っている扇風機と似ている。

「お前、こんなものをいつも持ち歩いてるのか？」

「こんなものじゃない。小型ドローンだ」

彗星はわざわざ付け足した。

確かに小さい。手のひらに載るほどである。

「重さは一五〇グラム。モモンガと同じくらいだ」

「へぇ、モモンガってそんなに軽いのか」

上亮の興味が喩え話の方に行ったのが気に食わなかったのだろう、彗星は眼鏡のブリッジを小さく押し上げて、「君にとっては未知の代物だろう」と嫌味をよこす。

ここぞとばかりに上亮は鼻の穴を膨らませた。

「残念だったな。こいつは消防《うち》でも導入済みだ」

市街地での大規模火災や海上での水難事故、地震による土砂崩れなど、人が容易に突入できない現場へも、ドローンは空から悠々と入ることができる。

高い視点があれば広範囲での状況確認や要救助者の探索を行える。浮いた時間は実際の消火または救助活動に回すのだ。

「なるほど、羨ましい限りだ」

操縦桿の準備をしていた彗星がぼそりと呟いた。

何気ない反応だったが、上亮には読み取れるものがある。

「ってことは、これもお前の私物だな」

彗星は火災現場の捜査に最新ガジェットを使いたがる。ただでさえ怖い顔の先輩に凄まれても、素知らぬ顔で強行するこだわりぶりだ。

「僕たち警察だって殉職のリスクを抑える義務があるんだ。危険な場所にまずドローンを送り込むのは、至ってまっとうなアイデアだと散々春影には言っているのだが……」

「ま、周防さんはよしとしないだろうな。あの人は俺と同じだよ。自分の体を信じている」

「笑止の沙汰だな」

彗星はさっと毒づいた。その口ぶりは、体なんて制約の多いものに頼るのは前世紀の発想だと言わんばかりである。

「今この状況を見てみろ上亮。僕たちは体長が約一・八メートルあるせいで熱帯館の中に入れず、手をこまねいている……ああ失礼、『僕たち』という表現は厳密ではなかった」

「はっ倒すぞ」

「気にしていたのか？　それは悪いことをした」

言葉こそ謝罪を告げているが、態度は全く悪びれない。

上亮は心の中で口汚く反論したが、実際にそれを声に出せば彗星はグローバルスタンダードならば云々と講釈を始めてくれるだろう。埒《らち》があかない。

それに彗星の腹は読めている。自分たちの体が熱帯館の中に入れないのであれば、代わりにドローンに入ってもらおうということなのだ。

ポンプ車による放水で、熱帯館の天井や壁は所々落ちている。小型ドローンならば問題なく入れる大きさだ。

「って、結局未来人ゴーグルは使うんだな」

「ヘッドマウントディスプレイだと言っただろう。操縦の時に必要なんだ。ドローンのカメラと連動させる」

「モモンガの視界ってわけか」

「まあ、そういうことになる。試してみるといい」

断る前にゴーグルを押し付けられる。反射的に上亮は野太い悲鳴をあげた。彗星は「大げさだな」と呆れた。

上亮の視界は今、彗星でいっぱいになっている。ドローンが彗星の手のひらの上にあるからだ。

カメラより少し下の位置に取り付けられたライトのおかげで、肌の色や手相の具合までバッチリ見える。その先には、整った目鼻だ。わずかに開いた口から綺麗な歯並びを確認することができる。

このまま一飲みに食われるのではないか。生まれて初めて抱いた感覚が恐怖に変わって体の中を流れていく。上亮は小動物の気持ちが少しだけわかった。

眼鏡を外し、ダウンコートの中にしまう。上亮と違い、彗星は何の抵抗もなくヘッドマウントディスプレイを頭に取り付けた。

「なあ、大丈夫なのかよ？」

「航空法のことか？」

「いや、それ以前にさ」

「問題などない。これは警察の捜査なのだから」

上亮は直感した。こいつは今、絶対に勢いで言っている。

この場に周防や糸魚川がいたならば、きちんと法的根拠を明らかにした上でドローンを取り上げているはずだ。残念ながら上亮にはない能力である。夕暮警察署の一匹オオカミの好きなようにさせるしかなかった。

「始めるぞ」

彗星は操縦桿を傾ける。ドローンが不安を煽る傾きを伴って浮かび上がった。大きさの割には羽音がうるさく、少し声を張らねば会話ができなくなる。

「ドアの側にも通れそうな隙間があるが、その先がよく見えない。天井からアプローチしてみよう」

「気をつけろよ」

上亮の忠告に無言をよこし、彗星はドローンの高度を上げた。途中、風に煽られ、よろよろと揺れたが、なんとか持ち直す。雪雲を目指して上っていく。

小さな光を放ちながら夜空を進んでいく姿は、空港を出たばかりの飛行機と遜色ない。遠目から見れば間違える者がいるかもしれなかった。

上亮は熱帯館の屋根の陰に消えるドローンを見送る。自然と眉頭に力が入った。

「……なあ、穂村」

「苗字で呼ぶな」

「穂村さん」

「次は無視するぞ」

わざともう一回呼んで、横柄な態度を崩さない男の鼻をへし折ってやりたい気持ちもあったが、時間がない。上亮は低い声で彗星の名前を呼んだ。

「何だ？」

「お前、ガキの頃にラジコン持ってたか？」

「いいや？　何故そんなことを今聞く？」

「大事なことだからだよ！」

慌てて操縦桿に手を伸ばすも間に合わない。

「あ」

彗星が短い声をあげた。氷を思わせる普段のものと違い、少しぼやけている。うっかり机の上のコップを倒して、中のものをぶちまけてしまった。そんなタイミングでよく耳にするトーンだった。

「……落下した」

「だろうな！」

ドローンの操作は一朝一夕で習得できるようなものではない。ドローン空撮に特化したカメラマンだって存在するし、上亮のいる夕暮消防署だってきちんとドローン操作訓練の時間を設けているのだ。

彗星はヘッドマウントディスプレイを装着したままだ。淡々と見えているものを伝える。

「幸いにもカメラは無事だ。大河が片足を入れかけた池のほとりに落ちたらしい。下が柔らかい土だからな。どこも破損しなかったのだろう」

「で、どうするんだ?」

苛立ちを隠さず、上亮は尋ねた。

やらかした男はしれっと答える。

お茶のおかわりを頼むような何気なさだった。

「取ってきてくれ」

「このポンコツ!」

深夜の公園に火災調査課職員の怒号が響き渡った。

「最初からこうしておけば良かったんだよ、クソ」

スロープの手前で突っ立っている彗星に聞こえるよう、上亮はわざと声を大きくして悪態をついた。

もう少し謝罪の言葉を聞かせてくれるかと思っていたが、夕暮警察署の刑事は何もなかったと言わんばかりの顔で上亮にアドバイスをよこす。

「上亮。防犯カメラの左斜め上に穴が空いている。カメラで測ってみたが、最大直径は五五センチだ。雨よけの屋根の上まで登れば、君なら通れるだろう」

「ああそうかよ！」

怒りで髪が逆立つ心地がする。通れる、と簡単に断言してくれるが、実行するのはこちらなのだ。

彗星が指している穴は確かに手頃なサイズをしていたが、空いている場所がよくなかった。防犯カメラよりもさらに高い位置だ。上亮では背伸びをしても指先で触れることすらかなわない。

さらに悪いことに間には雨よけの屋根が飛び出している。足一歩分の幅だ。意図せず、ねずみ返しの役割を果たしていた。

ガラス製の壁に足をかけよじ登って行くのも手だろうが、割れば火事以外の原因で熱帯館の壁を壊すことになる。

ちなみに彗星の肩を借りるという案は頭の中に止めておいた。高そうなダウンコートだ、汚すとうるさいはずだった。

上亮はじっと熱帯館の入り口を観察した。

（やることははしご登攀《とうはん》と一緒だ）

目でなく、手や足で物を見る。意味のない体のブレを最小限に抑える。素早く、無駄なく、上を目指す。笹子隊で一番上手いのは米津なのだが、上亮もそれなりに自信がある。

両手……正確には指先をドア枠に引っ掛ける。上亮は少しだけ体重を載せてみた。軋む音はしない。腕の力だけで己を上昇させる。そのまま体をくの字に曲げ、アンティーク調のレバー式ドアノブに足を置いた。

彗星が何かを言った気がしたが、振り返ることはしない。体の重心を意識しながら片手を後方へ伸ばし、ドア枠の斜め上にある屋根の縁をまた指先で摑む。そっと身を宙に躍らせ、片手で雨よけ屋根にぶら下がった。

手の置き場が悪かったのだろう、軍手にガラスの破片が食い込む。

ここで身動《みじろ》げば、ふりだしに戻ってしまう。上亮は一度浅く息を吸った。

腰から下を振り子のように揺らし、反動で空いた腕を上げる。両手で雨よけ屋根を摑むことに成功すれば、あとは鉄棒の懸垂と大差ない。体を軽々と持ち上げる。上亮はとうとう片足を雨よけ屋根に引っ掛けた。

足場の上に立てば、人気のない公園を一望できる。熱くなった頰に雪が当たって溶けた。

「入れそうか？」

「どうだかな」

おざなりな返事をしつつ、彗星が通るよう指示した穴に顔を突っ込む。鼻に濡れた土の匂いが届いた。

上半身と下半身、それぞれを軽く入れてみて肩と腰がガラスに触れないことを確認する。

着地予定場所を見定める。あまり迷う必要はなかった。どうせどこも土でできている。上亮は暗闇に身を躍らせた。

滞空時間は一秒とない。味わう間も無く、両足は地面を掴む。体を畳み、衝撃を逃す。新体操をやっているわけではないのだ、駄目押しにそのまま両手をついて、最後の転倒を防いだ。

やっと長く息を吐くことができる。

血の巡りが良くなったのだろう、軍手の中の手は少し熱くなっていた。

「鍵を開けてくれ、上亮」

ドアの隙間から彗星のライトの光が差し込んでくる。声は厚い壁に阻まれてぼやけていた。

「無理だ。入り口のドアは内側からは鍵を開けられない。ちょっと待ってろ」

出口側も同じ造りなのであれば、最悪、倉庫の窓を開けるしかない。鎮火後の状態と違い、倉庫の窓は閉められている。現場地蔵の侵入を防ぐためだ。窓の大きさは渡久地の出っ張った腹ではどうにもならなかっただろうが、彗星であればまだ試す余地がある。

上亮は一人、熱帯館の成れの果ての中を進んだ。松山が靴を汚さぬよう忠告を受けた地点に差し掛かったところで、探し物を見つけた。

「あれか」

ドローンである。持ち主のいう通り、池跡の側に落ちていた。雪の舞う空を渡っていた翼は半分程土に埋まり、自力ではもう浮かび上がることができずにいる。発する光はなんだか悲しげだ。

上亮はドローンを拾い上げる。付着した汚れを叩いて落とした。途中泥が膝のあたりに飛んだが、気にしない。活動服は汚すものである。

二、三度機体を振ったところで携帯が震える。

「やめてくれ。酔ってしまう」

彗星だった。開口一番、煩わしげだ。

どうやらまだドローンの撮影を止めず、ヘッドマウントディスプレイで熱帯館の様子を確認しているらしい。

「いい加減、ゴーグル外せよ」

「そうはいかない。僕は予定通りこのまま進む」

「俺が中に入ったんだからカメラはもういいだろ。お前は外で大人しくしていろ。地蔵のようにな」

不名誉なあだ名をチラつかせると彗星が鼻を鳴らす。悔し紛れ、とするにはいささかふてぶてしかった。

「役たたずだと言うのか？」

「誰がどう見てもそうだろ」

「五秒前まではそうかもしれない。状況は変わったぞ、上亮。君がドローンを拾ったのだからな」

彗星に言われるがまま、上亮はドローンを手のひらに載せた。たちまち機体は元気に羽を回し、ふわりと空に舞い上がる。上亮の頭上まで高度を上げると、その場でホバリングを始めた。

搭載しているライトが真下を照らし出す。ブーツの足元から短い影が伸びる。

「お、なるほどな」

上亮は感想を素直に浮《うわ》ついた声に載せた。

一歩進めば、ドローンも遅れずついてくる。これはいわば〝動く灯り〟だ。

今から電気の落ちた室内の調査をするのだ。片手で常にライトを持っているのは効率が悪い。手が空くのはありがたい事だった。

「便利だろう」

「確かに」

「ライト代わりならもっとちゃちな作りのドローンでもできる。僕が操縦しなくても、自動で高度を保って君についていくだろう」

「俺はこれで満足だよ」

「そう言うな。うちにある中でも結構いいモデルなんだぞ。こいつは」

せっかく持ってきたドローンなのに灯りを下ろすだけなんて役不足。そんな胸中が透けて聞こえる。少し拗ねているような言い方も手伝って、年相応……いや、もっと若い印象を持った。

おかしさがこみ上げてくる。「携帯もスピーカーモードにしろ」と興ざめした様子で指示してくるのも今なら許せた。

見解が改まったのだ。彗星の得意とする情報分野が絡んだことでやっと美点が見えてきたと言ってもいい。

（なんだ。一緒に仕事をしている奴のために何かをしてやろうって気はあるのか）

徹頭徹尾、マイペースを貫く一人天下な男かと思っていたのだが。違う一面をちゃんと持っているらしい。秩父が懐くのも納得だ。

気が合うかだなんて、確かめる必要もなかった。

態度が悪くても、彗星はちゃんと場を見ている。

上亮にとっては十分な情報だった。

「ありがとよ。で、スピーカーモードってどうやるんだ？」

さらりと礼を告げ、不得意分野のフォローを頼もうとする。

しかし、待てど暮らせど何も聞こえない。彗星はだんまりを決め込んでいる。

「何だよ、気に触ることは言ってないだろ？」

「……腹を立てている訳ではない」

彗星は早口に答えた。

「礼を言われたのは久しぶりなので、反応に窮しただけだ」

上亮は吹き出すのを咳払いでごまかした。

アポロキャップのひさしが邪魔になる。上亮がどんな顔をしているか、ドローンからは見えないはずだった。


彗星の指示はそれなりにわかりやすかったはずなのだが、アナログ人間がスマートフォンを操作して通話をスピーカーモードに切り替えるまでには少々時間がかかった。

だがよく考えれば電話が繋がっていてもこれといって伝えることはない。夕暮警察署の若手刑事はドローン越しに上亮と同じ景色を見ているのだ。

そう。彗星が先に声をあげても何もおかしくはないのである。

「上亮」

呼ぶ声は心なしか掠れていた。

「なんだよ？」

「奥で何かが動いた」

「何かって？　何が？」

「わからないから〝何か〟と言っているんだ」

上亮は急いで手元のライトを廊下に向けた。

淡い光の中に焼け落ちた椰子の木や説明板が浮かび上がる。備え付けられた防犯カメラのレンズが小さく反射した。

頭上のドローンが垂直運動を繰り返す。今しがた見たものを確かめるため、ベストな撮影ポジションを探しているのだろう。

数回、上亮の影は伸び縮みしたが、結局ドローンは元の位置に戻る。スマートフォン越しに彗星は忌々しそうに呟いた。

「もう少しいいカメラをつけるべきだったな」

とはいえ、カメラの性能と重さは比例する。闇雲に高性能なカメラをつければ、そもそもドローンが飛ばなくなってしまう。

熱帯館の廊下はまだ数十歩先の距離にある。ドローンであっても肉眼であっても、正体を見極めるにはもう少し近づかなければならない。

つまり、選択肢はないのだ。

「行くっきゃねぇってことか」

すぐさま上亮のポケットから鋭い警告が飛んだ。

「ダメだ。引き返せ」

「どの道進むしかないだろ。入り口からは出られねぇんだから」

いたずら対策だろう、入り口のドアは内側からは開錠できない構造になっている。入ってきた穴ははしごでもかけない限り登れない高さにある。前進しなければここで夜を越すことになるのだ。

勢いのついた雪が、燃え尽きた熱帯館に降り注いでいる。一晩過ごせば積もってしまう。まさに、松山が冗談で言っていた雪の中で野宿だ。

「ならばドローンが先に廊下に入る。君は安全の確認が取れてから進むんだ」

「火災現場で警察が消防に指示すんな。そもそもお前じゃ無理だろ。操縦ミスって俺に拾われるのが関の山だよ」

言うやいなや、上亮は軽く飛び上がった。

腕を伸ばしてホバリングしているドローンを掴む。軍手をしているからと慢心してはいけない危険行為だ。

「上亮！」

戒めの声も虚しく、ドローンは飛行能力を奪われる。重さはモモンガ級だし、所詮プラスチックの羽である。

「何をする気だ」

「ここは俺に任せとけ」

非難がましく彗星は更に何か言っているが、上亮は構わず電話を切った。ドローンはまだ威嚇するようにプロペラを回している。

便利なライトはなくなってしまったが、彗星が操縦している限り結果は同じだったはずだ。それに、暗闇を恐れていたら消防士は務まらない。

大規模震災を想定したプログラムでは、灯りの落ちた駐車場でテント泊をしたこともある。炊き出しを作ろうとして芦谷が水の分量を間違え、悲しいくらいに薄いカレーが出来上がったことはいい思い出だ。

「夕暮消防署だ！　誰かいるか⁉」

訓練同様、上亮は腹から声を出す。廊下の隅々まで確認して回った。

途中、彗星が見たという影の大きさや様子を聞かなかったことに気がつく。電話して尋ね直す、というのはもう無理な相談だ。多分、どころか確実に、彗星は怒っている。

(そりゃもうカンカンに、な)

顔を合わせた途端、何を言ってくるのか。容易に想像できる。

罪悪感はあまり覚えなかった。ジャワ・ハイツでは散々振り回されたのだ、今回は彗星にやきもきして貰わないと困る。無情で非協力的なロボットではないことがつい先ほど立証されたのだから、尚更だ。

上亮は先に出口の扉付近をライトで照らして確認した。冬なんて季節のない地域の植物を育てている場所である。ネズミやゴキブリの類に鉢合わせる事くらいは覚悟していたのだが、上亮を迎えたのは内側に錠の付いていない扉だけだった。

入り口と全く同じ造りである。外に出るためには倉庫に行くしかない。上亮は踵を返した。

一歩進むごとに消火剤の匂いが強くなる。

開け放した倉庫の扉が見えた。彗星の操縦ではドローンは間違いなくここで曲がりきれずに落ちているはずだった。

「あいつの口ぶりだと家には結構な数のドローンがあるんだよな。だったら、どうしてあんなに操縦が下手なんだ?」

漠然とではあるが、上亮は答えを摑んでいた。

彗星について、少し勘違いをしていたのだ。夕暮警察署のＩＴ刑事の関心はドローンを飛ばすことではなく、ドローンを動かしてできる事にある。

もう一つ言えば、憎たらしいほどの金持ちなのだろう。それなりに値段のする、日常生活の必須アイテムでもなんでもないガジェットをぽんぽん買うのだから。

「マンションも相当いい所だったからな。消防庁長官の親から逆に仕送り貰ってるんだろうな、ありゃ」

ぶつくさ漏らしつつライトを向ける。倉庫の正面を照らす。

上亮は思わず首を傾げた。

「うん？」

倉庫の窓の鍵が、かかっていないのだ。

「なんでだ？」

確かに依田が施錠したはずである。あれだけ松山に念押しされたのだ。忘れるはずがない。

上亮は倉庫に足を踏み入れた。

手は両方ふさがっている。片方は手で包み込めるサイズのＬＥＤライト、もう片方は彗星の飛ばしたドローンだ。彗星が良いモデルだと誇らしげに告げた機体は、相変わらず耳障りな音を立てている。集中しなくてはならない場面だというのに、いやでも気を削がれる。

「うるせぇ！」

上亮は巻き舌気味に威嚇した。

操縦している彗星が側にいないのは重々承知しているのだが、叫ばずにはいられない。乱暴に機体をひっくり返して電源ボタンを探す。どれほど素晴らしい機能を搭載していたとしても、電気が通らなければただの模型だ。

手の動きから短気な元・消防士が何をする気なのか察したのだろう、ドローンの唸り方が変わる。

「悔しかったらこっちに来て文句を言うんだな」

上亮はカメラに向かって吐き捨てた。

心配をしてくれているのにひどい言い草だ。

居合わせた者がいたら大人気ないと呆れただろう。

——当然、バチがあたる。

「え？」

首筋に鋭い痛みが走った。まさか、と思っても、もう遅い。

怒り心頭なドローンに気を取られて、背後への注意がおろそかになっていたのだ。

体を支えられない。背中が地面にぶつかり、腕が跳ねる。

受け身も取れないまま大地に突っ込んだのだ。それなりの衝撃が走るはず。唸り声の一つくらいあげてもいい場面だ。なのに、不思議と痛みを感じない。

目を開けていても、視界はどんどん暗くなる。

「嘘……だろ……」

誰かに、何かを、射たれた。

上亮は遠のく意識の中で理解した。

気絶とは一種のタイムリープ体験である。上亮は起きた瞬間、冬の日差しが目に突き刺さったことに驚いた。

真夜中の熱帯館にいたはずなのに。全く違う景色に囲まれている。

淡い色をしたリノリウムの床の上にはパイプ製のベッドが並び、天井から提げられた白いカーテンで小さく区切られている。ビニル加工された壁には手すりが設けられ、つかまり歩きができるようになっていた。

己の体もまたベッドの上に寝かされていた。シーツはカーテン同様味気のない白色だ。洗ったものを使っているはずなのに、洗剤の気配は遠い。

空気は消毒液の匂いで満たされている。

間違いない。病院である。

「どこの……？」

まだ若干痺れの残る体を起こし、茫然自失した声で問いかける。

「木《き》ノ《の》匙《さじ》よ」

脇からすぐさま答えが返ってきた。

糸魚川だ。スツールに腰掛けている。ブラウスの色が、昨日見たものから変わっていた。

上亮は納得した声を出した。告げられた場所がどこにあるのか、もちろん知っている。駅前通りにある木ノ匙総合病院は夕暮消防署から出場した救急車が向かう搬送先の一つだ。

組織として交流があるし、健康診断でも世話になっている。研修と診断、どちらで訪れることが多いかと聞かれると、なかなか答えづらいのだが、どちらだったとしてももちゃんと自分の足で正面玄関の自動ドアから入っている。

こんな風に気を失っている間に運び込まれたのは今日が初めてだ。

「最悪だ……」

あまり……いや、かなり気が滅入る事実だった。

流山の説教や千曲の皮肉もさることながら、古巣の反応を想像するだけでクラクラする。頭の中で各小隊の先輩、後輩の顔を一人一人描いてみるのだが、ほとんどが呆れるか笑うかしているのだ。

無事だったと安堵してくれるのは笹子小隊の聖人・米津くらいなものだった。

「病院のベッドで目覚めたことが最悪？　それどこで笑えばいいのかしら？」

糸魚川はわざとらしくイントネーションを上げ下げした。勢いをつけて首を傾げるために髪が前に流れてくる。帳《とばり》のような動きだった。

「棉苗くん、あんたもう少しで多摩川のホームレスと同じ末路を辿るところだったのよ？　雪まで積もったのに倉庫の床で爆睡とか馬鹿じゃないの？」

「別に好きこのんで寝ていたんじゃねぇよ」

窓は空のベッドを挟んだ向こうにある。上半身を伸ばして覗き込んでみると、確かに道路にはうっすらと雪が積もっていた。時計をまだ見ていないが、通勤ラッシュの時間はすでに超えているようだ。歩道には、様々な足跡や自転車のタイヤ痕が刻まれている。

丁度、外回りと思《おぼ》しきサラリーマンが通りを歩いていた。寒さに身を震わせている。顔の半分をマフラーで隠しているからか、真上の眼鏡が曇ってしまっている。

その間抜けな様子にシナプスが刺激された。

気絶していたショックで大事なことを忘れていたのだ。

上亮は勢いよく糸魚川の方へ向き直る。早口に尋ねた。

「穂村は？　あいつは無事だったのか⁉」

捜査至上主義の彗星のことだ。朝、松山達が来るまで大人しくしていたとは到底思えない。

ドローンを取られ、電話まで切られているのだから。なんとかして熱帯館の中に入ろうとする。

(そこでもし、犯人と鉢合わせていたら……？)

糸魚川の鋭い眼に、眉を吊り上げた己の顔が映り込む。

夕暮警察署の女性刑事はゆっくりと瞼を閉じた。

「無事よ。あんたを助けた後、何事もなく捜査を続行しているわ」

「良かった」

詰めていた息を吐き出して、胸をなでおろす。

喜ばしいニュースのはずだ。なのに、糸魚川はにこりともしない。

「糸魚川さん？」

遠くからでもはっきりとわかる目鼻立ちをしているのに、そこだけ灯りを落としたようになっている。

「ごめんなさい」

「え？」

「今、嘘をついたわ」

「警察なのにか？」

話が脱線してしまうとは理解していたが、尋ねてしまった。糸魚川は素っ気なく「必要な時もあるのよ」と言い返す。

糸魚川は沈んだ声で告白した。

「穂村は棉苗くんを助けなかったの。救急車を呼んだのは私たち」

「助けなかった……？」

病室の暖房は十分すぎるほどに効いている。上亮は半袖だし、糸魚川はジャケットとスーツの上着を椅子の背にかけている。

だというのに、元消防士の肌は粟立った。

「あいつは現場に立ち続ける。誰が倒れたって止まるわけがないのよ」

皆知っていることだ。

火事場の奇人《シャーロック》は事件が解決するまで現場を離れない。

生きるために不可欠な営みを全て放棄して、全身全霊で火事の原因を探す。

「そう、なんだな……」

一度、最後まで付き合った身だ。上亮だって彗星の行動原理は理解している。現場にかける思いを自分の耳で聞いている。

この状況を作り出したのは誰なのか、聞くまでもない。

わかっている。わかっているのだ。

それでも「仕方がない」では済ませられなかった。

「意外ね」

やっと糸魚川が口端を上げた。口調も普段の勝気なものに戻っている。自分が作り出した空気だ、自分で始末をつけると言わんばかりの切り替え方だった。

「もっと怒るかと思ってたわ。暴れられても大丈夫なように上着脱いで構えてたのに」

「糸魚川さん」

「なあに？」

「ありがとうございます。憎まれ役、買ってくれたんスよね」

糸魚川の性格を思えば、面と向かって礼を言うのは避けた方が良いのだろうが、言わずにはいられない。

案の定、頬を赤くした女性捜査員は否定の言葉を喚きながらこちらの耳を引っ張ってきた。いい目覚ましだった。

「まあ、安心して。穂村にはうちの豆番長にきっちり指導入れてもらったから」

物騒な物言いだ。上亮が恐る恐る「それ……松山さんではないんだよな？」と確認すると、糸魚川は小さく肩を揺らした。

愚問なことは承知の上で尋ねていたし、誰が警察官らしからぬあだ名で呼ばれているのかも想像がつく。

何もしていなくとも殺意に似た気迫を放っているのだ、怒った周防は体格と反比例して滅茶苦茶怖いだろう。疑う余地はない。

想像するだけで心臓がざわつく。同じ様に、指導を受ける彗星が周防に気圧されることなく淡々と反論を重ねていく姿も思い浮かべることができた。

「あいつ、棉苗くんを助けるって発想すらなかったの。最初から最後まであんたを襲った男を追いかけていた」

「なるほどな」と頷けば、すかさず糸魚川が釘を刺す。

「言っておくけど警察だって人命優先よ。あいつがおかしいだけ」

上亮が襲われた際も、ドローンのカメラは作動していた。決定的瞬間を見た彗星はまず、倉庫に向かった。窓から出てくるはずの襲撃犯を取り押さえるためである。残念ながら目論見は綺麗に空振りし、彗星が熱帯館の傍を通る道路に戻る頃には、逃げる男の後ろ姿は米粒ほどに小さくなっていたという。

「穂村、あんたを置いていったことについてなんて言い訳したと思う？」

「さあな」

「『倉庫に倒れた上亮の様子はドローンのカメラで確認できていた。寝ているように見えたし、実際そうだっただろう』よ。本当、神経を疑うわ。バルビツレート射たれて半日で起きた棉苗くんにもびっくりだけど」

睡眠薬は種類によって効果の時間が異なる。短いもので二時間、長いものでは一日だ。バルビツレートは麻薬及び向精神薬取締法で資格保有者だけが取り扱うことを許されている劇薬である。

「とにかく」と糸魚川は話題をかえる。

「どうしててんかん治療でもしない限り使わない薬を、それも注射液で手に入れることができたのか。福士《ふくし》からは色々聞くことがありそうね」

あまりにも何気なく言うものだから、危うく生返事をするところだった。

「え、なんで……、犯人の名前……？」

上亮の反応はワンテンポ遅れた。別のことを考えていたのも一因だった。

「ねえ、やっぱりまだ薬抜けてないんじゃないの？　すごい暗い顔してるわよ？」

「いいから教えてくれ！」

急かされた糸魚川は自身のスマートフォンを取り出した。品の良いチョコレート菓子のようなケースに収まっていた。

見せてくれたのは、暗視カメラの映像を切り出したものだろう。緑と黒で構成された写真だ。熱帯館に備え付けられた防犯カメラよりは人の目鼻立ちを認識することができた。

「穂村がドローンで撮っていたのはあんたの寝顔だけじゃない。あんたを襲った男もバッチリ映っていたって訳」

「こいつ……避難のとき、清水さんの隣にいたな」

見たのはちらとだけだが、確かに覚えている。燃え盛るガラス館を前に怯えきった顔をしていた男だ。

「スウィート・ウィリアム・ガーデンの契約職員よ。名前は福士綾人《あやと》。二十七歳。周防が押さえたの」

昨日、依田は熱帯館の鍵を公園管理室のデジタル金庫にしまった。解錠コードは職員であれば皆知っている。当然、福士もだ。

彗星と上亮が熱帯館の入り口でドローンの準備をしている間、福士は出口の鍵を開け、倉庫に侵入していた。

昨夜上亮は出口のドアをライトで照らしただけだった。もし、ドアノブを回していたら、あっけなく扉は開いたのである。

「倉庫に忍び込んだ目的は、証拠隠滅ってところでしょうね。詳しい話はまだ上がってきていないけど。福士が昨日、どうやって防犯カメラをかいくぐって火をつけたのかを話せば本件は万事解決よ。自白があれば流石の穂村も退き下がるでしょ」

喜ばしい話であるはずだ。だというのに、上亮は糸魚川と同じ顔をすることができなかった。

口の端から零《こぼ》すように疑問を呟く。

「あいつ……どんな反応するんだろうな？」

「さあ、想像つかないわ」

糸魚川は早々に思考を放棄する。

「……だな」

糸魚川の言う通りだ。上亮も、もう彗星の心中を想像できない。

初めて会ったときと比べれば、お互いに少しずつ歩み寄れたのではないか。そう思っていたのだが。どうやら己の勝手な妄想だったようだ。

彗星にとって真実とはダイヤモンドに等しい。煤や灰の中に隠されているそれを拾い上げることに、全てを捧げるつもりでいる。

演技じみているのは言い方だけで、言葉は決意そのままなのだ。だからこそ行動に移すことができる。

ぞっとするほど冷酷な決断を瞬《まばた》きのうちにやってのける。

「これは……無理だろ」

拒絶の言葉は幾度となく口にしてきた。もっと強い語調で彗星を突っぱねたことも記憶に新しい。

こんなにもか細く、疲れ切った一言で彗星と決別することになるとは。

上亮は静かに唇を引き結んだ。

見れば糸魚川は帰り仕度を始めている。ヒールのコツコツという音がやけに大きく聞こえる。

まだ喋り足りないのだろう、上亮の顔を確かめることもなくまくし立てた。

「棉苗くんもだけど、福士も福士で軽率だったのよ。あんた達が外にいたのは知っていたかもしれないけれど、鍵がなければ入れないとタカを括っていたんでしょうね。そりゃ、夕暮消防署の消防士が頭よりも高い位置にあいた穴を通ってくるとは思わないもの。ねえ、棉苗くんって実は猿なの？」

失礼な質問をしれっと混ぜ込んでくる。

「んな訳あるか。訓練の賜物だ」

憎まれ口に鋭さがない。

これが今の上亮の精一杯だった。


新人刑事の秩父はまだ一人で仕事を行う事を許されていない。任されたとしても、焼失した建物の間取りや配管の情報を調べたり、コンビニへの買い出しに行ったりと雑用ばかりだ。

基本は松山か周防、あるいは糸魚川と行動を共にする。正確にはもう一人先輩がいるのだが、監督員としての能力を全く持っていないため例外として扱われていた。

今もまた周防と二人夕暮警察署からスイート・ウィリアム・ガーデンの熱帯館に戻る途中である。

昨日のすっきりしない天気は名残すらなく、頭上には関東らしい乾燥した青空が広がっている。暖かい日差しが背に降りそそいだ。公園の草原には処女雪が残っている。厚みは家の布団そっくりだ。

(気持ち良さそうだなぁ)

大きなあくびが出る。「あれ、寝床だよ」と耳元で囁かれたら迷う事なく飛び込んでいるだろう。夜明け前に電話で呼び出されて、体はまだ寝ぼけていた。

幸い、チームで最も恐ろしい先輩は数歩先を歩いている。昨日、公園管理室で防犯カメラを確認した後の帰路と同じ距離だ。

秩父はやはり周防に世間話を振った。

「なっさんの意識が戻って本当によかったです」

「……そうだな」

口数少ない男だ。相槌こそうってくれるが、自ら進んで話すことは滅多にない。

秩父は一度、夕暮警察署からの帰り道で周防と一緒になった事がある。乗り込んだバスの後部座席にたまたま座っていたのだ。

目が合った瞬間、顔の怖い先輩は手に持っていたスマートフォンをしまった。それがマナーであると言わんばかりに。

しかし、二人きりのバスはお通夜のようだった。

己の愛想笑いがだんだん硬くなっているのが見えていたのだろう。周防はバスのシートから立つ間際、ボソリと「話題がなくてすまんな」と告げた。「話しかけたいときに話しかけてくれ」と念押しもされた。

自分をきちんと律し、周囲に気を配る男なのだ。

故にである。秩父は今朝、周防が見せた剣幕をなかなか忘れることができなかった。

(なっさんが無事だったからこそだけど、福士さんもとばっちりで可哀想だったな)

上亮を襲った職員は夕暮駅前のバスターミナルで見つかった。同行は任意だったが、福士でなくともほとんどの人間は断ることができなかったはずである。彗星と言い争った直後の周防は、地獄の青鬼がますます青くなったような形相をしていた。

意識して忘れようとしなければ夢に出てきてしまう。秩父はふるふると首を振った。

「秩父」

「はい。なんでしょうか?」

「いや、特に何かを頼むつもりはないんだが」

つまり雑談である。本当に珍しいことだ。

秩父は両手をそれぞれ拳にして直立不動のポーズをとった。周防の目は一重で、睫毛も短くまばらだ。その分、瞳の様子がよく見える。見つめられると自然と背が正された。

周防の問いは、端的で明瞭だった。

「お前、まだあいつらがタッグを組んだ方がいいと思っているのか?」

「それは……」

一秒が十秒にも、百秒にも感じられる。秩父は雪でまだら模様になった地面に目線を落とした。逡巡するために必要だった。

「思っています」

「あんなことになってもか？ 下手したら棉苗は死んでいたんだぞ？」

「すいません」

「別に謝ってほしいわけじゃない」

わかっている。反射的に出てしまうのだ。

今になって後悔が襲ってくる。

建前の答えをさらりと口にしておけば、いらん恐怖を味わわずに済んだのに。後悔先にたたずだ。しかし秩父には尋問のプロである周防相手に嘘をつき通す自信はなかった。

周防はため息をつきつつ、熱帯館の扉をあける。依田が紹介した植物の残骸には昨夜の雪が残っていた。

誰かが雪かきをしてくれたのだろうか、入り口から廊下まで人がギリギリ歩ける幅の道が出来上がっている。

「お前が穂村に肩入れしていることは知っているがな。もはや気の合う以前の問題だ」

周防が雪を踏む音は勇ましく、宣言同様、迷いがない。もうこの意志は誰にも覆させない。そう言外に告げている。

「穂村が動くのを待つ必要はない。しかるべき報告を上げて俺が棉苗を消火隊に帰す」

「そんな」

堪らず秩父は周防を抜かして駆け出した。「ちょっと待って下さい。穂村先輩を説得します」とふりむきざまに言うものだから、雪に足を取られ、ド派手にすっ転ぶ。冷たさに身悶えている場合ではない。防犯カメラの真下をくぐり、日の光が届かない廊下を進んだ。

倉庫に飛び込めば、目的の人物が立っている。手に持ったノートパソコンにはドローンのバッテリー状況を知らせる画面が浮かんでいた。

「彗星先輩！」

二人きりの時だけ、秩父は彗星の事を下の名前で呼んでいる。そうしないと目の前の気難しい先輩がこちらの話を聞いてくれないからだ。

凍てついた空の下で一夜を明かしたはずなのに、彗星の様子は昨日から何一つ変わっていなかった。用件を聞く前に「圭一郎。食事なら必要ない」と秩父を突き放す。

「それはそれでお願いしたいところなんですが、違います。彗星先輩、なっさんを許してあげてください」

「許す？」

「怒っているんでしょう？　なっさんが、勝手に行っちゃったから」

福士との遭遇はドローンが先行して倉庫に入っていれば避けられた事故だ。きちんと用意していたリスク回避の方策を誰でもない上亮自身がお釈迦にしている。

長い手足と整った顔を持つ夕暮警察署の刑事は一段と冷めた空気を纏っている。秩父が泣きそうな様子であることは見えていても、どうにかしようとは思っていない。

「別に怒ってはいない。彼はもともと猪突猛進で、手のつけようのない頑固者だからな。怒るだけ無駄だ」

「じゃ、じゃあ、なっさんの所に……」

彗星は顔をモニターに向けたまま秩父の説得を遮った。

「駄目だ。まだ謎が解けていない」

何を言わんとしているのか、鈍いと称されることの多い秩父にも読める。誰でもない秩父自身が電話で彗星に報告した事だ。

福士は夕暮警察署で上亮を気絶させた事をすぐさま認めた。ただし、熱帯館に火をつけた容疑については頑なに否認しているのである。

昨晩、福士が倉庫に現れたのは、プランターが燃え残っていないか確認するためであった。渡久地の指示で育てていたそれは、炒ると大麻に近い匂いを発する。日本でまだ規制されていない薬品を吹き付ければ法をすり抜けるドラッグが完成するという訳だ。

渡久地の羽振りが良かったのはリニューアルに携わる企業からの〝融通〟だけではない。自分の王国にドラッグプラントを作り上げていたからである。

実働を担っていたのが福士だ。ギャンブルが祟り、借金で首が回らなくなっていた。報酬は現金ではなく、裏ルートにのってやりとりされる薬品だったと自白した。

「福士が放火を否認している理由は二つのうち一つだ。刑量の重い放火を認めたくないか、……本当に火をつけていないか。いずれにしても、どうして倉庫が火元になったのか。この謎を明らかにしなければ真実はこの部屋に埋まったままになる」

彗星は呼吸の延長のように答える。鳥を思わせる鼻筋を備えた横顔は、一点を見つめたまま動かない。

頭の中で何もかもを決めてしまっている。

秩父はほとんど喘いでいた。

「真実は、命より大事なんですか？」

「僕にとってはな」

「なっさんには家族も、消防署の皆さんもいるんですよ？」

「僕が煤と灰の上に立ち、成さんとする事とは一切関係がない」

酷い。この世のほとんどの人間がそう口走るだろう。人によっては問答無用で殴っているはずだ。それこそ、ジャワ・ハイツで彗星と対峙した上亮のように。

重い沈黙が流れる。

破ったのは彗星の方だった。薄いノートパソコンが静かに閉じられる音がした。

「圭一郎。僕はエキスパートだ。己というリソースをたった一つのことに捧げてきた」

彗星は秩父の方を向いている。見惚れてしまうのは舞台映えする体つきのためではなく、舞台に立っているような姿勢のためだ。

経験に裏打ちされた自信が彗星をまっすぐ立たせている。

おかげで声はよく通った。

「どんな火事の原因も僕が必ず見破ってみせる。それ以外は何も期待するな」

倉庫は火事の日を境に暖房が効かなくなった。空気は痛いほどに冷えて、澄んでいる。焦げた匂いを捉えることすら難しい。彗星の言葉同様、生気を感じない。

窓から差し込む日の光が恐ろしく綺麗に見える。でも、居心地が悪い。

「彗星先輩だけじゃ無理です」

秩父は呟くように反論した。

自分で考えたというよりは、口から勝手に零れたと称した方が正しかった。

「あ……、えっと……」

自分が何を言ったのか、口でなく耳で理解する。訂正するには遅すぎるタイミングだ。

やはり少し間を空けた後に秩父は失態を悟った。

「何故そう思った？」

秩父は声にならない声を喉の奥から発する。

口調こそ落ち着いているが、間違いなく彗星はむかっ腹を立てている。火事場の奇人の矜持を正面から否定したのだ。言い逃れは不可能だ。これは身の程知らずな後輩の糾弾である。

周防の時のようにさっと謝ってしまいたい。頭はめそめそと弱音を吐き続ける。

裏腹に、秩父の丸っこい体は一歩も引かなかった。

「理由はあります」

ここで退けば、周防に話していた未来は絶対に得られない。

秩父は拳を握りなおした。

「彗星先輩には、なっさんが必要なんです。なっさんみたいに真っ直ぐで、仲間を大事にする人が必要なんです。だって先輩みたいに勝手な人じゃ、勝手な人の事しかわからないでしょう？　世界中の放火犯がそんな人ばっかりだとは、僕……思いません」

「だが、その傾向はある」

「あくまで傾向です。例外はあるはずです」

とっさに考えた渾身の指摘をぶつけても、目の前の男は身じろぎもしない。その上、頭は更なる説得を考え出せずにいるのだ。結局、秩父の口ぶりは倉庫に来た時と同じようになる。

「彗星先輩、お願いします。なっさんを簡単に見捨てないでください。先輩が目指す所に行くには、先輩一人じゃダメなんです」

異論を唱えるには十分な時間があったが、彗星は唇を結んだままでいた。朝日を受けた眼鏡が一瞬、奥の瞳を隠す。

光は等しかった。元の形がわからなくなってしまったプランターも。破裂したボトルも。変色した棚も。命を持つ男たちも。全てを平等に照らしている。

ならば真実は命と並べてよいはずだ。

彗星は迷わなかった。

「必要ない」

「なっさんはどうでもいいんですか⁉」

秩父は彗星に縋り付いた。たまたま触れた手は見た目以上に冷えている。雪で出来ているのかと思う程だ。

秩父は息を飲み、体を強張らせる。化け物でも見るような顔をしてしまった。礼節を欠いた反応だ。

構わず彗星は答えた。

「君は僕にとっての上亮しか見ていない。僕は上亮の立場も心情も理解しているつもりだ」

上亮自身にも告げた言葉である。そこに一切の誇張はない。

証明するように、彗星は断言した。

「彼は元の仕事に戻ることを望んでいる」


開け放した扉を抜けて、夕日が差し込んでくる。上亮はまだ病院にいた。

バルビツレートの効力は場合によっては二十四時間以上。糸魚川が例にあげたてんかん治療だけでなく、脳外科手術の麻酔にも使われる代物である。

大事をとって一日安静を言い渡されていた。

「なえちゃん。やっほー」

挨拶を聞くだけで誰がきたのかすぐにわかる。夕暮消防署長の千曲だ。帰り道の途中、様子を見にきたのだろう。纏ったコートをそのままに、糸魚川の座っていた椅子を引き寄せる。上亮も身を起こした。

「災難だったわね。流山さんもちょっとだけ心配してたわよ。あ、でも話聞く限りは自業自得なのかしら？　はいミカン。昨日からあんまり食べれてないでしょう？」

た。

「……もう帰りますよ。俺も」

「じゃあ家で食べて頂戴。あなた放っておくとお肉ばっかりなんだから」

千曲はポンポンと小ぶりなミカンを重ねた。一人暮らしの上亮に渡すには量が多い。ピラミッドでも作るような勢いである。果実が積みあがる度、青く爽やかな匂いが増した。

残った一つをひっくり返し、千曲は短い爪ののった指を入れる。皮を一枚一枚剝くのではなく、実ごと割っていた。

「半分いる？」

「結構です。ありがとうございます」

「あらあら。本当に元気ないのね。僕の知っているなえちゃんはもっと礼儀を欠いた感じで断るもの」

「上司に押し付けられたものでも平気で押し付け返すわ」と付け加えられ、上亮は苦笑した。渡されたミカンを手慰みに揉む。皮の色はまだ緑の部分さえある。

食べれば涙が出るような味がするのだろう。事実、千曲は唇をすぼませていた。

「本件はあまり大事にしないようにするわ。その方がなえちゃんも気楽でしょ？」

夕暮消防署は警察に一つ借りがある。以前、上亮が彗星を殴ったことは有耶無耶になっているのだ。

上亮の鼻の位置がわずかに上下する。頷くという動きとして捉えるのは難しい、些細なものだった。

「でも、そこじゃないのよね？」

千曲の女言葉はこういう時に心に染みる。相手に寄り添おうとしているのが伝わってくる。

上亮はシーツの皺に視線を落とした。

その先には、オレンジ色に染まった床がある。どれだけの時間を使って、置かれている状況を考えてきたのか教えてくれる。

「……署長」

「うん」

「俺、仲間は命を預け合うのが当然だと思っているんです」

どれだけ訓練を重ね、新しい装備を整えても、火の脅威を完全に凌駕することはできない。燃え盛る火災現場から生きて帰るには命を守り合う必要がある。よく知っている。火は一人では消せない。互いが声を掛け合い、協力してはじめて渡り合うことのできる相手だ。

そういう化け物とずっと戦ってきた。

全員で生きて帰らなければ勝利とは言えない。

誰かを助けるために、誰かを犠牲にしてはならないのである。

「でも……あいつは違う。ずっと一人だ」

「ええ」

「命を賭ける先しか知らない」

「そうね、その通り」

千曲はうっすらと微笑む。眠るように瞼を閉じて、告げる様は胸中の感想をそのまま口にしたように見えた。

「とても強くて……寂しいことだわ」

わからないと嘆いていた上亮にも、今なら見えてくる。彗星の頑なな態度が筋の通ったものに映るのだ。相手を緊張させる冷え冷えとした語調も、不眠不休で働く姿も。最初から出来上がっていたものではない。

頼る先がないから、そうなっただけ。

同じようにもう一つ、上亮には確信があった。

千曲が上亮を火災調査課に飛ばした張本人であるからこそ言える本音だった。

「俺もあいつも、絶対に自分の信念を曲げない」

「タッグを組ませる上では滅茶苦茶に困ることじゃない」

「そういう所だけは似た者同士なんですよ」

開いたままのドアに影が何度かよぎる。上亮は廊下に人の気配がなくなるまで黙っていた。

「一つの現場に二つも信念があっていいのか？」

何かを選ばなくてはならない時、答えを出せるのか。

わだかまりを残すことなく、決めることができるのか。

折り合いをつける時間がそこにはあるのか。

「結局、今回みたいなことになるんじゃないかって思って……」

「ずっと悩んでいた？」

千曲の確認に、上亮は頷いた。今度は、誰が見てもはっきりとわかる勢いだった。

上亮のアポロキャップは枕の脇におかれている。硬い前髪がひさしの代わりだ。短い影がおりた額の下には男らしい眉と目が並んでいる。真剣な眼差しをたたえていた。

（らしくない顔しちゃって）

夕暮消防署長は密かにため息をつく。

落胆一色というわけではない吐息だ。

笹子小隊の棉苗といえば口を開けば現場、現場と煩いトラブルメーカーである。粗野で、暑苦しくて、誰にでもすぐ口ごたえする男だ。自分の信じているもの以外をどこか軽んじる。

それが彗星と出会ったことで変わった。

自分とは違う視点で、しかし自分と同じくらいに強い信念を持った者を目の当たりにしたのだ。

成果としては十分だろう。

（潮時ね）

千曲は静かに決意する。

「ねえ、なえちゃん」

穏やかな笑みをたたえ、上亮の名前を呼んだ。

熱帯館の倉庫にまたバルーン照明が灯っている。伸びる影は一つ。長くて細い。火事場の奇人《シャーロック》、穂村彗星のものだ。

松山は福士への取り調べを優先することにした。スウィート・ウィリアム・ガーデンの火事は、全国規模のニュースである。マスコミの食いつきも良く、植物園の駐車場には何台もワゴン車が止まっている。消防署への取材も絶えない。もたもたしていると警察・消防両庁が腰をあげてしまう。お偉方が群れをなしてやってくるのだ。

その前に決着をつけなければ、現場はますます混乱する。

「自白で何が得られるというんだ」

彗星は上司の判断をもう一度声に出して否定した。

問題は誰が火をつけたのかではなく、どうして火がついたのかだ。

わからないことから目を逸らしても解決には繋がらない。

まだ腑に落ちていない事項を最初から最後まで説明したおかげだろう、彗星は一人残ることを許されていた。有り体に言えば、置いていかれたのだ。

窓の外には冬の星がまたたいている。その脇を、ひときわ大きな光を放ちながら、飛行機がゆっくりと飛んで行った。彗星のドローンに手本を見せるように、まっすぐな航路を描いている。

彗星は今度こそVRでの現場検証を行うつもりだった。燃え残った机の上にノートパソコンを置き、三六〇度カメラ画像のマッピングを続ける。

準備は基本的に立ち仕事だ。接合部分のプラスチックが溶けてしまっているので、倉庫の椅子には座れなかった。そうでなくとも出火現場の残留物である。何気なく使ってよい訳がない。

パソコンの脇にはスープ缶が置かれたままになっている。秩父が押し付けていったものだ。とっくに冷めてしまっていた。

雪こそ降らないが、今夜も氷点下に届く予想である。二回目の徹夜を敢行するには、かなり厳しい状況だ。

慣れている男は小さく呟いた。

「問題ない」

独り言のつもりだったが、なんと返事がある。

「大ありだろ、阿呆」

振り向けば、倉庫の入り口にアポロキャップの男が立っていた。

洗い落とせていないシミがうっすらと浮く活動服に身を包み、拳一つ分足を広げてこちらを見据えている。

消防署で幾度となくとった姿勢だろう。飾らない感じがした。

「上亮」

「中に何着ているのかは知らねぇけどな。雪山登山の格好じゃないのは確かだろ。飯も食わずに何やってんだ、明日こそ凍死体になるぞ、お前」

「どうして来たんだ？」

問いと共に、無表情を貫く男の目が僅かに開いた。驚いていると伝えるには十分な仕草だ。

上亮は満足して口角をくいっとあげた。

「ここは俺の仕事場でもあるからな」

千曲の提案を聞いた元・消防士は、つむじが見えるほどに頭を下げた。もう少しだけ、せめてこの事件が解決するまでは続けさせて欲しい。そう、夕暮消防署長に頼んだのである。

思ってもみなかった回答に千曲は不思議半分、愉快半分といった顔で「いいのぉ？」と念押しした。

上亮は再度頷いた。だからここにいる。

「理解できないな」

不服なのは彗星だけだ。

「君がいたいのは火災現場であって、火災現場跡ではない」

「まあな」

「では何故？」

「簡単だよ。お前に鼻で笑われないためだ」

着目点、思考の傾向、信念。全てが異なれば、協調は勿論苦しい。

時間と体力を費やしても、徒労に終わるだけかもしれない。

予見できている悲劇を避けるために古巣に戻る。一聞すると筋の通った話だ。

だが、どうしても許せない。

納得しようとする己を、許せないのだ。

「帰る場所を、逃げる場所にはしたくない」

上亮は臆面もなく宣言した。

昨日の嫌々と、仕方なしに彗星の隣に立っていた影はどこにも残っていない。潔い瞳の奥に決意の光を灯している。

そのまなざしを断ち切るように、彗星は一度だけ瞬きをした。

「君との共同作業が成立するとは思えない。気の合わない……いや、気に食わない相手だろう、お互いに」

「だったらその度に喧嘩すればいいだろ」

全く悪びれない。悪びれないどころか、上亮は自分の答えに絶対の自信を持っている。

彗星が後三秒固まり続けているようなら、引き結んだ唇を緩め、早速、「文句あるのか？」という売り文句を叩くつもりでいた。

張り詰めた空気が、彗星の小さな吐息と共に緩んだ。

「実に君らしい、乱暴な答えだ」

表情の変化は相変わらず乏しい。

を忘れなかった。

「否定はしないのか？」

「議論であれば応じる」

ぶっきらぼうに答える。「君との間に成立するとはあまり思えないがな」と添えるのを忘れなかった。

上亮は歯を見せる。

「言ってろよ。こっちは火消しのプロだ」

火事場の奇人という通り名を持つ男と渡り合える自負がある。長年培ってきた目があるのだ。両手の指では足りないほどの炎を、上亮は見てきた。

「現場目線では負ける気がしないし、遠慮もしないからな」

「僕だってそうだ。今まで通り、遠慮なくいかせてもらう」

「いや、お前はしろよ」

上亮は素早く噛み付いた。

彗星のペースに合わせていたら身が持たない。口を開けば高圧的で嫌味っぽく、自分の話ばかりな男だ。周囲の人間を許可なく下の名前で呼び、自覚なくこき使う。

その上、毎度毎度徹夜に付き合わされるのでは長いとは思えない寿命があっという間にゼロになってしまう。

今回に至っては室内とはいえ、冷えきった部屋に朝まで放っておかれたのだ。風邪すらひかなかったことが奇跡のようである。

ちくりと言ってやりたい。だが、口に出せば、皮肉たっぷりの返事がくるだろう。容易に想像できる。

何か彗星をぎゃふんと言わせる余地がないか。

上亮は必死で記憶を巻き戻す。

「あれ？」

そこで奇妙な感覚を思い出した。

瞬きをしたいのに瞼をどう動かせばよいのか忘れてしまった。輪郭のつかない問いが目の前にある。

「上亮。言いかけて止まるな。気持ち悪いだろう」

「お前が言うな」という反論は胸の内をぐるぐると巡る。巡るだけで、喉から出てくることはない。先に言わなくてはならないことがあったからだ。

宙に浮いた手が行き先を決め損ねる。

「……なんで風邪ひかなかったんだ？　俺」

上亮はつぶやくように尋ねた。

あまりにも素朴な声が出た。不思議な間が空く。

彗星が珍しく躊躇いを見せた。

「それは……」

「『俺が風邪を認識できないからだ』とか阿呆抜かすなよ。こっちは真剣に聞いてんだ」

本当に言おうとしていたのか、思いこそすれ発言を控えたのか。彗星は黙って上亮に先を促す。整った顔はまだ上亮の当惑を理解できても、解決できない心情をありありと表していた。

　上亮は熱っぽく繰り返した。

「だってさ、風邪ひくだろ、普通。麻酔打たれて一晩寝たんだぜ？　しかもお前みたいな防寒もしていない」

　糸魚川の言葉を借りるなら、多摩川のホームレスよりも過酷な一夜を超えたはずだ。だというのに、何故こうもぴんぴんとしているのか。

　寝覚めに至っては気持ち良ささえ伴っていたのだ。極上の布団にいた心地だった。

「ちなみに木ノ匙のベッドは安物だ」

　視線が絡み合う。

「理由は？」

　上亮が言わんとしていることが読めたのだろう。

　彗星の薄い色の瞳孔が開く。

「まさか」

　二人は同時にその場へしゃがみこんだ。

　手が真っ黒に汚れるのもかまわず、焦げた芝を剝がし土に触れる。違和感を覚えたらそのまま掘り返し、さらに手のひらを押し付ける。

　数回繰り返すうちに倒れた張本人が〝あたり〟を引いた。

「ここだ！」

　棚の列で示すならば、入口から数えて二列目。福士が潜んでいることに気づかず、上亮は倉庫の中央付近まで前進していたのだ。

上亮が掘り起こした地面に彗星も触れる。ほぼ一日、寒空の下にいるのだ。異変にはすぐに気付けた。

「温かい」

火事はもう昨日のことで、外は雪すら積もったというのに。

土の温度は年間を通し一定していると言われるが、あくまでそれは地下数メートル以下のことである。地表は外気の影響をもろに受ける。

上亮は提げていた鞄に手をつっこんだ。木ノ匙総合病院からまっすぐスウィート・ウィリアム・ガーデンに来ている。格好は火災現場の見分のときのままだ。道具は揃っている。

「それは？」

上亮は短く答えた。

「サーマルカメラ」

電気屋ではなかなか手に入らないカメラである。無骨な握りの先にレンズとディスプレイが搭載されており、物体の温度を映し出す。消火活動の最終段階で活躍する道具だ。火災現場をくまなくチェックすることで、火の消え残りを防ぐことができる。

消火隊でも散々使っている。生まれながらの機械音痴であっても、難なく操作できた。

上亮は小さなディスプレイを覗き込んだ。掘り起こした場所は壁や天井と比べると明らかに表示色が違っている。

「鎮火直後なら普通の床でもありえる温度だ。だから、米さん達も気づかなかったんだ」

上亮たちのいる場所は倉庫、と一言で済ませるにはいささか特殊な空間だ。床は打ちっ放しのコンクリートでもビニル素材のクッションフロアでもない。被害者の渡久地が敷いた芝である。

土の中から火がつけば、一気に燃え広がる。

上亮は悪態をつきながらスコップを振るった。一方で彗星は空いたサーマルカメラを握り、廊下に向かって後ろ向きに数歩下がっていた。

「上亮。無駄だ」

「御託はいいからお前も手伝え」

「無駄だと言っているのが聞こえないのか？　掘っても君の望むようなものは出てこない」

「じゃあなんでここだけ熱が残ってるんだ？　時間が来たら発火するような爆弾もどきが埋まってるんじゃねぇのかよ？」

「素晴らしい！　面白い！」

頓珍漢な応答だ。まさかと思って振り向いてみれば、彗星は目の中の星を輝かせている。写真に撮って残しておきたくなるような、晴れやかな笑みだった。

この様子だと見つけたのだろう。

彗星が求めてやまないダイヤモンドに繋がる鉱脈があったのだ。

しかし置いてけぼりにされる方にしてみれば、たまったものではない。

「説明しろ、彗星」

苛立ちを隠さず促す。当てつけに苗字を呼ぶこともしなかった。

彗星はますます嬉しそうに体と口を同時に動かした。

「答えは最初から提示されていたんだ。僕たちは何度も耳にしていたし、見てもいた」

一語一語をはっきりと聞き取れる語調だ。速くて、小気味好い。

彗星は倉庫の窓を開けドローンと操縦桿、それからヘッドマウントディスプレイを用意した。

「耳にしていたって、何をだよ？」

「『夕暮市に熱帯雨林を』だ、上亮。それもオランウータンが住むような、インドネシアの森だ、ここは」

全くピンとこない。彗星の言葉の意味も、行動の意図もだ。

彗星は「カメラの付け替えが楽なモデルでよかった」と言いつつ、上亮にドローンを手渡す。

推理に夢中になって、血の巡りも良くなっているのだろう。頬はうっすらと赤かった。

「なんでまたドローンなんだ。俺は説明をしろって言ってんだよ」

「百聞は一見にしかずだ、上亮。声をあげて叫ぶ準備をしておくといい。君も驚くはずだ」

飛行は昨日よりもスムーズだ。

彗星はヘッドマウントディスプレイを外した。拍子に乱れた髪を直す事なく上亮に差し出す。

「現在ドローンは地上二〇メートルの高さにいる。カメラは君のものと同じ遠赤外線式だ」

ヘッドマウントディスプレイに恐る恐る顔を突っ込む。

「はあ⁉　なんだよこりゃ！」

悔しいことだが、上亮は彗星の予言通り大声で叫んでしまった。


泥炭火災という言葉がある。

泥炭は枯死した植物などが炭化して出来上がる石炭の一種である。石という字を含んでこそいるが、水分が多いので地中で簡単に曲がりうねる。その特性を生かし、腐植土として活用されることもある。

「つまり、可燃性の土ってことか？」

「そうだ」

「そんなものが……」

すぐさま彗星は「ある」と断言した。

「日本では石狩平野などで見ることができる。関東住まいの君には縁遠いだろう」

「クソ、すぐには飲み込めそうにないな」

燃焼に必要な要素は三つ。可燃物、酸素、熱だ。逆に消火とはこの三要素の結びつきをなんらかの方法で断ち切る事である。

水をかければ物体が孕む熱が下がるし、土をかければ燃焼に必要な酸素の供給を断つことができる。

土そのものを媒介にして、地中で火が静かに燃え続けるだなんて想像もつかない。前提を覆されたような気分だった。

泥炭火災はインドネシアでは深刻な問題だ。二〇一六年、政府は泥炭復興庁を設立している。日本の大学も問題解決のための共同研究を行っている。

「インドネシアの熱帯雨林は泥炭湿地でもある。昨日、大河が足を踏み入れかけた黒い水もその特徴の一つだ」

分かりやすい解説ではあるが、疑問が何も浮かばない訳ではない。土が燃えるという感覚が、上亮にはどうしても受け付けられないのだ。

日本の森だって状況は同じであるはずだ。木が枯れて、土になる。どうしてこんな違いが出るのか。

「熱帯雨林には油分を多く含む植物が茂っているからだ、上亮。椰子の木のようにな。本来は地表が露わになることなく、新しい木々が生い茂るから大した害にはならないんだが……」

大規模なプランテーション開発が進むほど、熱帯雨林は切り拓かれてしまう。危険な泥炭が風にさらされる。開発に携わる作業員が消し忘れた煙草を捨てようものなら、あっという間に燃え広がる。地球温暖化にも影響を及ぼすと考えられている規模でだ。

「一度着火すればなかなか消えない。いわば自然の導火線だ」

上亮の目には彗星の言う〝導火線〟が映っていた。

ドローンは、熱帯館を見下ろす位置に留まっている。サーマルカメラは一本の線を捉えていた。ミミズの這った後のようなそれは廊下と植物展示の中を通り、ガラス館の外へと伸びている。

「展示室の雪が溶けているのは誰かの善意の結果ではない。地表近くを通った泥炭の熱で溶けたんだ。これなら熱帯館に近づかなくとも、倉庫を発火させることが可能になる。防犯カメラの意味はない」

「確かに」

「ただし、前提が必要だ」

トリックを利用するのであれば、トリックを仕込まねばならない。

熱帯館の土が払われたのはリニューアル工事の時だ。スケジュールを把握し、作業員の目を盗んで計画した形に泥炭を敷き詰める。闇雲に行えば熱は予期せぬ方向へ進んでしまう。

それなりの知識と経験が求められるはずだ。

持ち合わせている人間は、自然と絞られる。

上亮は恐る恐る尋ねる。

「それ……誰なんだ？」

彗星にもわかっているはずだ。

だが、彗星の薄い唇は上亮の予想とは全く異なる動きを見せた。

「興味がないな」

「おいおいおい」

彗星はあまりにもあっさりと推理を放棄する。

上亮が呆れかえっても、悪びれなかった。

「〝できる〟と〝やる〟は全く別の話だ、上亮。昨日も言っただろう。人間の内側ほど不確定なものはない。〝できる〟からと言って〝やった〟とは言い切れない」

そこにはまた別のダイヤモンドがある。

探すのも、彗星ではない他の人間なのだ。

彗星の力説に上亮は鼻の付け根にしわを作った。

「そんなもん……かぁ？」

警察官を名乗るのであれば、犯人検挙までやってはじめて仕事が終わると思うのだが。福士も夕暮警察署で取り調べを受けているのだ。白黒をはっきりさせるのが筋なのではないだろうか。

彗星はどこ吹く風だ。

ないはずの風に吹かれて、心なしか体が揺れている。

「まさか」

上亮は息を飲んだ。見たことがある。これは前兆だ。

同時にさっと頭をよぎるものがあった。財布だ。

勤続年数こそ二桁だが、口の悪さが災いして上亮の昇格スピードは遅い。亀といい勝負なのだ。愛車に給料を注ぎ込んでいるため、手元は万年不如意である。

流石に二ヶ月連続でタクシーを使って都心へ行くのは辛い。下手すれば自分の帰りの電車賃が足りなくなる。徒歩で戻れる自信はあるが、先ほどの彗星の話同様、〝できる〟と〝やる〟は別の話である。

慌てて腕を伸ばす。

「馬鹿待て穂村、ここではやめろ！　せめて松山さん達に連絡してからだ！」

ダウンコートの先を捕まえることができたが、途端に腕を持っていかれそうになる。彗星の長い足には力が入っていない。

「だから苗字で呼ぶなと言っているだろう」

不満だけをきっちり言い残して、火事場の奇人は機能を停止した。


上亮は後部座席に意識を失った男を乱暴に押し込んだ。

タクシーの運転手は目を丸くしたが、続けて乗り込んだ上亮の剣幕を見た途端、前方に向き直る。

免許証から読み取った行き先を告げると、車は国道246号線を目指し走り出した。

「どうしてまた俺が……」

夕暮警察署の刑事達は皆、彗星の仕事の続きに取りかからなくてはならない。依田が、自首したのだという。計画通り、渡久地と渡久地が築いた偽りの城だけがこの世からなくなったが、もしタイミングがズレていたら甚大な被害を生み出していたかもしれない。良心の呵責に耐えかねて、ということだった。

なので彗星の件については猫の手ひとつ貸し出せない。上亮は松山に散々文句を言ったが、新人の秩父ですら同行させられないと言われてしまった。支払いは彗星の財布から抜き取ったクレジットカードを使うよう指示までされている。

勝手に財布を触るのは二度目のことである。ついでに先の送迎分を引っこ抜いちまえと頭の片隅が囁いたが、格好がつかないのでやめた。

「ゴールドカードばっかりだな……ってこれブラックか？」

買えないものはないと言われているクレジットカードだ。もちろん、生まれて初めて触る。

上亮は鈍く光るそれを二、三回めくった。ローマ字で印字された彗星の名前が現れては消える。

その奥から不機嫌な視線が突き刺さった。

「勝手に触るな」

「起きてたのかよ」

「起こされたんだ、君に」

彗星の体はひとまわり膨らんだように見える。ように、とぼかす必要はない。彗星は秩父が買ってきたホッカイロをそこかしこに貼られていた。およそ三十時間ぶりの食事は上亮が自販機で買ってきたスポーツドリンクとお汁粉だ。

これだけ心配されているにもかかわらず、彗星は素知らぬ顔で眼鏡が無事か確認している。

両目は細くなっていて、今にも閉じてしまいそうだ。興奮状態から解放された身をタクシーの暖房に委ねようとしている様がよくわかった。

上亮もつられてあくびをした。今になってバルビツレートの効力が復活したようだ。タクシーは工事用信号機のカウントを根気よく待っていた。

交差点の標識に大工町通りの文字が見える。近々区画整理が行われる予定の場所だ。工事準備は進んでいるらしく、ただでさえ狭い道路が片方ダンプカーやショベルカーで埋まっていた。

「上亮。君、夕暮警察署のそばまで乗って……」

途中まで言いかけて、彗星ははたと口をつぐむ。

「好きな漫画家」

〝ルール〟を思い出したのだ。

思わず上亮は天井を仰いで笑った。

「絶対合わないな、それ」

そもそも彗星は漫画を読むような顔に見えないのだ。

「本であれば高尚だというのか？　どちらもピンからキリまであるだろう」

上亮は曖昧に同意した。引っかかるところはあったが、言い返すと間違いなく長くなる。それに、答えが合わなかったところで別に構わない。違うことを拒絶の理由にしないのだから。

違うからこそ、できることがあるとさえ思っていた。

「運転手さん、せーのって言ってもらって良い？」

巻き込まれた初老のドライバーは困った声で応じる。

短い号令の後、車が走り出すと同時に二人は一字一句違わない人物を口にした。

「おいおい、嘘だろ？」

まさかこんなところに正解が転がっていたとは。

昨日からの苦労が報われた瞬間である。

「どれが好きなんだ？」

上亮は上ずった声で尋ねた。食い入るように隣の男の顔を覗き込む。

「『きりひと讃歌』。苦手なのは『ミッドナイト』だ」

「あれは終わらせ方が最悪だな」と彗星が続けるからいけない。途端に上亮は眉を吊り上げる。

「それが俺の一押しだよ！」

車内に怒号が響いた。バックミラーに映る運転手の口端が少しだけ笑っていた。

ROOM 3

HBカレー工場

電車内の空気は澄み切っている。かき混ぜる人間がいないからだ。

少女は、使い倒した数学ⅡＢの参考書を閉じて、肺の中の空気を出した。ホームに立っていた時と同じ色だった。

とにかく寒い。受験会場で凍えぬよう、一番分厚いタイツを履いてきたのに震えてしまう。

(素直に始発に乗っておけばよかった)

後の祭りな感想である。少女は知っている。始発に乗っていたら、もっと重いため息をついていたはずだ。タイミングが悪かったのだ。

早朝、暗闇に包まれた夕暮駅のホームでは少女の他に大勢の客が始発電車を待っていた。着ているユニフォームやベンチコートから察するに、零時から始まったサッカーの国際親善試合を観戦していたサポーター達である。

駅前のスポーツバーに詰めかけ、よすがら応援していたのだろう、皆顔が赤く、声はガラガラに嗄《か》れていた。風下にいるだけでアルコールと胃液の混ざった匂いが届いた。

大事な日だ。正直、一緒になりたくない。少女は電車を一本遅らせる決意をした。その結果として、凍えているのである。

今日受けに行く大学は小田原駅の先にある。夕暮市から向かうには一度横浜に出て、東海道線に乗らなくてはならない。手元のスマートフォンによれば、次の駅で急行を待った方が良いらしい。

立ち上がり、ドアの前に移動する。

角の丸い窓に顔を近づけると眠っている街がよく見えた。

少女の乗る電車は夕暮駅から真南に向かって走っている。市の中央を流れる慈翁川《じおうがわ》はもうすぐそこだ。浅く、狭い川は穏やかな昼の姿とは打って変わり、不気味な色を発していた。

頭が「別のものを見た方が良い」と命ずる。ずっと憧れていた大学を受けに行くのだ。胸騒ぎを受験会場まで持ち込みたくない。心を落ち着けて、全力を出したかった。

少女の乗る電車が川の上に架かる橋へと差し掛かる。耳に届く音や足から伝わる振動が変わる。

開けた景色の先には山があった。

山といっても大したものではない。関東平野の、それも都内の低山である。仰々しい正式名称など誰も使わない。

市内の子ども達は皆、ヒコーキ山と呼んでいる。ハイキングコースの途中に紙飛行機を模したモニュメントが置いてあるからだ。

モニュメントは遠くからでも簡単に見つけることができる。山を開いた一角に置いてあるし、色も目立つ。春にクヌギやコナラの林の中に植わっている桜を見極めるようなものだ。

少女の瞳は豆粒のようなサイズの翼を捉えた。慣れ親しんだものを見るとホッとする。慈翁川のせいで頭からこぼれ落ちそうになっていた数式を繋ぎとめることができたような気がした。

(あれ?)

安堵はすぐに別のものに変わった。

モニュメントと言えば聞こえは良いが、所詮は野山の、それも無料で見ることができる置物である。夜間ライトアップなんて立派なことは一切していない。

現在の時刻は午前五時十五分。季節は冬。朝日はまだ遠い。

ではどうして、飛行機を見つけることができたのか。

疑念が不安に勝った。

少女は目を凝らす。

モニュメントが不均等に照らされている。浮き上がった左翼の色は市の名前のように

――赤い。

「……か、じ?」

スマートフォンを握る少女の手から、じわりと汗が滲み出た。

ロッカールームで活動服に袖を通す度、棉苗上亮は実感する。

（一生で一番長く着る服は、これだ）

活動服とは青や紺を基調としたジャンパーとスラックスの上下セットである。上衣の裾をスラックスの中に入れて着ることが多い。

警察の制服と異なり、消防の活動服は自治体単位でデザインを変更することが許されている。夕暮市の場合は肩と襟の一部と左腕のワッペンの周囲にオレンジの差し色を入れていた。上亮が消火隊に入った翌年にデザインをリニューアルしたので、上亮にとっては二代目の活動服になる。

胸に大きなポケットがついていた前のデザインも好きだったが、今のものもお気に入りだ。以前よりアームホールや腰回りにゆとりがある。

仮眠するのにも全く苦ではない。非番の日や休日でも着ていたいと本気で思っているし、声に出して言った事だってある。居合わせた者は皆、「それはただのズボラだぞ」と呆れていたが。

「よし、よし、よし」

ブーツの先から指差し確認を行い、一緒に声の調子を確かめる。インフルエンザを始めとした冬の感染症は今がまさにピークだ。

救急を置いている消防署で集団感染だなんてきまりが悪すぎる。上亮の隣にいる広報課は声高に手洗い、うがいを訴えていた。

とはいえ、十二分に気をつけていてもかかってしまうのが病気というものである。

(千曲さんも災難だったな)

先週、夕暮消防署長の千曲はタチの悪いロタウイルスに引っかかり、一度も署に姿を現さなかった。

ロタウイルスに有効な治療薬はまだ見つかっていない。大人しく横になっている他ないのだ。感染力も強いので外出はご法度である。それ以前に絶え間ない下痢と嘔吐に苛まれるのだから、千曲にとっては地獄の一週間だったであろう。

(俺にとっては羽を伸ばしまくった一週間だったけど)

署長が不在であれば、捌くべき報告書や証明書の確認は全て副署長の流山に回される。その間、上亮は見事に放って置かれた。おかげで上亮好みの自己鍛錬に勤《いそ》しむことができたのだ。鬼の居ぬ間に洗濯ならぬ、お目付けの居ぬ間に筋トレである。

残念ながら今週は全てがすっかり元通りだ。

走り込みについていくくらい大目に見て欲しいと心から思う。だが、頭の中の流山はわざとらしいため息をついた。

その次は「走り込みで火災調査見分ができるようになるというのですか？　ならば川崎競馬場の馬にでもやってもらいますかね」という嫌味である。

想像しただけでも大分カチンとくる。上亮は予防部の扉をくぐることをためらった。

廊下の時計をちらと確認する。始業時間にはまだ余裕がある。くるりと体を翻し、上亮は来た道を戻った。リズミカルに階段を下り、そのままの歩調で駐車場に出る。

空には薄い雲が流れている。ここ数日、晴れ続きだ。空気はカラカラに乾いていて、鼻の先から冷える。週明けの寝ぼけた体には丁度良い。

ジョギング姿勢を維持したまま、車庫に向かって進む。シフト表を思い出さずとも、声の届く距離に見慣れた男がいる。上亮は男の愛称を呼んだ。

「米さん」

フルネームは米津聡。上亮のすぐ上の先輩だ。

綺麗な逆三角形の背の上に面長な頭が載っている。アポロキャップをかぶると更に縦のラインが強調された。

「おはよう、上亮」

落ち着きのある、ゆったりとした声。米津には角のない男らしさがある。たとえ手に持っているものが使い古した箒とちりとりであっても格好がつくのだ。上亮を含め、多くの後輩が慕っている。

「お疲れ様です。もう上がりですよね？」

消火隊のスケジュールは二十四時間単位で回っている。朝の九時に勤務を開始し、翌日の朝に終了する。今、米津が行なっているのは交代直前の清掃作業だ。

上亮は水槽付きポンプ車の奥を見やった。去年まで世話になっていた車の全長はおよそ六メートル。収める車庫も連動して大きくなる。掃除をするにはあと数人、人が必要なはずだ。

「うん?」

鼻にかかった声が出た。予想が大きく外れたのだ。

誰もいない。防火服が並ぶロッカーや工具の類だけが上亮を迎える。

「皆どこ行ったんスか?」

何気なく尋ねたつもりだったが、米津は肩を大きく震わせた。箒でなくコップを持っていたら中身を半分以上零していただろう。

「えーっと、えーっとな」

非常にぎこちなく、首をかしげる。

「トイレ……かな?」

上亮は目を細めて唇を突き出した。

「笹子隊長まで連れションですか。米さんだけハブって」

「うん、そう。寂しいよな」

「いや、嘘でしょ」

米津の嘘はすぐに見破ることができる。まだ幼稚園児の方が上手い。

脂汗をかく気分なのだろう。米津の目は所在なげに動いている。空いている方の手が少しだけ浮いていて、困った時に鼻の頭を掻く癖をもうすぐ発揮するところのようにも見えた。

「何かあったんスか?」

「いやぁ、何もなかったよ」

尻上がりな語調では全く説得力がない。

上亮が「出場も？」と念押しすれば、米津は「それはあったんだけどな」と話し辛そうに肯んじた。

「どこです？」

「ヒコーキ山だ。夜明け前に行って来たんだ」

「山火事!?」

声に驚いた雀が電線から飛び立っていく。上亮は先輩にむしゃぶりついた。

山火事程恐ろしいものもない。街で火を鎮めるよりもはるかに手間と労力がかかるからだ。状況が悪化する確率も、速度も段違いである。下手をすれば消防防災ヘリコプターの出番だ。

「上亮、心配するな。大丈夫だ」

「どこがですか。山火事ですよ？」

「出場はしたんだけど、火はなかったんだ」

米津は「つまりはまぁ……その……」と歯切れ悪く結論を告げようとする。

「あー……」

上亮も重たい声で応じた。

穴を開けられた風船のように体からエネルギーが抜けていく。米津が何を言おうとしているのか、わかってしまったのだ。

忌々しげに確認する。

「いたずら電話だったんスね？」

犯罪だと分かっているのか、いないのか。大都市であれば一週間に一件のペースでやられる迷惑行為だ。上亮も数度、巻き込まれた経験がある。

むくれた上亮とは対照的に米津は目尻を下げた。

「火事じゃなくて良かったよ。あそこの場合、工場職員の避難誘導があるだろう？」

米津が指しているのはヒコーキ山の中腹にある食品工場、ＨＢカレーのことだ。名前の通り、レトルトカレーを作っている。

通報のあったモニュメントの周辺にも設備があるため、夕暮消防署指令センターはそこからの火災を疑った。しかし工場の管理者に連絡を取ってみると、火事など起きていないと言う。

実際、駆け付けた笹子小隊が見て回ったが、それらしい形跡はどこにもなかったのだ。

「かけてきた奴は？　番号わかってるんですよね？」

「確認中だ。電源を切っているみたいでさ。通じないんだよ」

「だから、皆いない？」

「あぁ」

米津の返事はさっぱりとしているが、目はまた変なところを向いている。これも嘘だ。大体、いたずら電話の確認にポンプ隊が対応するなんて話、聞いたことがない。

上亮は眼力を強くして先輩に迫った。

「米さん、正直に言うなら今のうちッスよ？」

「嫌だな。正直に言ってるよ」

「本当に今のうちですからね」と繰り返せば、米津は「くどいぞ」と喉を鳴らす。

「嘘だと思うんだったら、何をする気なんだ？」

人あたりの良い米津にしては珍しく、強気に眉を吊り上げる。

上亮はずばっと答えた。

「だんだん王貞治監督になっていく笹子隊長のモノマネをします」

真顔で宣言したのがいけなかった。裏声とも取れる悲鳴を伴って、米津は膝から崩れ落ちた。

上亮の先輩は筋金入りの笑い上戸だ。どんなに下手くそなギャグでも簡単に呼吸困難に陥る。顔芸だけで十分だ。

「待て。待ってくれ！　言う、言うから！」

ひぃひぃという喘ぎ混じりに懇願される。上亮は丸くしていた目とすぼめていた唇を元に戻した。それでも米津が真っ当に話せるようになるまでには数十秒がかかった。

「通報は確かにいたずらだったんだ。俺たちは工場の周りを点検して帰った」

それの一体どこに問題があるというのか。上亮の眉の形が疑問を露わにする。

「途中でちょっとな」

先輩の顔は照れ臭そうにも見える。らしくないことをした、と言外に告げているのだ。

そのままの顔で米津は掃除が終わったら小隊内部のミーティングがあることを打ち明け

た。

「ミーティング？」

上亮は鸚鵡返しに尋ねた。

交代後のミーティングは残業に当たる。よほどのことがなければ開かれるはずがない。

「本当に何があったんです？」

核心に迫られ、米津はとうとう鼻の頭を掻いた。口は最初、弁明したげに動いたが、フェアではないと思い直したのだろう。告白は今日の空のようにからりとしていた。

「駆けつける場所を間違えたんだ」

「なんだそりゃ!?」

今度はカラスが羽根を残して逃げていく。

上亮の体に残っていた眠気は完全に吹き飛んだ。

火を消すためには、火のあるところにいち早く向かわなくてはならない。消火隊には必ず一人、この役割を担う隊員がいる。機関員だ。

機関員は公務員試験に合格すれば必ず就けるポジションという訳ではない。運転する車両、中型ないしは大型自動車免許と緊急車両の運転を認める内部資格を持っている必要がある。これでもまだスタートラインだ。

燃え盛る火と戦うため、どの道を通って現場に駆けつけるか。出場のルートを決めるのも機関員の仕事である。担当する地域に精通し、通報のあったその時その時の道路混雑状況を踏まえたルート設定ができて始めて一人前である。

上亮の所属していた消火隊にも機関員がいる。

名前を芦谷直樹という。

免許の兼ね合いで、機関員はどうしても年次の高い者が担当しがちなのだが、芦谷は珍しく小隊最年少の隊員でもある。米津や上亮と並ぶと少し見劣りする体つきをしており、しばしば大学生と間違えられる。もう少し年上なのだと気づいてもらうには、口を開いて好きなものについてベラベラと喋る必要があった。

芦谷は「人生で、できるだけ多くの車を運転してみたい」と話す大の車好きだ。手間も費用もなんのその、各種運転免許の受験条件を満たすと意気揚々と試験を受けに行く。

そのマニアぶりは入隊当初から発揮されていた。新米機関員はポンプ車ではなく大隊長を乗せる指揮車を担当することが多いのだが、配属初日、芦谷は指さされた朱塗りのワゴン車を見るなり失笑した。

『ライトエースはもう五千キロくらい乗ってますね。持ってはいないんですけど』

ライトエースに限った話ではない。休日、芦谷は必ずレンタカーやカーシェアリングを利用してドライブに出かける。体で車種の癖を理解するためだ。

だからだろう、トレーニングや食事当番では弱音を吐くことが多い男だが、運転に関しては決して譲らない。

ヒコーキ山で火事が起きているという通報を受けた時も胸を叩いて宣言した。

『任せてください。俺なら五分で到着できます』

夕暮消防署からヒコーキ山までの距離を知る者ならば、ビッグマウスに眉を顰めるところだ。しかし芦谷は宣言通りの時間で山の麓にたどり着いた。通報が夜の明けきらない時間にあり、交通量が少なかったことも幸いした。

山道に入るとポンプ車の大きさが浮かび上がる。夏の間に伸びてそのままの枝がフロントガラスに当たり、嫌な音を立てる。ハンドルを切るタイミングを誤れば藪に突っ込んでしまうようなカーブが何度も続いたが、芦谷は全てを無傷で切り抜けてみせた。

『流石だな直樹。見てて安心するよ』

『ま、当然です』

米津はすぐに相手を褒めちぎる。お調子者の後輩と相性が良い。

『来ていますね。俺の時代』

二ヶ月前であればもう一人の先輩が舅のように水を差すところだが、今は別の課に異動している。

芦谷は天下人にでもなったような顔で鼻を鳴らした。

その矢先だ。鶴の一声が飛んだ。

『芦谷。ちょっと止まれ』

発信源は笹子岩國《いわくに》。アクの強い部下を束ねる、やはりアクの強い小隊長である。

『えぇ？』

芦谷はアクセルを緩めてバックミラーを見上げた。

笹子の消火帽の隙間からはこんがりと焼けた肌が覗いている。体はもう絞るところが残っていないともっぱらの噂だ。長いこと火の近くにいるせいだと囁く者もいた。

『聞こえなかったか？　止まるんだよ。それからバックだ』

『いや、聞こえてはいますが……。出場ですよ？』

芦谷の呆《ほう》け顔につられ、窓際の席にいた米津も辺りを見回した。

念の為、停止したポンプ車の扉を開け、体を出す。

グリーンツアーの看板の裏地が視界に飛び込んでくる。ヒコーキ山に設けられたハイキングコースの案内だ。

市内出身の男は目を丸くした。

『大変だ！　直樹、曲がるの早いぞこれ！』

『そんなはずないです！　ここですよ！』

紙飛行機のモニュメントだってもうすぐ右手に現れる。芦谷は強く主張したが、米津と笹子の地元コンビは口を揃えて否定した。

モニュメントに続く広場へはハイキングコースを越えてから山に入らなくてはならない。正しい道に入ったならば、ハイキングコースは車道の右手に現れるはずだ、と。

『でも』

結局、芦谷は笹子と米津に説得され、渋々ポンプ車をバックさせた。半信半疑のまま山道を進み直し、ＨＢカレー工場本館に併設された第一資材置き場に到着する。

そこで通報の目印になっていた紙飛行機のモニュメントを拝むことになった……という訳だった。

「まあ、ほら……」

米津は曖昧な笑みを浮かべて誤魔化そうとする。

「あれだ。若気の至りって奴だ」

「あいつーっ‼」

ほとんど同時に、上亮は歯をむき出しにして吠えた。体は芦谷がポンプ車をバックさせたくだりから震えていた。

後ろで米津が必死に何か叫んでいるが、構わず駆け出す。場所は分かっている。ミーティングルームだ。

「だから黙ってたかったんだ！」

米津の泣き言が空に向かって放たれる。だが、気弱な言葉とは裏腹に、あっという間に追いついて上亮の体を捕まえていた。

「なんで止めるんですか。どう考えても舐めすぎでしょ」

自分がどうして火災調査課に飛ばされたのか、勿論しっかり憶えている。でかい口を叩ける身分ではないことも重々承知の上だ。

それでもこれは、我慢の限界を超えていた。

「上亮、慰めに行く以外はダメだぞ」

「そういうのは米さんに任せます。俺はカミナリ専門なんスよ」

「相手の気持ちに寄り添って動くのが良い先輩だ。直樹は今朝、流山副署長に散々絞られたし、たまたまだけど平《たいら》さんもいたんだよ。直樹にとっては泣きっ面に蜂だろ？　ほら、優しい気持ちを持たなくちゃ」

「平が出てこないと反省できないんですか、あいつは？」

平とは今年配属になった救急隊員の名前だ。夕暮消防署では初めての女性機関員である。

物覚えがよく、笑顔が可愛いと評判で、ちょっかいを出すものが後を絶たない。先の飲み会で「まだ彼氏が出来たことがない」と告白したためますます酷いことになっている。

ご多分に漏れず、芦谷も公私を混同する先輩の一人だ。同じ機関員であることにつけ込み、事あるごとに平の元を訪れていることは周知の事実だった。

「平さんに格好いいところ見せようとして変に突っ走っちゃったんだろうな、多分」

「どうだか。あいつ、平にも根拠のない事ばかり言っていたんですよ？　『平ちゃん、機関員に必要なものはセンスだよ。実力は後から勝手についてくるもんさ』とか」

芦谷の口調は誇張すると、ホストクラブのキャストの様になるので真似しやすい。

前置き抜きのモノマネに米津の手が緩んだ。チャンスだ。

制止を振り切り、上亮は消防署の入り口に駆け込む。階段と廊下を全速力で走り、ノックもせずにミーティングルームの扉を開けると、三人の男に迎えられた。

小隊長の笹子、上亮の抜けた穴を埋めるため一時的に異動してきたベテランの鍋元《なべもと》、そして芦谷だ。皆、コの字型に組まれた長机に座っている。仮眠を取り損ねたためだろう、誰の目元にも疲れが溜まっていた。

特に後輩の顔は悲惨なものだ。顔全体に暗い影が降りている。机の一点を見つめたまま微動だにしない。雪の重さに負けた若木を思わせる様だ。これには上亮も黙り込んだ。

「棉苗くん、もう始業だ。帰った方が良い」

鍋元は米町《こめまち》出張所からやってきた消防士だ。名乗らなければ、消防士と信じて貰えない白くて丸い頬をしている。後輩を自分の子どものように扱う事でも有名だ。

「今度は君が流山さんに叱られるんじゃ、僕はたまらないよ」

「すみません、鍋元さん。すぐに帰りますから」

上亮はさっと謝罪を口にして、「一つだけ確認させてください」と食い下がる。

そのまま芦谷の方に向き直った。

「お前……何で確かめもせずに手前の角でハンドルをきったんだ？」

米津が鼻の頭を掻き、鍋元が苦しげに目を細める。

今朝から何十回と繰り返されている問いだ。

答えが出ているのであれば、残業など必要ない。

芦谷はちらと上亮を見て、すぐさま視線を机に落とし直した。

「……わからないんです」

要領を得ない返事だ。上亮は眉を顰める。

「わからないって、何が？」

機関員は勢いよく頭を上げた。

「間違ってないはずなんです！ あの道で合っていた！」

身体中から怒りに近い悔しさを発している。

目の端には、光るものがあった。


ミーティングは千曲が開くように指示した。

夕暮消防署長は部下の失敗にガミガミと雷を落とすタイプではない。必要以上のプレッシャーを与えるその瞬間に、事故や災害が起きるかもしれないのだ。もっと穏健で、建設的なやり方を選ぶ。

マホガニーの机の上で浮かべる千曲の表情はとろけるようで、告げる口ぶりは淑やかと称しても良かった。

『自分たちの行動の一つ一つを時系列で追ってみてご覧なさいな。とっかかりが見えてくるかもしれないわよ』

部屋の椅子は埋まっている。席順は入り口から、米津、上亮、笹子、芦谷、鍋元だ。鍋元の後ろにはホワイトボードがある。その左端には今朝の出場時刻が記されている。

千曲の指示通り、笹子たちは出場中の行動を逐一書き起こしていた。

夕暮消防署からの道のりや指令センターとのやりとり、小隊内でどんな会話をしたのかまで。まさに〝全て〟といえる量だ。

「やっぱり、これだと思うんだよね」

鍋元が短い爪の載った指をホワイトボードに当てた。

「乙女坂の交差点を抜ける時、軽自動車が停止命令を無視したでしょ？　徐行とはいえ突っ込んできちゃったから、全員で……あぁ、いや、笹子小隊長以外は悲鳴をあげたじゃない」

自動車教習所で当然学ぶことではあるが、運転中、緊急自動車が接近してきた場合は道路の左側に寄る必要がある。交差点の付近で居合わせた場合は交差点を避け、停止する。

とにかく消防車に道を譲るのが鉄則だ。指示を拒否して割り込むなど言語道断である。

上亮が「蹴散らせただろ」と指摘すれば、鍋元は苦笑いを浮かべた。

「こっちは四トン車だよ、棉苗くん。ぶつかったら向こうがひとたまりもない」

かといって急停止することも危険だ。水槽付きポンプ車は一〇〇〇リットルの水を運んでいる。慌ててブレーキを踏んでも、慣性の法則に従って動き続ける水の勢いは殺せない。後輪のタイヤが浮いて、最悪、転倒してしまう。

機関員はどこまでも冷静に対応した。

ハンドルをわずかに動かすことで接触を回避したのだ。進路妨害をした車への注意も丁寧で、冷静を欠く事はなかった。

スピーカーマイクを握っていたのがどこぞの品のない先輩であったら、一般市民であろうと容赦無く罵倒していたはずである。

「そういう意味では芦谷くんは私たち全員の命の恩人なんだよ。本当に偉かったんだ。……でも、結果、あそこで集中力を使い果たしたんだろうね」

鍋元の口ぶりには「そうであってほしい」という祈りが込められている。

もしかしなくとも、鍋元が口下手な隊長の代わりに上へ報告をあげたのだろう。場が丸く収まるよう、働きかけたはずだ。

何故このミーティングが開かれているのか、やっとわかってくる。

続けようとする鍋元の言葉を制し、上亮はもう一度体を芦谷の方に向けた。

「芦谷。お前はどう思うんだ？」

場の視線がまた最年少の隊員に注がれる。

「鍋元さんの話が違うなら違うで別にいいんだ」

「気づいたことはなんでも言って欲しい。直樹が何を考えていたのかが大事なんだから」

米津と二人、口々に諭すとやっと芦谷は音を発した。十年ぶりに人語を話そうとする者の呻き、と説明されても納得できる。胸の内にあるものを形にすることに苦戦している。

上亮ははやる気持ちを押さえ込んだ。気が短い自覚はたっぷりある。

平生であれば絶対に急かしているところだが、今やれば大惨事だ。それ位、わかっている。わかっているからこそ、必死で拳を握りこんでいるのだが。

「随分と甘ちゃんな反省会をするんですねぇ。笹子小隊は」

こういう時に限ってやってくる男がいる。

上亮は活動服姿の同期に向かって盛大に顔をしかめた。

「見世物じゃねぇぞ。帰れ、保土ヶ谷」

第一消火隊の保土ヶ谷だ。ポジションはかつての上亮と同じでポンプ係。消防学校からの縁である。

同期だから仲が良いと安直に判断してはいけない。夕暮消防署の人事課には「棉苗と保土ヶ谷だけは絶対に組ませるな」という鉄の掟がある。

理由は簡単。顔を合わせると必ず喧嘩になるからだ。

保土ヶ谷の活動服はだいぶ余っているように見える。肩の線が細く、肉がないように錯覚する。

実際はどこも満遍なく鍛えていて、薄い筋肉で体を動かしている。バレエダンサーのような作りだ。

肉体改造に関しては上亮もケチをつけるつもりはない。保土ヶ谷の体は相当努力しなくては辿り着けない境地まで来ている。ただこの男の場合、どれだけ素晴らしいフィジカルポテンシャルを持っていようと、首から上が全てを台無しにしていた。

「相変わらずダセェ髪型だな」

保土ヶ谷は世の女子が羨むサラサラとした髪質の持ち主だ。それを耳にかかる程度に揃えている。襟足はさっぱりとした刈り上げだ。頭の丸さも手伝って黒いヘルメットをかぶっているように見えてしまう。

保土ヶ谷が鼻を鳴らすと、眉の上の前髪が音を立てて揺れた。

「小学三年生から髪型変えてなさそうなお前に言われたくないね。こっちはあのビートルズと同じだぞ」

「ふざけんな。どう見てもコボちゃんだろ。ジョン・レノンも雲の上から『一緒にすんな』って言ってるよ」

鍋元は心配そうに目を動かし、米津は無言で腹を押さえているが、上亮と保土ヶ谷の二人にしてみれば挨拶程度のやりとりだ。

「今朝の芦谷のミスは大方、ナビゲーション画面の読み間違えだろ。お前みたいに喧嘩っ早くて大雑把で機械音痴な奴が上にいるからこうなるんだよ」

「待てよ。なんで俺が出てくるんだ？」

「あの先輩にしてこの後輩ありってことだよ。十年現場にいて指導一つできないなんてなぁ、なえちゃん」

周囲に禁じているあだ名で煽られ、上亮は目つきをますます険しくする。ツンと尖った保土ヶ谷の鼻から、嘲り混じりの音が零れた。

「残念だがお前のレスキュー隊への道は遠のいた」

また始まった。

上亮は聞こえるように大きなため息をついた。

「俺の話に無理やり繋げるんじゃねぇ。そもそも、俺はオレンジ目指してないって言っ

者のみ着任できる狭き門だ。

「やっかみにしか聞こえないなぁ、棉苗。逃げるのか？　俺に恐れをなしてるだろ」

オレンジ。レスキュー隊の別称だ。救助服の色が由来である。内部選抜を勝ち抜いた者のみ着任できる狭き門だ。


保土ヶ谷はレスキュー隊を志望している。そして何故か常に上亮をライバル視していた。訓練時も勝手に火花を散らしてくるし、所属する隊全体の実績にも細かい。目指すキャリアコースが全然違うのだから、張り合う必要なんてどこにもないのに。正直、目の上のたんこぶである。

いっそポーズで「いやぁ、参ったぜ。お前には敵わない」とでも言えば良いのだろうが、それはそれで死んでも嫌だった。

上亮は苦言の代わりに告げた。

「おい、ホド。チャック全開だぞ」

保土ヶ谷は顔を赤くして屈み込む。嘘だと知って違う意味で赤くなった。ついでに言えば米津も保土ヶ谷と同じくらい真っ赤になっていた。

かつがれた男はぐわと口の中を見せた。すぐに思い直して薄ら笑いを浮かべる。どちらが優位な立場にいるのか、しっかり心得ていた。

「笹子隊長には申し訳ないですけどね、あんたら本当抜けてるよ。到着現場を間違えたんだぞ？　いたずら電話じゃなかったら今頃どうなっていたと思う？」

「それは……」

歯噛みの音しか出せない。保土ヶ谷の指摘はまさにミーティングルームに入る直前まで上亮の胸中にあったものだ。

通報が嘘だった事は、結果でしかない。それも災い転じて福となす、非常に幸運な結果だ。

もし本物の火災現場へ駆けつける際に、同じミスを犯したならば、一体何を失うことになるのか、知らないとは絶対に言えない。

出場命令が出た瞬間、時間はこの世で最も貴重なものに化ける。一秒であっても無駄に使ってはならない。

命や財産を炎に蝕まれている人がいる。

大切なものを泣く泣く置いてきた人がいる。

皆、助けを待っている。

「道を間違えたので遅れましたなんて口が裂けても言えないだろ！　それでも消防士かよ⁉」

米津も鍋元も、上亮でさえも口を閉ざす。保土ヶ谷の喚き声の余韻が消える頃、芦谷が静かに立ち上がった。

「申し訳……ありません」

体を曲げて、声を絞り出している。呼吸の音は不規則で、ひどく荒れていた。

「全部、俺が自惚れていたせいです。責任を取らせてください」

ミーティングルームは蜂の巣をつついたような騒ぎになる。米津と鍋元が次々立ち上がった。

「直樹、お前一人のせいじゃない。俺たち全員に非のあることだ」

「一回落ち着こう、芦谷くん。誰もそんな事は望んでいない」

「俺にはもうこれしかできないんです！」

与えられるものが心からの言葉であっても、縋ってはならない。そう芦谷は自らに課している。「引き止めずに辞めさせてくれ」という声なき声は、誰もの耳に届いている。

——従わなかったのは、一人だけだ。

「できるか、阿呆」

上亮は捨て台詞と共に立ちあがった。

ブーツの足音を抑えることもせず歩き出す。

「何する気ですか、なっさん⁉」

「何するって、調べるんだよ」

芦谷の鋭い声にも怯まない。上亮はアポロキャップをかぶり直す。

視界の端に笹子の姿が見えた。相変わらず、どっかりと構えている。己を止めるそぶりさえ見せないことが、ありがたかった。

「お前が何も言わないんだったら、俺は自分で調べる。ヒコーキ山で何が起きていたのかもわからないのに、辞表なんか出させるか。それに……」

一呼吸置く。ためらいは一呼吸分で済んだ。

自分で言うものではないが、やっと板についてきたのだ。

「そいつはもう、俺の仕事だ」

誰の反応も待たずに、上亮はミーティングルームを後にする。タイミングよく始業の鐘が鳴った。


朝であろうと昼であろうと、星はいつだって頭上にある。見えないだけでそこにいる。夕暮市の多くの場所では夜であっても同じことだ。端っことはいえここは首都・東京が抱える市である。夕暮駅や消防署から見えるのはごくごくわずかな一等星たちだ。もっと小さな光を捉えるためには自らの意思で暗闇の中に入るしかない。

上亮はヒコーキ山の麓の道を時計回りに歩いていた。

住宅地が山を囲んでいるせいで視界の左右には異なる景色が広がっている。別の場所で撮った写真を切り貼りして無理やり作ったかのようだった。

道の左側には普通の一軒家が並んでいる。一棟、また一棟と通り過ぎるたびにテレビの音や笑い声が聞こえ、所によっては米の炊ける匂いや湯の香りが漂ってくる。

前を見れば塾でもあるのか、大きなリュックを背負った子どもたちがやってくる。皆、頬を林檎のように染めていて、中には半ズボンの猛者も混ざっていた。

活動服はよく目立つ。上亮の存在に気づいたのか、子どもたちは元気よく挨拶した。上亮も「暗いから気をつけろよ」と手短に応える。

何ということはないやり取りだ。

だが右は違う。全く違う。

真っ黒な木々が屹立し、足元には背の高い雑草が枯れることなくそよいでいる。木枯らしが吹くたびに乾いた音がして、音の出所には墨で塗りつぶしたような闇が広がっている。

背後から悲鳴と哄笑を足して二で割ったような騒音が聞こえた。先ほどすれ違った小学生だろう。興奮していて何と言っているのかはさっぱりだが、場の雰囲気から推し測ることは容易い。肝試しにはうってつけのシチュエーションだ。風の音でも大騒ぎになる。

上亮は短く息をついた。

怪しげな山に入っていくことが気鬱だからではない。

「……で？」

独り言にしては大きすぎる。裏を返せば、夕暮消防署の火災調査課職員は一人ではなかった。

「何でお前がいるんだよ、穂村」

「僕のことを苗字で呼ぶな、上亮」

段々お約束になってきたやり取りだ。「頭に揮発性メモリしか積んでいないのか？」

という皮肉まで添えられる。

（普通、警察が同行してくれるって話になったらもっと喜ぶもんだぜ）

残念ながら鍛え上げた胸の中はフラストレーションで一杯だ。上亮はじとっとした目で隣を見上げた。

上亮の神経を丹念に逆撫でする男の名は、穂村彗星。夕暮警察署の刑事だ。それも殺人を始めとする重犯罪の捜査を担う一課の所属である。今朝ヒコーキ山で起きたことを思えば、役不足なお出ましだろう。

しかし、彗星が遅い時間の出動を気にやむそぶりはない。むしろ無表情ながらに期待で胸を膨らませているようだ。

「火事だったんだろう？」

上亮は眉を吊り上げた。

「嬉しそうに言うんじゃねぇよ」

この短いやり取りが全てだ。

彗星は放火事件捜査に並々ならぬ情熱を傾けている。そのエキセントリックな言動から〝火事場の奇人《シャーロック》〟という不名誉な渾名さえ貰っているほどだ。所属する捜査チームでは腫れ物のように扱われているし、消防にとっても煙たい存在だった。

「今度こそ俺の見立てに茶々入れてくれるんじゃねぇぞ」

火事があった場合、その原因を特定する主導権を持つのは警察ではなく消防だ。消防法第三十五条で決まっている。上亮は誰に憚ることなく堂々と調査に当たれば良い。

……良いはずなのだが。

着任以降、厳密にはその前から、上亮の火災調査は一度も上手くいったことがない。

消火隊で培った勘やノウハウを頼りに現場を見ていこうとすると、必ず火事場の奇人が横槍を入れてくるのだ。それも遠慮のない横槍である。

「大きな声で権利を主張するほど精度の高い見立てではないだろう」

「喧嘩売ってんのか」

「事実を言っているんだ。僕であれば焦げ付いた現場に埋まる真実を見つけ出せる」

ここまで言い切られるといっそ清々しい。名実揃った火災捜査狂いだ。

それは、ここに彗星がいるという事実にも表れていた。

一一九番通報を受けた指令センターは消防車、救急車を出場させると同時に関係者へ連絡を行う。相手はその土地の所有者や管理者であることが多い。

警察に情報が展開されるのは、放火の疑いがある時だけだ。今回、夕暮消防署は警察に何の連絡もしていない。彗星はヒコーキ山の通報を知る術すらない……はずなのだが。

火事場の奇人は現れた。

天空の調和などお構い無しにやってくる箒星のように。

(消防《うち》の無線、こっそり傍受しているとかじゃ……ねぇよな)

頭の片隅が「こいつだったらやりかねない」と断定する。ぞっとする話だった。

「ほら、高い服汚す前に家に帰れよシャレオツ刑事。低くても山だぞ。舐めてるのか?」

容赦無くこき下ろすが、今日の彗星のいでたちは今まで見てきた中で一番カジュアルだ。くしゃと揉んで作った遊びのある髪に、鼈甲《べっこう》のフレームの眼鏡。ジャケットの下はワイシャツではなくタートルネックのニットを着ている。

すっきりとしたデザインのリュックを背負い、足元は落ち着いた色のスニーカーだ。

「今までも散々泥だらけになっている身だ。僕が求めている真実は、いつだって灰にまみれ、煤で汚れている。それに君だって僕に立派なことを言える立場ではないはずだろう？」

耳に痛い指摘だ。上亮は口の中でもごもごと悪態をついた。

火のないところに調査はない。これは上亮にも当てはまるルールだ。

とはいえ、今回は簡単には引き下がれない。後輩の進退がかかっている。

ミーティングルームで威勢よく啖呵を切ったが、ヒコーキ山へ調査に踏み込むためにはそれなりの仕込みが必要だった。税金で買った道具を持ち出すのだ。上司の首を縦に振らせなくては何もできない。

「どうやって説得したんだ？」

彗星の問いに、上亮はにたりという音が似合う笑みを浮かべた。

「探ってみたらそれっぽい話が出てきたんだよ」

地元スーパー・スミカの店員から聞いた噂話だ。

消防士は職業柄、自炊することが多い。材料は出入り業者から買い付けている。

二十四時間営業と市内無料配達を売りにするスミカの店員は、上亮が聞くまでもなくあれこれ市内の様子を教えてくれる。その中に今朝、ヒコーキ山から見慣れぬ煙が流れているのを見かけたという話が混ざっていたのだ。

「噂は本当かもしれないいし、通報はいたずらじゃなかったかもしれない。火事があったかもしれない。だとしたらこれは物凄く深刻な過失に繋がるかも」

そうやって〝かも〟に〝かも〟を重ねてなんとかヒコーキ山への調査を成立させたのだ。要は屁理屈である。

「だから、俺にとっては立派な仕事だ」

上亮は得意げに鼻の穴を膨らませるが、千曲は最初部下の要請に対し渋った。寝ている赤子も起きるような声でああだこうだ言われ、このままではまた体調を崩しかねないと折れたというのが真実である。

「本当は米さんも来たがってたんだけどな。嫁さんに止められてダメになった」と捕捉すれば、彗星はさらりと「聡が？」と聞き返す。

「おい待て。馴れ馴れしく人の先輩まで呼び捨てにするな」

「彼なら寛容に受け止めるだろう。君と違って」

全くもってその通りなのだから遣る瀬無い。人懐こい米津のことだ、怒るどころか目をキラキラさせて喜ぶだろう。

肩を落とす上亮の隣で、彗星は手を口元にやる。本当に想像がつかないのだろう。声にいつもの力強さがなかった。

「わからないな。聡のパートナーはどうして彼をここに寄越したくなかったんだ？」

「ああ、そっか」

地元でなければ聞くこともないだろう。自分自身、米津から聞いた話である。

木々が震える。冷たい空気が上亮と彗星の間を抜けていく。あまり穏やかではない方法でヒコーキ山に歓迎されているようだ。

元・消防士はわずかに間を空けてぶっちゃけた。

「出るんだよ、ここ」

彗星はゆっくりと瞼を上げ下げする。

反応は淡白で、簡潔だった。

「何がだ？」

わざとではない。隣の男は本気で尋ねている。盛大な肩透かしを食らった上亮は声を荒らげた。

「幽霊だよ、幽霊！　麻布にはそういう文化はないのか⁉」

「勿体ぶっておいてそれか。馬鹿馬鹿しい」

「あ、お前、今俺が幽霊とか信じるタチだと思っただろ？」

「違うのか？」

「違《ちげ》えよ！」

「では何故言った？　言動が支離滅裂だぞ」

「悪かったな！　雰囲気だよ、雰囲気！」

こう騒いでは雰囲気もへったくれもない。上亮は「相手がお前だってことを一瞬でも忘れた俺が馬鹿だった」とぶつぶつ零した。

こうなればヤケである。

上亮は彗星の批判を制して口火を切った。

「本当に昔のことだ」

米津というよりは米津の親や笹子が子どもの頃にあった話である。紙飛行機のモニュメントが置かれるようになる前、山には一軒の家が建っていた。荒れ放題で表札もなく、人が住めるような佇まいとは程遠い平屋の家だ。何より家畜のせいで、恐ろしく獣臭かった。

当時でも、家で家畜を飼う者は珍しく、周辺の住民は迷惑がっていた。役所にも多く訴えが寄せられ、とうとう夕暮市の職員が様子を見に行くことになったのである。

そこで待っていたのは山羊でも鶏でもなく、枯れた井戸に落ちていた老爺の死体だった。争った形跡はなかったが、数日生きたままそこにいたのだろう。獣などとは比べ物にならない酷い臭いを発しながら、しゃがみこむようにして死んでいた。

以来、この山には背の曲がった寝間着姿の老人の霊が出る。

日の差し込まない林の隙間から、じっとこちらを見てくるのだという。

「で、その家の跡に出来たのがＨＢカレー工場って話だ」

夕暮市は東京都と神奈川県の県境に位置している。都会に商品を運ぶには都合の良い土地だ。多少いわくつきの場所であっても買い手はついてしまう。

「米さん自身はあんま信じていなさそうだけど、夕暮っ子にとってHBカレーは呪われたカレーなんだよ。爺さんを殺した古井戸の水を使ってるからな。米さんの嫁さんはそういうの滅茶苦茶信じるクチだし、米さんは嫁に頼まれると断れないからさぁ」

噂をすればなんとやらである。上亮と彗星の目の前に分かれ道が現れた。一つはこのままヒコーキ山の裾野を進むもの、もう一つは山の中に入っていくものだ。件の工場に行くには不気味な方の道を進む必要がある。

トラックがギリギリ通れる山道だ。街灯がないせいで奥の様子は全く見えない。

自然と眉頭に力が入る。

上亮の緊張を断ち切ったのは、彗星の冷ややかな声だった。

「皆、噂話を楽しんでいるだけだ」

心からそう思っているのだろう。若手刑事の反応はいつも以上に味気なかった。

「興味がないって顔だな」と軽く揶揄すれば、彗星は「真実に重きを置かない話だからだ」と受け流す。

「転落事故が本当にあったのかはもはや二の次になっている。僕にとってのダイヤモンドではないな」

火事場の奇人独特の言い回しだ。

彗星にとって、真実とは貴石に匹敵する価値がある。

どちらも容易く見つけられるものではない上に、存在を示さない限り価値を認めてもらえない。知識と経験と忍耐。全てが揃って初めて手に入る極上の誉れなのだ。

「へいへい」

内容には賛同できるが、表現方法がどうしても受け付けない。上亮はおざなりに返事を投げた。

ＨＢカレー工場に続くつづら折りの道に足を踏み入れる。

すぐ脇の杉林の隙間を何かが動いて行った気がした。


呪われたカレーを作ると噂されていようと、食品工場は食品工場だ。ＨＢカレー工場の門構えは古いながらも清潔感があってすっきりとしていた。

白を基調とした壁が外構のライトに照らされている。怪しい雰囲気などどこにもない。夜の山の中を抜けてきた身であれば、人工の眩い明かりにほっとするくらいである。

強いてケチをつけるのならば、工場の見た目は食品を作る場所というよりはビルなどの工事現場を連想させる姿をしていた。

所々に防犯カメラが付いている。入り口も中の様子が見えないアコーディオン式アルミゲートだ。なんだか物々しい。

上亮はきょろきょろと辺りを見回した。

「意外に小せぇな。土地としてはもっと持っているはずなんだが」

「ここだけではないようだ。他にもいくつか施設を持っているらしい」

彗星が工場の案内板を指す。簡素な造りの図はHBカレー工場がヒコーキ山のどこか一ヶ所ではなく、山中の所々に施設を持っている事を伝えていた。

上亮は同意の言葉を飲み込んだ。唇を真一文字に結ぶ。

「どうかしたのか?」

「いや、気にすんな」

彗星も悪気があってやっているわけではない。ただ、間の悪いことに夕暮警察署の刑事の長い指はHBカレー工場の第二資材置き場を示している。今朝、芦谷が先走って右折した道の奥にある場所だ。

(確かにあれじゃ芦谷も見落とすかもな)

上亮たちの道のりは笹子小隊の出場ルートと全く一緒だった。乙女坂の交差点を越え、時計回りに裾野の道を進んでいく。ヒコーキ山に入る道はいくつかあり、特に第一、第二資材置き場に続く道の景色は瓜二つだった。

どちらにもこれといった目印がなく、角を曲がった先も似たような景色が続く。米津に教えてもらった話ではHBカレー工場に出入りする業者であっても、結構な頻度で道を誤るらしい。

正攻法はハイキングコースを目印にする事だ。ヒコーキ山のハイキングコースは第一資材置き場、第二資材置き場の間に設けられている。

細い遊歩道を通り越す前に曲がれば第二資材置き場、通り越した後に曲がればHBカレー工場と隣接している第一資材置き場にたどり着くのだ。

地元民でなければ知る由もない。逆に言えば、夕暮市で生まれ育った笹子や米津だからこそ芦谷のミスに気づくことができたのだった。

（話の筋は通る。通るんだが……）

芦谷の沈黙がどうにも引っかかる。

上亮は首の後ろ側を掻いた。

ここで閃くようであれば何も悩むことはない。考えるためにはやはり、情報が必要だ。

「うし、行こうぜ」

気合いとともに声を掛ける。彗星の反応は、電源のつかなくなったパソコンのようだった。

「……どうしたんだよ？」

「上亮、ここは有名な会社なのか？」

「『油カレー』知らねぇの⁉」

ヒコーキ山の怪談の比ではない。上亮は素っ頓狂な声をあげた。

「生憎と縁がない」

「マジかよ……」

ＨＢの『油カレー』といえば全国区のレトルト商品だ。コンビニでも売られている。ＣＭもバンバン出しているから小学生でも知っている。

（とはいえ、こいつが食べている訳ないか）

彗星は稀有な体質の持ち主だ。副菜を一品抜くような気軽さで絶食をやってのける。

人生で摂る食事の回数は常人のそれを遥かに下回っているだろう。

そもそもこの国の数パーセントに属するエリート階級の息子が、ご飯をレトルトカレーで済ませているところが想像できない。

「興味があったら試してみろよ。名前の通りで、唐辛子オイルをすごい使っているから滅茶苦茶辛いぞ。脳みそ直に揺さぶられている感じがクセになるんだ。とまあ、ただの油カレーなら美味いんだけどさ……」

上亮は中途半端なところで言い淀んだ。

思い出すだけでえずいてしまいそうなのだ。

「ここ、期間限定味とか言って時々スゲェの作ってくるんだよ。よほど口の中をゴミ処理場にしたいんだろうな」

カレーほど簡単で、誰でも美味しく作ることができる料理もないはずなのに。ＨＢカレーは堅い商品展開の裏で、とんでもない限定品を作り続ける企業としても有名だ。

例えば電解納豆油カレー。アルミパウチ製のパッケージには「夏バテ解消」という真っ当なキャッチフレーズが入っていたが、中身はクエン酸と発酵物の地獄のコラボレーションだ。悶絶必至の不味さから、全国放送のテレビにも取り上げられた。

この他にも毎回、企画部が徹夜明けのおかしなテンションで決めたとしか思えない味が現れる。美味しく食べてほしいというよりは、話題作りなのだろう。夕暮消防署でも宴会の罰ゲームでしか使ったことがない。

「一番凄かったのはジャイアンシチュー味だな」

「カレーなのにシチュー?」

「俺も聞きたいよ。『腹を壊したら元も子もない』って救急隊からストップがかかったマジもんだぜ。あれ、もう一回食べるくらいなら芦谷の水っぽいカレー三杯食う。誓って言える」

宣誓とばかりに手のひらを晒せば、彗星は一度だけ瞼を伏せる。雑談を終わらせるには十分な仕草だ。上亮も呼び鈴を鳴らした。

少し不安になる間が空く。

「はい、何かご用でしょうか」

少し滑舌の悪い、男の声が返ってきた。受付にしては愛想がない。HBカレーの本社は新宿にある。夕暮には工場職員しかいないのかもしれなかった。

上亮はカメラ付きインターホンに顔が映るよう、アポロキャップのつばをあげた。

「こんばんは。夕暮消防署の棉苗です」

こういう短い会話の中で愛想を振りまけるほど器用ではないが、同じように相手の機嫌を著しく損ねた経験もない。上亮としてはいつも通りに挨拶したつもりだ。

だが、男の声は聞くからに変わった。

「またですか?」

刺々しい、煩わしさと苛立ちをないまぜにしたような調子だ。奥に硬さがある。緊張だと上亮は直感した。

「安心してください。また通報があったわけじゃないんです。俺は火災調査課の者で、今朝の事でお話を伺いたくて来ました」

「しつこいな。朝と同じことしか言わないぞ！」

「んんっ？」

親の仇でも相手にしているような剣幕だ。思わず怪訝な声をあげてしまう。

何か勘違いをしているのかも、という発想すら湧かないのか、ＨＢカレー工場の職員は一方的にまくし立てた。

「そもそも構内に火なんてなかっただろうが。誰でもないおたくが認めたことだぞ」

「あちゃー……」

許されるなら天を仰いで悪態をつきたい。今になって気づいたのだ。これはＨＢカレー工場を刺激するには十分すぎる行為である。

工場は一般家屋の倍、建物に対する消防法の要件が厳しい。定期点検の義務もある。報告先は工場が籍を置く自治体の消防署、ＨＢカレー工場であれば夕暮消防署だ。

火事騒ぎの後に火災調査課の職員が現れれば、当然警戒される。違反探しに来たのだ、と思われて当然だ。

「この期に及んで何を知りたいっていうんだ⁉　ええ？」

「えっとですねぇ……」

こちらの目的はあくまで今朝の笹子小隊の様子を聞く事だ。本題に入る前に拒絶されては、元も子もない。

なんとかしなければ。ない頭で必死に体の良い理由を考える。

上亮が苦しいつなぎの言葉を繰り返していると、助け船は意外なところからやってきた。

「彼と話ができないと言うのであれば、僕と話を」

「あんたは？」

「夕暮警察署捜査一課、穂村彗星だ」

「警察？」

途端にインターホンの声が裏返った。相当驚いたのだろう、側にあった物を落とす音まで聞こえる。

「警察手帳を出しているつもりだが、消防職員に見えるのか？」

「い、いえ！」

「彼は今朝の火事騒ぎについて、話を聞こうとしていただけだ。だというのに、あなたの今の反応は何だ？　後ろ暗い事を隠すようにも捉えられるが」

「嫌だな。そんなことはないですよ」

男の攻撃的な態度は雲散霧消している。彗星の高圧的な物言いも手伝って、むしろ同情するほどに萎縮していた。

（捜査権ね）

上亮は唇を引き結んだ。

権限の違いは相手の反応に如実に現れる。火災現場の関係者と話す機会が増えた事でますます実感するようになっていた。

こうやって彗星が隣で睨みを利かせてくれれば、火元の調査はぐっと楽になるのかもしれない。はぐらかされたり、隠し事をされる可能性は間違いなく下がる。ただ、素直には喜べない。

なんとなくではあるが、これを〝協力〟とは呼びたくなかった。

「なあ、穂村」

呼びかけは別の音にかき消された。彗星の追及に耐えられなくなったのだろう。椅子を引き、男が席を立ったのだ。

インターホンから聞こえる声はガラリと変わった。

「横からすみませんね。工場長の中木屋《なかぎや》です」

上亮と彗星から見えるのはカメラとマイクのついた四角い箱だけだ。それでも上亮は声だけで中木屋の姿を思い描くことができた。

背骨が浮かぶほどに痩せた男だ。いつも不気味な笑みを湛えている。柳が揺れる堀のそばに立てば恐ろしく様になるだろう。

「刑事さんも同じご用件なんでしょうかねぇ？　であれば、さっき則本《のりもと》が申し上げた事が全てですよ。うちの工場では今朝、何も燃えていなかった。それは来てくれた消防士さんの言葉でもあるんです」

「今朝の話ではない」

中木屋の言葉を彗星は一蹴する。

「二週間前、警察官がこちらを訪ねたはずです。異臭騒ぎで」

「おい待て、なんだそりゃ」

上亮は慌てて横を向いた。さらりと言ってくれるが、初耳だ。少なくとも己を捕まえてからここに来るまでおくびにも出さなかった。彗星のことである、今思い出したわけではないだろう。

中木屋たちに聞かれていることも忘れて、上亮は彗星に迫る。

「お前はなんでそういう大事な話を隠すんだよ⁉」

彗星は不愉快そうに眼鏡のリムを押し上げた。説明は手短だった。

「先月、ヒコーキ山の近くの派出所に相談が寄せられた。『ヒコーキ山から変な臭いが流れてくる』というものだ」

雪の降る季節だ。よほど強い匂いでなければわからない。

後日、夕暮消防署の地域係がヒコーキ山の奥までパトロールに入り、ＨＢカレー工場にも聞き込みを行なった。

「僕たちと同じ様に、工場のインターホンを押したはずだ」

メモもなしに彗星はスラスラと諳んじる。

上亮は内心、舌を巻いた。

（こいつ、市内の火事に関することなら何でも憶えていそうだな）

事件どころか相談の話だ。しかも警察署ではなく派出所のである。

来がけに調べていたのか、それとも日頃から火事の気配を探っているのか。

上亮は絶対に後者だと思った。火事場の奇人の二つ名は伊達ではない。

「その時はどんなやり取りを？」

「同じですよ。『工場では何も起きていない』とお答えしましたね」

「もう一度確認しますが、先月も今朝も火事はなかったということなんですね？」

「ええ」

これ以上追及しても無駄だと言わんばかりの返事だ。「構内を見せて頂くことは出来ますか？」と彗星が質問を重ねても、「申し訳ないですね」とつれない。

「衛生管理上、できないんですよ」

「では、防犯カメラの映像を」

「後日であればお送りできます」

「今、知りたいんです。何も燃えていないというのであれば躊躇うことなどないのでは？」

「少なくとも米さんたちは中に入った。これといった異常はなかったってさ」

つい口を挟んでしまった。言い終わってからどちらの味方なのかを思い出す。

当然、彗星に睨《ね》め付けられる。バツの悪い顔でアポロキャップのつばを弄れば、中木屋がクックッと笑って賛同した。

「消防士さんの仰る通りですよ、刑事さん。構内で火事が起きたのだったら、我々だって必死に助けを求めます。三途の川はまだ渡りたくないですからねぇ」

「通報があった時間の光は、うちの出しているものがたまたまモニュメントを照らしたんでしょう」と話を纏めようとする。

彗星が「断言を?」と鋭い声で確認すれば、「しますとも」との返事。朗らかなと呼べば聞こえはいいが、のらりくらりとしていて摑み所がない。彗星の追及を楽しんでいるようにも感じる調子だ。

「心配してくださるのはとてもありがたいのですがね、正直言うと困っちゃうんです。年度末が近いんですよ? ここで計画ズレを起こしたら大ごとだ」

警察と消防が入れ替わり立ち替わりやってきたのだ。本社が聞けば大騒ぎになる。やれ追加点検だ、管理体制の見直しだと仕事を増やされてしまうのは火を見るよりも明らかだと話す。

「一袋でも在庫に過不足があると、末代まで祟られちゃうんですよ。ここではねぇ……」

中木屋は悍《おそ》ましげに訴えた。

自分の工場にどんな噂が立っているのか知ってのことだろう。インターホンから聞こえてくるのは、同調するにはいささか難のある引き笑いだった。

活動服に設けられたゆとりは運動のためにある。中にあれこれ着てしまっては元も子もない。ただし、二月の夜空の下においては例外としたかった。

「寒い……」

上亮は歯をカチカチ鳴らして後ろを振り返った。白亜の工場は眠るそぶりすら見せず、上亮たちを見送っている。

本来であれば中に入っていて、ある程度暖房の効いた部屋の中で聞き込みをしていたはずだったのに、文字通り門前払いを食らった。

(工場長の方がなぁ……)

怒りっぽい則本はともかく、中木屋は厄介な相手だった。

人当たりは悪くないのに、全く隙を見せない。「せめて対面で話を」と切り出す間も貰えずに通話を切られてしまった。

彗星に至っては「まさかとは思いますけど、捜索令状を作る時間を惜しまれてませんかね? そういうの、見込み捜査って言いません?」という痛烈な皮肉まで貰っている。

そのせいだろうか、先を歩く刑事の足音は心なしか煩い。苛つきがそのまま踏み込む力に変わっている。

うかうかしていると置いていかれる。上亮は小走りに下り坂を進んだ。

「どこ行くんだよ」

「尻尾を巻いて帰るように見えるのか?」

「見えないから聞いてるんだろ」

嚙み付き返せば、彗星のコートが音もなく翻る。持ち主が足を止めて振り返ったのだ。

「出直すと判断するのは時期尚早だ。見るべきものは残っている」

「例えば?」

「例えば、この山の主役だ」

これには同意できる。全ては「ヒコーキ山のモニュメントの側で何かが燃えている」という通報から始まった。

モニュメントのある広場に行けば、彗星の探しているダイヤモンドの手がかりがあるかもしれない。

目的地は目と鼻の先にある。モニュメントが置かれた広場はHBカレー工場の第一資材置き場の裏の林を抜けたところにある。直線距離に直せば、十数メートルといったところだろう。

しかし、彗星と上亮は下山を選んだ。

理由はある。第一資材置き場と広場の間にある雑木林には小さな沼が点在しているのだ。

懐中電灯の明かりを頼りに進むことは不可能ではないが、足を踏み外したら悲惨である。二人を追い払った中木屋でさえ、「工場の周囲を調べるのであれば、日が昇ってからにした方が良いですよ」とアドバイスした。

麓の道を進み、山に入り直す。

HBカレー工場に続く道にはアスファルトが敷かれていたが、こちらは土の道が続いている。真上に茂るミズキの葉が落ち、泥と混ざっているために非常に滑りやすい。

一歩一歩、確実に坂道に足をかけ、進む。

森が切れる頃には結構な時間が経っていた。

「着いたぞ」

四〇〇メートルトラックが一つ入りそうな広場だった。

遠足にやってきた子どもたちが昼食をとるにはちょうど良い立地である。季節柄枯れているが、大地には芝が敷かれていた。夏ならくるぶしほどの高さになるだろう。

「あれだ」

紙飛行機のモニュメントは広場の左端にひっそりと置かれていた。軸に翼をつけたものではなく、テスト用紙を折って作ったような趣をしている。本当に飛ばしましたと言わんばかりに、右の主翼がぴったりと地面についている。

「上亮、これは夕暮市の管理物なのか？」

「俺に聞くなよ……と、言いたいけどな」

上亮はたまたま事情を知っていた。

「間に市が入っているけど、実際は市内の団体の持ち物だ。ＨＢカレーに土地を貸してもらって展示しているはずだぜ」

「詳しいんだな」

「配属になった年のゴールデンウィークにさ、ここで市制何十周年だったかのイベントをやったんだよ。うちからもいくつか車両展示をしたんだ。あと消防団の積載車。トラックタイプの奴な」

「ふうん」

自分から聞いてきた割に彗星の反応は淡白だ。リュックからドローンを取り出し、いそいそと飛ばす準備を進めている。明かりを取るつもりなのだろう。

よく見ればスウィート・ウィリアム・ガーデンで見たモモンガではない。もう一回り大きく、安っぽい作りをしている。話に聞いた「もっとちゃちなモデル」なのだろう。

正面切って聞いた話ではないので、あくまで類推なのだが、彗星は同じ用途のものを気に入った分だけ買う。眼鏡もコートもだ。会うたびに新しいものを使っている。活動服さえあれば十分だと本気で思っている上亮とは真逆の発想だ。

なのに家は気持ち悪いくらいにスッキリしているのだから不思議である。もしかして、一回使ったら捨ててしまっているのではないだろうか。

上亮は想像を巡らせて一人唸った。その横で彗星がカメラアプリが算出した巨大紙飛行機のサイズを読みあげる。

「翼の大きさは一辺六メートル。高さは一・五メートルだ」

電車から見えるのだ、モニュメントは手の届く距離まで近づくとぎょっとするほど大きい。そして見慣れてしまうと、良からぬ扱い方をされてしまう。

実際、大騒ぎになったことがある。新入隊員時代に連れてこられた市政イベントでの出来事だった。

行楽シーズン真っ只中に開催したことが効いたのか、その日、広場にはごった返すほどの人がいた。屋台も多く出たし、地酒も振る舞われた。自然と酔っ払いがふざけはじめたのである。

その年の花見シーズンは連日ひどい雨で、市内の祭り好きは皆体力を持て余していた。

「具体的には彼らは何をしたんだ?」

「乗ったんだよ、それに」

上亮は紙飛行機に向けて顎をしゃくった。

注意の放送は何度も飛んだが、酔っ払いの鈍い耳には届かない。三人目が足をかけたところでモニュメントごとひっくり返ってしまった。男たちは受け身も取れずに腰や頭を強打し、展示予定のなかった救急車が呼ばれる事態になったのである。

制作した芸術家もカンカンに怒り、今では作品展示の説明の下に「触れずに鑑賞してください」という注意書きが並ぶようになっている。

ヒコーキ山へ行く旨を伝えた折、流山はその話を引き合いに出して、『紙飛行機のモニュメントに触ることはおろか半径一メートル以内にも近づかないように』と上亮に厳命した。

「酔っ払いと一緒にして欲しくないっつーの」

「君ならやりかねないからだろう」

「どいつもこいつも俺をなんだと思ってるんだよ。大体、壊されるのが嫌ならこんなところに野ざらしにするなって」

「上亮。室内では成り立たない美しさもあるんだ」

「さいですか」

全く納得していない返事をしつつ、上亮は左翼の下に潜り込む。流山との約束は早速反故にしていた。

ライトが機体を照らし出す。ご丁寧に紙飛行機らしい折り目まで刻まれている。彗星の言うとおり、青い空の下にいることが前提の代物なのだろう。雨ざらしになっても大丈夫なようコーティングされている。つるり、という音が似合う質感だ。

「んー……」

これといっておかしなところはない。

翼の付け根や平たい機首を見てみても、焦げの形跡は見当たらない。周辺の草もだ。

「だよなぁ」

一度、米津たちが確認しているのだ。ＨＢカレー工場の中木屋や則本も声高に主張している。

火事なんてなかった。

見えているものが如実に語っている。

これ以上、一体何があるというのか？

上亮の眼差しはぐっと遠くなる。周囲への意識が疎かになったと言い換えても良い。

その隙に、彗星に背後を取られてしまう。

「自分を騙そうとしていないか？」

「うわっ！」

予告なしに声をかけられれば、体は嫌でも過剰反応する。

それなりに細心の注意を払って接していたのだが、残念ながらアポロキャップのつばが機体にあたってしまう。コツンという軽い音がした。

「お前な！」

「集中しろ、上亮。疑うことを止めるな」

背中に鋭い声が刺さる。振り向けば、彗星は高そうなボトムが汚れることも気にせず片膝をついて上亮と目線を合わせていた。

ドローンは依然、彗星のための灯りを務めている。漂白された光が真下に降り注ぐ。夕暮警察署の刑事の頬を照らす。

呼吸の度に喉を通る空気と同じだ。皆、熱がない。

「一度でも自分を騙したら頭は都合の悪い情報を消してしまう。それも無意識に」

「分かっているよ」

研修で散々聞かされている。正常性バイアス。自分を脅かす都合の悪いものを直視しないことで心の安定を図ろうとする心理現象だ。

「……………」

上亮は息を殺してモニュメントと対峙した。

時間を止めたような静寂が辺りを包む。

「違和感はあるか？」

少しだけ時間をおいて、上亮は「何も」と答えた。

はっきり告げたはずだったが、彗星は質問を繰り返した。

「本当にないのか？」

「ないつってんだろ」

ぎ澄ませる。

背に彗星の視線を感じる。見ずともわかる。火事場の奇人は双眸を内側から光らせている。それは見えない、そしてそれは名前のついていない波に変わり、上亮の五感を研ぎ澄まさせる。

暗示をかけるように、彗星はもう一度尋ねた。

「何かがおかしいとは思わないか？」

瞬間、上亮は眦を決した。

アポロキャップのつばを後ろに回す。モニュメントに極限まで近づく。口付けしそうな距離だ。

「上亮？」

「黙ってろ」

どっちが奇人なのかと言われかねない仕草だが、構ってなどいられない。

気づいたのだ。この飛行機はおかしい。

すん、と鼻を鳴らす。上亮はうわごとのように呟いた。

「……煤の匂いがする」

彗星が上亮の側ににじり寄った。

「本当か？」

「間違いない。目じゃ見えないし、すっげぇ微かにだけど……確かにする」

「本当に？」

煤の正体は物質が燃えた際に生じる軽粒子だ。大きさはナノミリで表現する。煙突の中のように塊になってくっついているならばともかく、薄くつく程度では肉眼では捉えきれない。

「一般的な波長の光では無理だ、上亮」

「それは？」

彗星の右手には見覚えのないライトが収まっている。もう片方にはプラスチック製のゴーグルだ。ツルを中指と薬指で挟んでいた。

「ＡＬＳ。Amyotrophic Lateral Sclerosisではなく、Alternative Light Sourcesだ。略称では混同してしまうが、正式名称を使えば事故もないだろう？」

同意を求められる。正直どちらもさっぱりだ。己の最終学歴は高校である。加えて言えば英語は大の苦手だった。

彗星はさらりと解説した。

「日本語に訳するならば代替光源発生機。特殊光源機器でも良い。要は物質が外部のエネルギーを受けて発光する働きを利用するライトだ。白色光下では捉えられない痕跡も、これなら浮かび上がらせることができる。テレビで指紋を緑色光で照らしている場面を見たことがないか？　煤の場合は波長の長い赤色光を使うことになるが」

「イメージはついたけど……、それって普通鑑識が使うもんだよな？　なんでお前が持ってるんだ？」

財布にブラックカードが入っている男のことだ、「買った」と言う答えが一番ありえる。

ところが意外にも、彗星の返事は「貰った」であった。

「鑑識用のサーバの増設を手伝った謝礼だ」

「そんなことまでしているのか、お前」

「本来であれば僕の仕事ではない。署内のマシンメンテナンスは行政職員が対応すべきなんだ、上亮。絶望的なまでに自分の仕事をしない夕暮署の担当の失態だ」

ただでさえ非難がましく刺々しい口ぶりなのに、こうも感情を載せられると、他人の話と聞き流すことも叶わない。

その原因は件の行政職員が「仕事ができない」のではなく、「仕事をしない」というあたりに潜んでいる気がしたが、上亮は黙っていた。今は本筋ではない。

彗星は眼鏡を外し、安っぽいプラスチックのゴーグルをつけ直す。赤い光がゆっくりと動き、巨大な紙飛行機を照らしていく。

夕暮警察署の刑事は、慎重に告げた。

「左翼の裏から尾端、本物の旅客機であればAPUがあるあたりにかけて……粉状の何かがついている」

「おい、それって！」

頭の片隅に追いやっていた通報内容が蘇る。

紙飛行機のモニュメントは炎に晒されていた。具体的には、地面から浮き上がった左翼部分が、である。

興奮を隠さずにまくし立てれば、彗星も頷く。

「成分を分析して確認する必要はあるが、本物の煤であるならば……通報内容とモニュメントの状態は完全に一致する」

事実と異なるものは、一つだけ。ＨＢカレー工場の証言だ。

「ったく」

上亮は忌々しげに背後を睨みつけた。

「何も燃えてねぇって言ったじゃねぇかよ」

その奥にある無機質な工場は変わらず、冬枯れの木立の隙間から目を穿つような光を発していた。


頬を軽く撫でていた風が止む。広場を囲う木々のざわめきも失せ、如月の夜の底には重い空気が留まる。

おかげで彗星の不満はいつもより一層耳に刺さった。

「先に断言しておくが、僕はこういうアプローチが大嫌いだ」

「しょうがねぇだろ。何が何だかさっぱりなんだから」

負けじと上亮は言い返した。

頭に血がのぼると声は無自覚に大きくなる。彗星の眼差しは煩わしさを隠そうとしないが、こちらも同様に騒音を気に病むつもりはない。

一刻を争う火災現場において、「何を言っているのか聞こえない」はNGだ。小さな声で楚々と喋る上品な物腰など無用の長物である。育ちの良さでは火は消えない。

「HBカレー工場が俺たちに火事を隠した理由を探して何が悪いんだよ？」

「両者の繋がりはまだ立証されていない。上亮、君は見聞きした事を安易に繋げて考える傾向がある。もう少し気を長く持ったらどうだ？」

「言ってろよ。お前に付き合ってたらミイラ坊主待った無しだ」

彗星と直に付き合う人間は、彗星のことを〝火事場の奇人〟よりも〝現場地蔵〟と呼ぶことが多い。冷血な言動よりもっと迷惑な一面を持っているからだ。

穂村彗星は火事の原因を解明するまで現場から一歩も離れない。

常人であれば眠気か食欲に屈するが、彗星の場合は類稀な集中力を発揮することでそれらを事件解決まで「ない」ように扱うことができるのだ。

上亮は心のどこかでまだ「こいつはT－８００の親戚なのでは？」と疑っている。知識量や洞察力もさることながら、目の前の男は、見た目からは全く想像のつかない粘り強さを発揮するからだ。

「お前も便所は行くんだよな？」と口に出して聞いた所、返事どころか向こう数十分の会話を拒否されたのは、そう遠くない過去のことだった。

「いつものペースじゃ間に合わないんだよ。今夜中にケリをつけたいんだ」

今まで彗星に助けられてきたことは紛れも無い事実だ。己の立場や消防法を蔑ろにする気はないが、もう何でも一人でやるとは思っていない。

少なくとも、このヒコーキ山で一番真実を求めているのは彗星だ。来る時はああ言ったが、力を貸して欲しいと思っている。

彗星の周りにいる人間の協力も然りだ。

「らしくなくてもいいじゃねぇか。できる限りの事をしようぜ」

電話一本で済むのであれば尚更である。

「HBカレー社についての情報を集めないといけない、だろ？　俺はカレーの味しか知らないし、お前はカレーの味すら知らないんだから」

「潔く人に聞くべきだ」と念押しすれば、彗星は薄い唇を結んだ。言葉も、頷きもなかったが肯定はしているのだろう。

彗星が厚みのあるコートのポケットからスマートフォンを取り出す。

ボタンを長押しし、エージェントアプリを立ち上げる。人工音声の問いに手短に答えれば、スピーカーモードにした端末がコール音を繰り返す。終わりが見えない。

「……着拒されてるとかないよな？」

「だとしたらとっくに切れているか案内音が流れるはずだ」

今こそ鉞《まさかり》を振り下ろすような口調で「そこまで破綻した間柄ではない」と切り捨てて欲しいが、日ごろの彗星の行いを思えば過ぎた願いだ。

上亮には容易に像を結ぶ事ができる。

呼び出し先の相手は間違いなく電話に気づいている。ディスプレイに不吉な名前が浮かんでいるのだ。覚悟を固めなければ出られるわけがない。応答ボタンを押そうか押すまいか迷ってくれる分、ありがたいと思わなくてはならなかった。

左腕の時計を確認する。針は丁度、消火隊が仮眠の交代をしている時間を指していた。もう警察署ではなく自宅にいる可能性だって十分ある。

どんな部屋に住んでいるのか、頭が勝手に想像を巡らせようとする。忙しさのあまり、手入れもできていなさそうだ。洗濯物も室内に干しっぱなしだろう。

（って、まずいだろ）

これ以上は危険だ。上亮がかぶりを振った。タイミングよく、安っぽいメロディも途切れる。

「もしもし？」

電話の相手はピンと張った糸を思わせる声をしていた。掠れ知らずで、よく通る。キイキイと煩い訳ではないので、糸よりは縄と称した方が良いのかもしれない。

ここに通話相手を表現する要素として「踵の高いパンプス」や「うねり知らずの長い髪」を足していくと、謹厳実直な刑事とは違うものが出来上がってしまうのだから不思議だ。

上亮と彗星は相談相手を議論の余地なく選んだ。シニカルな物言いが目立つ人ではあるが、なんだかんだで話を聞いてくれるはずだと踏んだのである。

後はこちらの出方次第。

そう思っていた矢先のことだった。

「杏奈。僕だ」

「……」

彗星はいけしゃあしゃあと先輩の名前を呼び捨てた。

(阿呆。彼女じゃねぇんだぞ)

糸魚川だけではない。彗星は「長く付き合う」と見込んだ相手を確認なく呼び捨てにする。どんな役職についていようとお構いなしだ。上司の松山でさえ「大河」と軽々しく呼びつける。

曰く、その方がグローバルスタンダードだから。

パスポートを持っていない上亮からすれば一ミリも共感できない感覚だ。加えて言えば、彗星がどんなに真っ当めいた口ぶりで嘯こうとここは日本である。

目上の人間相手に、それも頼み事がある時ならば、もっとふさわしい言葉遣いがある。TPOって言葉知っているか？　と聞いてやりたくなるが彗星のことだ、淀みなく何の略であるかを答えるだろう。

電話をかける前、上亮は彗星に話に参加することを止められていた。「君は説明が下手だから」という失礼極まりない理由のためだったが、出鼻から大ゴケした男には任せられない。

「何の用？　誰が一緒にいるの？」という糸魚川の問いに、上亮は口を開いて名乗りかける。

彗星の手のひらがそれを封じた。

「順番を前後させて回答しよう、杏奈。僕は一人だ。君に調べて欲しいことがあって電話をした。今朝、夕暮消防署にいたずら通報があったが、僕は本当に放火があった可能性を疑っている。立証するから手伝って欲しい」

「馬鹿じゃないの？」

早速、糸魚川の口癖が飛び出した。

馬と鹿の間に促音が入る勢いのものだ。

「いたずら通報って、消防すら回れ右して帰る奴じゃない。なんで刑事のあんたが首突っ込んでんのよ？　被害届もないのに勝手に動くんじゃないわよ！」

清々しいほどの正論である。思わず上亮も頷いてしまう。一瞬、彗星の目がHBカレー工場を訪れた時と同じ非難がましい色を見せた。

気を取り直すように鼈甲のフレームを押し上げる。糸魚川の剣幕も気にかけず、彗星は淡々と続けた。

「ALSを使ってみたら、煤と思しき付着物が見つかったんだ。一方で現場近くにあるHBカレー工場はこちらの捜査を攪乱させるような嘘の証言をしている。事情があるのか知りたい」

「警察《うち》の仕事とは思えないし、あたしは久しぶりに早く帰りたい」

上亮は改めて時計を見た。

糸魚川の不満げな反応から察するにこれから帰るところだったのだろう。もう家にいるかもしれない時間は、職場にいると切なくなる時間と同義だ。電話を取るのが遅かったのも頷ける。

「あんたと違ってあたしは放火事件に人生かけてる訳じゃないのよ。先輩動かしたいんだったらそれなりの理由を持って来なさい」

これは駄目だ。上亮は吐息交じりに天を見上げた。

糸魚川は電話の相手が火事場の奇人とわかった上で聞いている。

彗星は放火の気配があれば勝手に現場に現れる男だ。頭の中は火災現場の見分でいっぱいで、「誰かが火をつけたかもしれない」以外に動く理由なんていらない。「他の理由を出せ」と強請ったところで出てくるはずがないのだ。

「と、いう訳で今日はこれで失礼するわ」

十中八九、糸魚川は電話の向こう側で勝ち誇った顔をしている。目を細め、不敵に微笑み、後輩の沈黙を楽しんでいるはずだ。

上亮は短く息を吸った。今度こそスマートフォンに向かって声を発するつもりだった。またしても彗星に阻まれる。眼前にあるのは手のひらではなく、節の目立たない人差し指だ。

一分待て、ということなのだろう。

「もう一度断っておくが、僕は今一人だ」

「何その前振り？」

薄いスマートフォンの中で糸魚川はクスクスと笑う。

彗星はもう一度眼鏡の位置を変える。

そうして再び、先輩の名前を呼んだ。

さっきよりもずっと甘ったるげに。

「杏奈」

上亮の口の奥、喉の真上のあたりからくぐもった音が漏れた。せり上がって来た空気を押し戻したためだ。もれなく彗星に睨まれたが、これでもベストを尽くした方である。本当は背を丸めてむせたかった。

(なんだよその声！　その顔！)

もともと演技がかった素ぶりを見せる男だ。ただ、今までとは明らかにジャンルが違う。

シェークスピアのお堅い舞台から、ハーレクインを原作とするミュージカル映画に切り替えている。このまま切ない雨でも降り出せば、最高のワンシーンになるだろう。真上の空は晴れているが、彗星渾身のおねだりに世界の方が合わせて来そうだ。

「気持ち悪《わり》ぃ……」

聞いているだけで体のあちこちが痒くなる。

脇にいる上亮でさえ身悶える衝動なのだ。

根は照れ屋な先輩など、相手ではない。

名前を呼ばれた瞬間、糸魚川はビルの上から突き落とされたような悲鳴をあげた。それからひたすらに彗星を罵る。「二度とやるなって言ったでしょ！」と叫ぶあたり、どうやら初犯ではないらしい。

「杏奈。僕のことは苗字で呼んでほしくないと何度も言っている」

「だからやめてってば！」

似非王子、スケコマシ、結婚詐欺師と、次々にあだ名が飛び出す。

落ち着くにはもう少し時間がかかりそうだ。

彗星はスマートフォンのマイクをミュートにした。

「なあ、お前もしかしてこれ、チーム全員にやっているのか？」

「〝これ〟とは？」

「下の名前で呼べって奴だよ」

「君の認識の通りだ。全員に言っている」

上亮は糸魚川に心底同情した。

どれだけ彗星の見た目が整っていようと、こちらが心許していない時から呼称について迫られるのは決して心地よいものではない。もはや嫌がらせだ。

電話をかける前は散々渋っていたくせに、彗星は開き直っている。容赦なく糸魚川を追い込んだ。

「お願いだ。君だけが頼りなんだ。杏奈にしか頼めない」

シュガーコーティングされた落雁のような殺し文句だ。

「わかった！　わかったから！」

とうとう糸魚川が折れた。これ以上聞いてはいられないということだろう。

「終電超えたら許さないわよ」

捨て台詞と通話が切れ、無機質な音が残る。

上亮は恐る恐る聞いた。

「本当に大丈夫なのかよ？」

「彼女は僕の次にタフだ」

彗星の返事は不安になる程あっさりとしていた。


糸魚川にＨＢカレー工場の動向を調べてもらう間もやるべきことは沢山ある。

上亮と彗星はＡＬＳを用いてモニュメントに付着していた煤が他の場所にも付いていないか探していた。

「見えるか？」

「いいや。見当たらねぇな」

今度は上亮がプラスチックゴーグルを着用している。パターショットのコースを見極めるような姿勢で乾いた芝を見て回るが、新たな情報は一向に見つからない。

煙なんてものは、風向き一つでどこへでも行ってしまう。開けた場所では尚更だ。

どれだけ時間をかけて調査しても、手には何も残らない。時間だけが過ぎていく。

上亮はもどかしさを吐き出した。

「何が燃えたのかすらわからねぇ煤、か」

十年間消防士として働いてきたが、そんなものは見たことはおろか聞いたことすらない。

焦りのせいで頭はどんどん鈍くなる。

上亮は立ち上がり、アポロキャップを外して短い髪を掻きあげた。

「落ち着け。落ち着かねぇと……」

呪文のように繰り返す。

続きは彗星が補った。

「君の後輩が辞表を提出する」

上亮は帽子のつばを上下させる。

「随分と親身なんだな」

劇場モードが抜けた彗星は、ほとんど表情を変えない。口だけを小さく動かして言葉を紡ぐ。最小限の動作で生み出される音だ。上亮には、文字通りの心情しかこもっていないように聞こえた。

上亮は彗星の方を向くことなく、「まあな」と短く肯んじた。

「向こうが新人の頃から一緒にいるっていうのもあるけど、芦谷は仲間だ。あいつに命を預けていた」

ポンプ車の水圧調整を行うのも機関員の仕事だ。火災現場で握るホースを辿れば必ず芦谷がいた。芦谷が操作を誤れば上亮の体など、簡単に吹っ飛んでしまう。今、五体満足で生きているのは芦谷の仕事のお陰でもある。

上亮は歯噛みして呻いた。

「こんな事で失いたくない」

脳裏に今朝の芦谷の姿がよぎる。表情はますます険しくなる。

「……」

彗星は、何も答えなかった。

「そうか」の一言くらいあっても良いものだが、作り出すのは奇妙なほどに長い沈黙だ。整った顔の男は何故かまっすぐこちらを見つめてくる。寝癖の名残からブーツの汚れまで、全てを見透かされそうな遠慮のないものだ。

「……なんだよ」

少し不安になる。そして、本能的に抗いたくなる。上亮は彗星としばし視線をぶつけ合った。

「上亮」

しじまが破られる。

「彼はどんな男だ？」

彗星の言葉を理解するのに、上亮はしばしの時間を要した。

「彼って、芦谷か？」と聞き返せば、彗星はわかりきったことを聞くなとばかりに頷いた。それから芦谷のフルネームや年齢について矢継ぎ早に尋ねる。

「どういう風の吹き回しだよ」

彗星の口から火事以外の話題が飛んでくるなんて。

明日は雨どころか雪、下手すれば吹雪である。

「いいから答えてくれ」

狐につままれた感じが拭えないが、上亮は言われた通りに答えを重ねていく。最後に、「彼の人となりは？」と尋ねられ、軽く唸った。

「あいつは……」

それなりに言葉を選んだつもりだったが、気のおけない間柄らしい評価しか出てこなかった。

「格好つけだな。消防士の肩書きを使って合コンにうつつを抜かすちゃらんぽらんでもある」

嫌いな言葉は努力と根性で、これを外せば機関員を名乗るタイミングが一年遅れるという大事な技術研修会前日もお構い無しに遊んでいた。いっそ落第して鼻っ柱を折られてほしいと祈った者も少なくなかったが、芦谷は見事にトップの成績で合格を決めた。

「地頭がいいからさ、勉強しなくてもテストができるんだよ。そういうところは平とは真逆だ」

「平？」

「うちの新人。芦谷が自称・天才なら平は他称・秀才だな」

「学生時代からコツコツやるのが好きだったんです」と話す平は日・中・英のトライリンガルだ。日常会話であれば問題なくこなせる。

市内の外国語話者は増加の一途をたどっている。母国語の違う通報があっても、平がいれば現場の救急士だけで対応が可能だ。

当然、平の注目度は採用試験の初期段階からぶっちぎりで、千曲は平を獲得した時、「そりゃもう、あらゆる手を使ったわ」と息巻いていた。

「二人はどういう関係なんだ？」

「どうって、芦谷が一方的に惚れてるだけだよ。平が来てから芦谷の色ボケに拍車がかかったのは事実だ。髪もパーマだツーブロだって遊び始めるし、平に向かって来年には特操（※特別操作機関員。はしご車など大型車両を運転することができる）に合格するとか宣言するしな」

トドメが今回の一件である。

意地悪な同期に言われるまでもない。全て芦谷の恋の空回りだ。

ミーティングルームで辞表だなんて騒がなければ、上亮だって調査に乗り出したりなどしない。

「それが……君の見えている騒動の全容か？」

「そーだよ」

上亮は乱暴に会話を切り上げた。お喋りに使っている時間なんてないはずである。彗星に背を向け、ＨＢカレー工場に続く藪をライトで照らしていく。

途中、片足分ほどの幅の小道を見つけた。

獣道にしては幅が広すぎる。広場を使っている人間かそれともＨＢカレー工場の関係者か、どちらかが笹を踏みつけて作ったのだろう。

中木屋の「日が昇ってから」という忠告を忘れたわけではない。慎重にと己に言い聞かせながら藪の中に踏み込む。目ではなくブーツから伝わってくる感触で安全を確かめた。

「うん？」

十数歩歩いた所で、己がたてたものではない葉擦れの音がした。振り向けば、彗星がこちらに向かって来ようとしている。

「ついて来なくていいって」

「話はまだ終わっていない」

彗星の態度は頑なだ。これには上亮も気圧された。

彗星は、集中すると周りが見えなくなるタチだ。足元も見えない藪の中だというのに、広場を進むのと全く変わらない足取りでこちらに近づいてくる。上亮は職業柄、注意したくてたまらなかったのだが、ぐっとこらえて黙った。

半歩ほど間をあけて対峙する。

彗星は上亮の反応お構い無しに話し出した。

「上亮、僕は人の心というものを信用していない」

「知っているよ」と言い返したくなる。言動も特性も、機械と呼んだ方がしっくりくる男だ。今までも散々公言していることでもある。

「もう少し表現を変えるのであれば、僕はこう銘肝《めいかん》している。人の心のように不安定なものを頼りにしてはならない。心を土台にして理論を積み上げれば、必ずどこかで失敗する」

「回りくどいな。何が言いたいんだよ。穂村」

苗字は誰もが知っている彗星のNGワードだ。それを聞こえるように言ってやったつもりだ。

だが、彗星は言い返すそぶりすら見せない。瞳の色を深くするだけである。

「君は一度止まるべきだ」

呼応するように、暗闇を流れる風が止んだ。

「芦谷直樹の心の全てが見えていると思い込んではいけない。彼の心は、彼に聞かなければわからない」

重いと感じている己の内心を察して、すぐさま言い直した。彗星は真剣なのだ。

上亮は口をぽかんと開けた。反論は、出てこなかった。

「何だその顔は？　僕はおかしなことを言っているか？」

「……いや。真っ当だと思うぜ」

しどろもどろに同意するので精一杯だ。

内心、呆気にとられる。

(こいつが？)

上亮の知っている夕暮警察署のエース刑事は一つのドクトリンしか持っていない。

全てを一人でやりきることだ。

そして彗星の場合、己の理想を実現する術を持っている。

後輩の秩父が〝情報系〟ともて囃す通り、機械工学に明るい彗星は自分でできないことを何でもプログラムにやらせてしまう。なまじ結果を出してしまうものだから、やめろと切って捨てることもかなわない。

そんな男が、他者に関してここまで語るとは。いつの間にかヒコーキ山の狸と入れ替わっていたと言われても信じてしまう。

「なあ」

上亮は彗星を急いで呼び止めた。

「もしも、の話だけどさ。俺が芦谷に連絡してあいつが今、辞表を撤回したら……お前は帰るか？」

彗星は瞬き一つの間すら許さない。

小気味好いほどの即答を寄越す。

「愚問だな。残るに決まっているだろう」

本来は呆れ交じりに説得すべき場面だ。だが上亮は心の底から安心した。

火事場の奇人はこうでなくては。

彗星は絶対に諦めない。紙飛行機に付着した煤の謎を解くまで、決して山を下りないだろう。

（……俺と米さんと二人がかりだったら、あいつの手綱も握れてたのかね）

これもまた実現し得ない仮定の話だ。そもそも行き先がヒコーキ山の時点で頼れる先輩の不在は確定している。

上亮は暗闇の中ボソリと呟いた。

「幽霊なんか出るわけないのに」

米津の結婚式を思い返す。米津より二歳年下の嫁は、小動物を思わせる瞳をした市役所職員だ。披露宴のクラッカーの音に驚いて涙目になりながら写真に応えていた。

米津がヒコーキ山に行くと言った時も、きっと不安で倒れかけたのだろう。消え入りそうな声で「行かないで欲しい」と懇願したはずである。

「後輩と嫁、どっちをとるんですか？　と火種を広げるわけにもいかな……」

独り言は、勢いをどんどん削られ、やがて消える。

「……おい、なんか感じないか？」

彗星はまだ気づいていない。「何がだ？」と首をわずかにかしげる。ＨＢカレー工場の光を受けて、眼鏡のレンズが反射した。

頰に冷たい空気があたる。紙飛行機のモニュメントから上亮たちのいる林に向かって風が再び流れ出した。

言葉が、自らの意思とは別の力を受けて出てくる。

「変な匂いが……する」

煤ではない。煤だったらすぐにわかる。入隊してから訓練を含め、何十回と嗅いできた匂いだ。これはもっと鼻につく。

そこはかとなく甘くて、でも奥の方にどこか棘がある。喉の奥にへばりつくのだ。長く嗅げば、吐き気すら催す。

（まさか……）

ぷすぷすと噴き出しながら米津が話してくれた怪談が蘇る。

ヒコーキ山……夕暮市役所に保管されている登記名義では首折山には、かつて老爺が一人住んでいた。麓の住民との交流を断ち、家畜と共に古井戸の水を頼りにして引きこもるように生活していたという。

結果、井戸に落ちてしまっても誰にも助けてもらえず、飢えと痛みに苦しみ抜いて死んだのだ。亡骸は暫くは野山に晒され、鼻がもげるような匂いが山から流れてきた。

信じるつもりのなかった単語が体の中をぐるぐると回る。上亮は無意識の内にかがみ、藪の中に身を隠した。ようやく彗星も異変に気づいたのだろう、こちらは立ったままスマートフォンを望遠鏡がわりにして広場の様子を捉えようとする。

「嘘だろ……」

生い茂る草の中から目を凝らした上亮は驚愕した。

藪の先、広場の端、紙飛行機のモニュメント。その翼の中にいたのは、寝間着姿の幽霊ではない。

――黒々とした熊だった。


日本に熊は二種類しかいない。しかもブラキストン線ではっきりと分布が分かれている。

本州で出会う熊といえばツキノワグマだ。胸の辺りに白い三日月型の模様が浮かぶため、この様に呼ばれている。体長は人間とほとんど同じ一一〇センチから一八〇センチ、体重は重くて一〇〇キロ前後まで成長する。

体の大きさからは想像出来ないが、熊は冬眠する生き物でもある。

呼吸や心拍数を落とすことで餌が捕れない時期を乗り越える。

ただ、あまねく熊がスムーズに冬ごもりをしてくれるか、というとそうではない。秋の内に十分な餌にありつけなかった熊は冬眠するためのエネルギーを欠いている。仕方がないので冬山をうろつき餌を探すのだ。当然、腹を空かせている。

最も有名な冬の熊害といえば三毛別《さんけべつ》羆《ひぐま》事件だろう。「穴持たず」と呼ばれた約二・七メートルのヒグマは、ふた晩で七人もの人間を引き裂いて殺した。北海道の自然の厳しさが直に伝わってくる数字である。

だが、肝心なことを忘れてはいけない。

ここは北海道ではない。東京都だ。

上亮は頭を抱えた。

「いるなんて聞いたことねぇぞ……！」

彗星は服の袖を摑んで藪の中に引っ張り込んである。こちらは上亮と異なり、本州最強の動物との遭遇にもまるで動じていなかった。

「奥多摩であれば度々目撃情報がある。神奈川なら丹沢や箱根だ。関東では気温が零度を割ることも少ないからな。そもそも冬眠するかも怪しいものだ」

「そんな解説いらねぇよ」

上亮は彗星の体を揺さぶりながら責め立てる。もちろん、声の芯を抜いていた。

熊と遭遇した時、もっとも避けるべき反応は熊を刺激することである。もともと熊は臆病な生き物で、人の味を覚えない限り、人間を見たら先に逃げ出す。

大声をあげたり、何かを投げる様な動きを見せるのは逆効果だ。一度熊が戦う気を起こせば、素手の人間に勝ち目などない。

上亮はアポロキャップごと頭をそうっとあげた。熊はまだ大海の様に茂る笹の向こうにいる。わずかに見える背の動きから、紙飛行機のモニュメントを嗅ぎ回っていることが読み取れる。

「随分慌てているな」

「そりゃそうだろ。熊だぞ、熊。お前何でそんなクールキャラに徹していられるんだよ。煽ってんのか？」

「君を怒らせて何になるというんだ。確かにあれは熊に見えるものだが、まだ熊であるとは決まっていない。確認が取れないものを過度に恐れる必要はないだろう」

言うやいなや彗星はすっくと立ち上がった。上亮の制止も無視して笹の中を進んでいく。

その背には、一切の迷いがない。

何か確信を抱いている様でもある。

（熊があいつに飛びかかったら割って入るしかない）

野生動物よりも早く動ける自信はないが、目の前で怪我人が出るのを見過ごしただなんてそれこそ消防署勤めの名折れである。

そう、上亮が臍《ほぞ》を固めた時だった。彗星のスニーカーが不吉な音を立てた。何かに集中すると周りが見えなくなる節のある男だ。当然、反応も遅れる。

「危ねぇ！」

上亮は藪から飛び出し、夢中で手を伸ばした。今度は彗星の二の腕を掴む。上腕二頭筋をうならせ、己の方へと引き寄せる。

「うわっ」

あっという間に視界が空に切り替わる。彗星の体との間に出来上がっていた絶妙な均衡が崩れたのだ。転ぶ側と起きる側が入れ替わる。踏ん張りを利かせようにも足がもつれた。

咄嗟に頭を抱える。受け身としてはこれが精一杯だった。

沼のある山だ。棚田のような地形が多くあるはずなのだが、よほどハズレを引いたのだろう。上亮の体は昔話のおにぎりのようにコロコロと転げる。

止まった頃には、口は大地と三度目の接吻を終えていた。

「だっせぇの……」

悪態とともに体を起こす。

力が一番抜けている時に地面に激突したのだろう。骨も筋肉も概ね無事だ。あちこちぶつけはしたが、致命的なものはなさそうである。

「無事か？」

「おかげさまでな」

上亮は素早く「下りようとするな。俺が上がる」と付け足した。彗星は素直にその場に留まった。

「山を舐めるなと言っていた君が、だな」

「これで済んでラッキーな方だよ」

誇張はない。山の高い低いにかかわらず、滑落事故の救助は難しい。下手を打てば助けに来た者まで一緒に動けなくなってしまう。

もう一つ幸運だったのは、帰り道がわからなくなるような場所まで落ちなかったことである。

工場や市のイベント会場として使われているヒコーキ山であっても、事故は起きる。その原因の多くは道迷いだ。

山の景色は意識して見ていない限り、ほとんど変わらない。電波の届く低い山だから、と大して下調べもせずに山に入り獣道や林業の作業途中で作られた小径に迷い込んでしまう。

「正規ルートっぽくないなぁ」と首を傾げていると、あっという間に戻れなくなってしまうのだ。

「消防団と一緒に登山客を探しに来たこともあるぜ。登山はずっとブームが続いているからな、穴場の低山で慣らしてみようって思う奴も多いんだろ」

実際は人が滅多に通らない低山の道の方が整備が遅れていて、危険な場所も多い。上亮はいくつか例を諳《そら》んじた。

「経験に裏打ちされた感覚か」

「そうだよ。センスなんてもんは日々の積み重ねであっという間に霞んじまう。継続は力なりってな」

声はもう元の大きさに戻している。あれだけでかい悲鳴をあげたのだ、人よりも優れた耳を持つ熊が気づいていないわけがない。

襲ってこなかったという事は大方、頂上の方へ逃げていったのだろう。

「違うぞ、上亮」

鋭い否定が飛ぶ。

「あれは熊に見えるものだ」

「だから熊だろ」

「〝熊〟と〝熊に見えるもの〟は別物だ。ちゃんと言葉を使い分けているのだから順応してくれ」

喧嘩を売られているとしか思えない言い草だが、やり返すと長くなる。上亮はアポロキャップの汚れを払いながら確認した。

「つまり、お前は俺が見たものを疑えって言っているんだな？」

「その通りだ。やっと話が通じたようで嬉しい」

微塵も喜びが伝わってこない語調だ。上亮は忌々しく舌を打つ。

彗星は瞬き一つせずに続けた。

「あれは本物の熊ではない」


林から漏れるHBカレー工場の光さえなければすぐに気づけた。そんな弁明じみた感想が上亮の胸をさっとよぎった。疲れが先ほど打ち付けた傷の痛みに拍車をかける。ほとんど無意識に呟いてしまう。

「映像……」

「厳密ではないな」

早速、彗星の用語訂正が入った。

「これはプロジェクションマッピングだ、上亮」

映像を投射する技術は昔からある。映画がその代表格だ。ただ、プロジェクションマッピングの場合、平面ではなく、凹凸のある対象物に像を映し出す。

「近年は廉価版の編集ソフトが出回っている。ビギナーでも手を出しやすい。比例してクオリティの低いものも多い。例えばこの熊のように」

彗星の言う通り、近くで見ると熊の足が紙飛行機からはみ出てしまっている。上亮は叫び出したい衝動になんとか蓋をした。

頭の一部だけが他人事だ。「藪越しに頭だけを見て本物だと判断していなければ、こんな痛くて恥ずかしい思いをせずに済んだのに」と詰《なじ》ってきた。

彗星が見つけたプロジェクターは三台。いずれも小型サーバとバッテリーが連結されていて、長期間の運用が可能になっているものだった。彗星の見立てでは特定の時間が来たら勝手に動き出すようになっていた。

冬のヒコーキ山の広場には滅多に人がやってこない。持ち主もそれを知っていて電子機器でも気兼ねなく置いていったのだろう。

「後は誰が……、って問題だけだな」

「サーバがインターネット越しに何かしているようであればすぐにわかると思うが……」

彗星の薄い色をした瞳が動く。

「解析する前に向こうから来てくれたようだ」

顎の向きに目をやる。広場の入り口にオレンジがかった明かりがある。

「あぁ～、触らないでくださ～い!!」

少女と呼んでも構わない、若い女の声だ。明かりと共に近づいてくる。足を一生懸命動かしている割に、全く前へ進まない走り方である。

体の軸もブレブレで、今にも転んでしまいそうだ。頭に顔を一回り小さくしたようなお団子が載っているのも、危なっかしげな印象を抱く一因となっていた。

「それ、私の作品です」

「作品?」

聞き返すが答えはすぐには返ってこない。少女はポンチョの中で上がってしまった息を整えている。代わりに彗星が答えた。

「東京造形大学」

指差す先には少女が肩から下げているトートバッグがある。幾何学模様の徽章は間違いなく八王子にある芸術大学のものだ。

「はい。五十鈴《いすず》りくって言います。映像科の三年生です」

ゼミの課題だという。街中の建物にプロジェクションマッピングを施し、録画する。

「何度か撮影して、一番良い奴を出そうと思っていたんですけど、毎日セットアップするのが面倒くさくなっちゃって……。誰も見つけないだろうと思って、週末から置いていっていたんです。本当にすみません！」

彗星の正体を知ったりくはペコペコと謝る。頭を下げる度に団子頭がはらはらとほつれた。

「まあ、いいけどさ……」

上亮はじくじくと痛む肩を押さえつつ応えた。己の早とちりを無視してあれこれ文句を言うなんて格好悪いことはしなかった。

「なあ、こういう機械って炎が出ているように見せることもできるのか？」

何気なく聞けば、〝情報系〟の刑事から打てば響くような答えが返ってくる。

「やり方次第だが、近づけることはできる」

プロジェクションマッピングの投影先は建物に限定されているわけではない。水を霧状にしてスクリーンがわりにすることもできる。テーマパークではよくある手法だ。

「この子を疑うわけじゃないけどさ、もし誰かがプロジェクションマッピングを使って炎を見せて、煙を発生させたら……？」

「火事が起きたように見せることもできるだろうな。煤も首尾よく付着する」

「駄目ですよ！　そんなことしちゃ！」

途端にりくが声を荒らげた。一回り年上の大人相手に肝の据わった反応だ。

「これ夕暮市出身の芸術家、野井萬次郎《のいまんじろう》先生のアートモニュメントなんですよ!?　雨粒以外のものをつけちゃ駄目ですって！」

言外に「映像の光はセーフ」と開き直っている。上亮が「そんなに有名だったのか？あのオッサン」と尋ねれば、りくはぶんぶんと短い腕を振って力説した。

「野井萬次郎先生は映像、演劇、彫刻、書道と多岐に渡って活躍する偉大な芸術家ですよ！　特にこの〝片隅の翼〟は評価が高くて、再来週には現代美術の企画展での巡業が決まっているんです。三年前には映画にも起用されましたし、無料常設されているだけでも感謝しないと！」

美術というものに対して縁もゆかりもないので全くピンとこない。ただ、りくの入れ込み方から察するに、このモニュメントは己が思っている以上に貴重なものであるようだ。

酔っ払いどもが紙飛行機をひっくり返した時、野井が烈火の如く怒ったのにも今なら納得できる。

りくの言っていた〝映画〟という単語にも、上亮は覚えがあった。一時的ではあるが、署内にポスターが貼ってあったのだ。

〝片隅の翼〟に座っていた幽霊の女の子と男子高校生が恋に落ちる青春映画だ。ミニシアター系の短期上映作である。全国区の映画ではないとはいえ、聖地は聖地。一時期夕暮市には出演していたアイドルの追っかけが出没していた。

「その時にもあったぞ、ヒコーキ山の滑落事故」

補足したつもりだったが、彗星の返事はない。

自分の問題のように考えてくれるのはありがたいのだが、こう没頭されてしまうとなんだか癪だ。一人だけ置いてけぼりにされた気分になる。

一方でりくは彗星とは違うマイペースを貫こうとしていた。

「さて。私はカメラを回収して帰ります。遅くなると家族が心配しますし」

花丸をあげたくなるような優等生な台詞だ。しかし、聞き捨てならない。

「撮っていたのか⁉」

「そういう課題ですから」

プロジェクションマッピングを流すだけではなく、その上映の様子を記録して提出する。りくはヒコーキ山の林にプロジェクターだけでなく、定点カメラも置き去りにしていた。プロジェクター同様、指定した時間だけ起動するよう設定していたのだという。

起動時間は夜間に三回。二十二時と日付を越えた二時、そして四時だ。

「今朝のモニュメントの様子も撮れているんだな？」

「ええ。先週置いていった時は問題なく動いてましたし、大丈夫だと思います」

「だとすれば話は早い！」

上亮は破顔して拳を鳴らした。

三人は木蓮の木の下へと歩いていった。春を待つ花芽の影は皆上を向いている。その他にも目印として用意していたのだろう、枝の一つにビニールテープが巻かれていた。

「ええ〜っと、確かここら辺に……あれ？　あれぇ〜？」

草をかき分ける音と甲高い声が混ざりきらずに重なり合う。りくは藪の中に手を突っ込んでカメラの気配を探した。目を離すと先ほどの己同様、窪みに転げていってしまいそうだった。

「見つからないのか？」

りくは青い顔で一度頷く。

「どうしよう、盗まれちゃったのかな。ゼミの借り物なのに……」

市民のために働く者ならば、慰めの言葉をかけるなり、一緒に探すなりするのが取るべき行動なのだろう。上亮はライトを強く握り込む。

胸にあるのはどこまでも自己本位な感情だ。

もう少しで火事の全容が摑めた。

本当に、後もう少しだったのに。

「このまま迷宮入りなんて認めたくねぇ！」

苦々しく吐き捨てると、彗星がこちらを見た。遠慮なんて言葉、知っていても実践しないくせに、何故だかだんまりだ。視線すら合わせない。

「……もういいですよ。なっさん」

その明るい双眸は、上亮の肩の奥を捉えていた。


一度家に帰ったのだろう、芦谷はジーンズ姿だった。

上には丈の短いダウンコートを纏っている。スマートフォンの明かりを頼りにここまでやってきたようだった。

疲れ切った顔は芦谷を年相応に見せる。放つ声もまた、力ない。

「俺なんかのために、こんなところまで頑張らなくていいんですよ。第一資材置き場や林の中を含め、モニュメントの周辺には、何かが燃えた形跡はありませんでした。日差しの下で確かめたことです。間違いありません」

上亮は反論しようと口を開いた。

どこから話を始めれば良いのか。一瞬の躊躇いがしじまとなり、芦谷への更なる理由の催促に変わる。

芦谷が瞼を半分ほど伏せる。中の瞳はぞっとする程、動かない。

「それに……」

「それに?」

「もう……どっちでもいいじゃないですか」

火事であろうと、なかろうと。真実が掴めようと、掴めまいと。

結果は変わらない。

「お前……！」

髪がアポロキャップの中でぶわっと逆立つ。体が強張り、声の抑制が利かなくなる。

「駄目だったか」

目ざとく見つけた彗星が呟いた。

「何がです？」

りくはまだ事情を飲み込めていない。団子頭を揺らして、男たちの顔色を確かめている。

幸いにも、上亮と芦谷両人から距離を置いて立っていた。

逆に彗星は二歩前進する。体を張って怒れる元・消防士を止めるだなんて、全く気乗りしないのだが細腕の女子大生に頼む訳にもいかない。

「僕としては最善を尽くしたつもりだったが、あれはもう手遅れだ」

背のリュックをりくに託し、改めて前を見る。

「彼に火がついた」

そこには眦をつり上げて芦谷を睨みつける上亮がいた。

「ひっ！」

上亮の耳にはりくの悲鳴が遠く聞こえる。

コントロール不能になった体温のせいだ。

「……こっから仕切り直すって考えにはならないのか？」

放つ声も熱に焼き切れて、ザラザラとした質感がますます際立つ。以前、芦谷が「夢に出てきそうなんでマジでやめてください」と嘆願した調子とよく似ていた。

芦谷は、拳を握りこんで立ち尽くしている。気圧されまいと必死に力を込めているのだろう。唇から漏れる息は浅い。

目はしばしの間、逡巡するように動き続けたが、とうとう意を決した。上亮を睨み返す。

朝のように、悲痛な叫びをぶちまける。

「そうです！　俺にとっては全部終わったことです！　みんな、なっさんの独りよがりなお節介なんですよ！」

「芦谷ッ！」

砂の詰まった袋を叩いたような音がたつ。

「消防士さん⁉」

りくの悲鳴が後を追った。

「………」

上亮は……一歩も動かなかった。軍手は本人の頬に埋まっている。

踏ん張らなければ後ろに倒れてしまっている。加減なしに殴ったおかげで三半規管は大パニックだ。

「なんで……？」

消え入りそうな疑問の声が聞こえる。りくのものなのか、それとも芦谷のものなのか、揺れる脳では判断がつかない。

構わない。

上亮は呻くように答えた。

「そうだ。これは俺の独りよがりだ。お前のことなのに、お前自身を棚に上げていた」

芦谷は平に気がある。日々のアピールは空振りばかりだった。そして、今回の騒動が起きた。

そうやって見えているものと知っていることを繋げた結果が、〝真実〟であるとは限らない。

今になって彗星に諭されていたのだと気づいたのだ。

上亮はクシャと顔を歪めた。

「頼む、芦谷。お前がミーティングルームで言いたかったことを教えてくれ。ここでヤケになったら、俺は一生後悔する」

「なっさん……」

風が、居合わせた者の前髪を撫でていく。

引っかかっていたのだろう、モニュメントの真上から小枝が落ちた。手のひらに載るほどの大きさをしたそれは、翼の上を転げる。

軽い音が途絶えた頃、芦谷は小さく吹き出した。力ない笑いだった。

「恋愛感情なんかじゃないですよ。そりゃ、平ちゃんは可愛いですけど。ここにあるのはもっと違うものです」

消防士と名乗るにはいささか薄い胸を叩く。

上亮は眉をひそめた。芦谷はあっさりと白状した。

「対抗心です。四年も長く機関員をやっているのに、俺、このままだとあの子に抜かされます」

自分の持っている能力に満足も慢心もしない。謙虚で、素直で、勤勉で。ひたむきな努力を重ねるウルトラルーキー。それが平だ。

似たような立場からスタートしたはずなのに、成長のスピードが全然違う。

「最近は〝らしくない事〟だって始めたんですけどね。完全に裏目に出ました。ここが引き際だって、神様が言っているのかもしれません。これ以上、格好つかない所を見せる前に辞めさせてください」

芦谷は「なっさんには頑張って貰ったのに、なんかすみません」と補足する。胸の内を全て出せたからか、憑き物が落ちたような顔をしていた。

一方で上亮はアポロキャップを傾けた。

「あれ、……なっさん？」

唯一、見える場所として残した唇をきつく結ぶ。顎に数本、皺が走るほどだ。

頭ではなく体で状況を理解しているのだろう、芦谷は半笑いを浮かべたまま背を反らした。抵抗を放棄していると示すように、両手を胸の前に出す。

最後の悪あがきとばかりに芦谷は潤んだ瞳で彗星を見る。火事場の奇人は無情にも瞼を閉じた。

そこから先は、自称・カミナリ専門の独壇場である。

上亮は腹から轟くような声を出す。

「手のつけようのない阿呆だな、お前は！　そんなみみっちい恥はドブに捨てろ！」

赤子どころか山の神すら起きる勢いである。現に〝片隅の翼〟の向こうに広がる木立からは獣が蠢く音がした。

りくは手のひらを耳に押し当てている。芦谷も真似したかったが、立場をわきまえた。大人しく上亮に襟を摑まれ、揺さぶられる。

「いいか、よく聞け。お前が平に背中を見せていられるのは、才能があるからじゃねえ。今日までお前が積み上げてきたものがあるからだ。隣にいた俺が保証する」

日頃、上亮が唾を飛ばさん勢いで活を入れようものなら、芦谷はすっと身を退《ひ》く。

「そういう熱いのは時代遅れですよ」と茶化し気味に拒絶するのだ。

今は黙って聞いていた。体の力は、ほどよく抜けている。

「切磋琢磨の末に抜かされるんだったら本望だろ。平がお前を追い越す瞬間まで、思う存分お前の背中を見せてやれ」

上亮が「俺が戻る前に抜けたら承知しないからな」と付け足せば、芦谷が根負けして頬を緩める。

「……しませんよ。次の機関員が可哀相じゃないですか」

一言余計だ。だが、別の感情が勝った。

上亮はアポロキャップを傾けて、再び口元以外を隠した。

見れば、月は大分高いところに登っている。

「あのぉ、私そろそろ……」

「ああ、悪い。バス、間に合いそうか？」

居合わせた女子大生にとっては切りの良いタイミングである。女子大生はせっせとプロジェクターを片付け始めた。カメラについては明日、教授と相談するつもりだと言う。

「弁償ですよね、きっと……」

りくの顔はしょげきっていた。草むらに隠していたとはいえ、ゼミの持ち物を置いて帰ったのだ。怒られる未来は避けられない。

「その必要はなくなるかもしれない」

「何でだ？　お前が持っている奴でもよこしてくれるのか？」

彗星はにべもなく「違う」と即答した。どうやら静かに地雷を踏んだらしい、機嫌を損ねて黙り込んでしまう。

「面倒臭い奴だな。……あ、そうだ」

上亮の興味はたちまち別の所に移った。頭に血が上っている間によぎった疑問を思い出したのだ。

「なぁ、芦谷。さっきお前が言っていた〝らしくない事〟ってなんだったんだ？」

りくの手伝いをしていた芦谷は両手で大きくバツの字を作った。話を蒸し返すなというサインだ。

「おい」

「俺はスマートなキャラなんです」

「どこがだよ。気になるだろ。オラ、吐け」

ジャイアン気質を発揮して後輩の首根っこを摑む。芦谷は「今度はハラスメントで辞めますよ⁉」とぎゃあぎゃあ騒いだ。

その耳障りな声を抑えたのは、上亮の手ではなかった。

「いいや。重要な事だ」

よく通る、舞台俳優のような口振り。絵画のモデルのような佇まい。彗星だ。愉悦という言葉が似合う笑みを浮かべている。火事場の奇人《シャーロック》が謎を解いた時に見せる表情の一つだ。

「君のミスと煙の謎は一つの事件として繋がる。直樹、君は既に答えを見ているんだ」

「はい？」

芦谷は目を丸くした。出し抜けに呼び捨てにされたのだ。正しい反応である。

「君はＨＢカレー工場の隣にある第一資材置き場ではなく、この広場を挟んだ東側にある第二資材置き場に直行した。そこに〝片隅の翼〟があるという確信があったからだ」

「それは……」

この騒動の始まりだ。

出場場所を間違えた機関員は瞳を絶望に染めながらも、「道は合っていたはずだった」と主張していた。

間違いない。彗星には笹子小隊がたどり着けなかった芦谷の事情が見えている。

「偶然ではあるが、君は犯人が仕掛けたトリックを意図せず覗いてしまったんだ。結果、一人だけ立ち位置がずれてしまった」

芦谷の瞳の色がみるみるうちに深くなる。彗星が何を言おうとしているのか、読めたらしい。

「嘘でしょ。だって、あれ……」と口走りながら、芦谷の親指は巨大な紙飛行機を指す。

全くついていけない。

「なんだっつーんだよ」

上亮は苛立ちを混ぜつつ尋ねた。

彗星の告げる真実は、ひどく単純なものだった。

「熊と一緒だ。あれは〝片隅の翼に見えるもの〟だ」


乏しい星空に夕暮消防署の火災調査課職員の声が響く。

「本当に大丈夫なんだろうな!?」

「早くやってくれ」

「地獄だわ……」

りくは卒倒しそうになっていた。手にはスマートフォンがある。大好きな野井萬次郎作品に何かあれば、彗星ではない警察官を呼ぶつもりなのだろう。翼を挟んだ向こう側にいる芦谷もまた、顔色が優れない。

「なっさん。もし本物だったら俺たち懲戒処分じゃ済まないですよ」

「泣き言言うな。腹くくれ」

司令塔だけが何処吹く風である。ベストチームの試合でも眺めるように、彗星はどっしりと構えて、上亮たちの作業を見守っている。己の推理に対する自信の表れだ。今更、「やはり中止にしよう」だなんて言い出すとは到底思えない。上亮は及び腰の後輩を急かし、腕に力を込めた。

「うーわっ!」

正確には、込め損ねた。

手応えがない。想像よりもはるかに軽いのだ。

地面に触れていた右翼から土塊がパラパラと散って落ちた。消防士二人掛かりだから……というレベルではない。芦谷に至っては上げすぎた腕を慌てて下ろしている。

「なんだこりゃ⁉」

誰でもない己がやっている事だというのに、見えているものを事実として受け入れられない。

上亮が目を白黒させると彗星が横に立った。不可触の芸術作品とされていたものを遠慮なく叩く。

「音の感じからして防水加工を施した発泡スチロールだろう」

上亮も片手を離して真似をした。確かに間抜けな音がする。

要は魚パックだ。発泡スチロールは中のポリスチレンビーズをどれだけ膨らませるかで硬度が変わる。発泡倍率の低いものは建材にも使われる。大理石製の本物と同じ、とまではいかずともそれらしく見せることは可能だ。

「な、なんでそんなものにすり替わって……？」

驚きのあまり腰が抜けたのだろう。りくの頭はだいぶ低いところにある。彗星は短く答えた。

「巡業期間に備えて用意した代替品、と考えるのが妥当だろう」

発泡スチロールは紫外線を浴び続けると劣化する。風雨にも弱い。長く放っておけばいずれ綻びが生じる。

「見てみろ、上亮」

彗星の革手袋が地面を指した。キャンプで使うペグのような釘が数本、打ち込まれている。

〝片隅の翼〟は右翼のへりが大地と接するように設置されている。本物であれば自重で安定するが、レプリカではそうはいかない。風に負けて倒れてしまう。

上亮は土の匂いがする翼を覗き込んだ。釘と同じ間隔で穴が空いている。鑑賞者から見えないよう、大地と繋いでいたのだろう。

「僕の推測が正しければ、飛行機側に無理やりできた穴が一つあるはずだ」

「何でそんなこと言えるんだよ」

「プロジェクションマッピングの投影位置がずれていただろう？」

上亮は目を見開いた。

確かに、熊の映像は紙飛行機のモニュメントからはみ出る瞬間があった。りくに確認すると「そんな基本的なミスはしない」と頰を膨らませる。

「カメラもプロジェクターもしっかりと固定していましたから」

りくが最後にヒコーキ山を訪れたのは二日前のことだ。その時点では、プロジェクションマッピングに問題はなかった。熊の映像もしっかり、〝片隅の翼〟の中に収まっていたという。

「プロジェクションマッピングは定期起動する仕組みだった。映像が出力されなければ、熊笹の中にあるプロジェクターを見つけることはできなかっただろう。あるいは、たまたまカメラを見つけた事で安心してしまったのか……。どちらにせよ、彼らはトリックを隠しきれなかった。そうだろう？」

彗星の呼びかけに芦谷だけが頷いた。ダウンコートのポケットに手を入れる。ポケットから取り出したものを見せつけるように手のひらを晒す。ワイヤレスキーはキーリングとぶつかって軽い音を立てた。

「そいつを見るならここから移動しないと、ですよね？」

芦谷のジムニーのおかげで、目的地には快適に辿りつくことができた。不揃いな階段に悪戦苦闘する必要もない。機関員は市政イベントの時にも使った広場と工場脇の山道を繋ぐ道をしっかり把握していた。

車から降り、夜闇を見据える。

「見てみるといい」

飛び立ったドローンが乾いた草木の眠る斜面を照らした。

ハイキングコースと隣接する道の奥に熊笹が生い茂っている。ちら、ちら、と鋭い光が返ってくるのは沼地が広がっているためだ。

その更に奥の木々は根こそぎ取り払われ、山にはぽかりと空き地が広がっている。

「なんか……、ここ……」

りくの団子頭が解けそうなほどに揺れる。首を大きく傾げていた。

「奥の空き地とか、沼地の感じとか……、〝片隅の翼〟の周囲の景色と、似ている？」

ＨＢカレー工場の第一資材置き場と第二資材置き場は慣れた者であっても道を取り違えてしまう。気を遣っていなければ、資材置き場に着くまでミスに気づけない。

上亮も重い声で同意する。

「この匂いがなければな」

嗅ぎ覚えがある。りくの仕掛けたプロジェクションマッピングが動き出す直前のことだ。胃の中のものを戻したくなるような匂いがゆるい風に乗って漂ってきた。風上はここ、第二資材置き場である。

「不完全燃焼って感じの匂いですね、なっさん」

「だな。こんなん麓の住宅からクレーム出るだろ」

「出るではない。出たんだ、上亮。だから夕暮消防署の地域係がＨＢカレー工場を訪れた」

「なるほど」

まとまりのなかった事実が一つ、またひとつ繋がっていく。何の絵が描かれているのかもわからなかったジグソーパズルのピースが埋まっていくような感覚だ。

夕暮消防署のミーティングルームに居座っていた謎もまた、理解のできる形で眼前にある。

もはや謎でもなんでもない。

上亮は後輩を呼んだ。

「お前、最近ここに来たんだな？　ルート研究で」

機関員の中には非番や休みの日に管轄を走り回る者がいる。地図だけでは掴みきれない道の様子を体で覚える。いわゆる自主勉強だ。

「……そうですけど」

芦谷は渋々自分の努力を認めた。

「なんでバツの悪そうな顔をして言うんだよ⁉　滅茶苦茶偉いだろうが！」

「そういうのを表立ってやりたくないんですよ、俺は！　なっさんみたいな旧世代の熱血じゃないんです！」

さらりと貶されたが、今は不問にしておく。

芦谷が愛車を転がしてヒコーキ山にやってきたのは、通報の二十四時間前のことだった。彗星がスマートフォンで確認した〝片隅の翼〟の大きさは全長六メートル。移動する電車の窓から肉眼で確認出来る代物である。通報であっても、出場であっても目印にはもってこいだ。

芦谷でなくても自信満々になる。直前に予習した部分がテストに出てきたようなものだ。

「〝大外れだ〟って突きつけられた時の俺の心情を想像してくださいよ。『昨日は第二資材置き場にあったんです』なんて話、あの流れで信じて貰える訳ないじゃないですか」

「確かに。往生際の悪い言い訳としてあしらわれるのが関の山だぜ」

つまり芦谷がミーティングルームで取り乱しさえしなければ、夕暮消防署は今とは全く別の結論に辿り着いていたのだ。

彗星の長い指が、居合わせた者の視線を搦め捕った。

「彼らの動きを時系列で説明しよう。週末、犯人グループはダミーの〝片隅の翼〟をこの第二資材置き場の脇に移動させ、今日の夜明けに〝何か〟を燃やした」

「消火は？」と上亮が短く問えば、彗星のライトが水面を映し出す。自前で行なった、と言いたいのだろう。

〝片隅の翼〟のレプリカは簡単に持ち運ぶことができる。大人二人でも可能だったのだ、大型車があればあっという間である。

消火隊が到着する前に、モニュメントを第一資材置き場の広場に戻す。この時、焦って設置位置を少しだけ間違えた。

「はっきり言ってこのトリックは大博打だ」

芦谷のように事前に別の場所に移していたモニュメントを目撃されてしまうかもしれない。風が消しきれない匂いを運ぶかもしれない。

その分、リターンは大きい。全てが目論見通りに運べば、起こした火事を揉み消すことができるのだから。

消火隊は正しいモニュメントの場所を目指してポンプ車を走らせる。無傷の現場を目の当たりにすれば、通報はいたずら電話であったとして不問にされる。

異臭の原因を探しにきた住民たちを黙らせるワイルドカードが手に入る、という訳だ。

「犯人グループ、いや、HBカレー工場でなければ成し得ない仕掛けだ」

「連中がこの山のことを熟知しているからか？」

上亮の確認に、夕暮警察署の刑事は首を小さく振った。

「もっと決定的な要因があるだろう」

「何だそれ？」

「通報のタイミングだ」

上亮は帽子の奥で眉を弧の形にした。

優秀な機関員がいる限り、消防車は超特急で現場に向かう。その平均時間は七分半。それまでに偽の〝片隅の翼〟を正しい場所に運び切らねば、全てが露見してしまうのだ。

スタートの時間は一秒でも惜しむ。

同じ様に、フライングもご法度である。通報よりも先に〝片隅の翼〟を動かすことは許されない。通報者に〝片隅の翼〟の側で火事が起きていると錯覚させなくては、トリックが成立しないからだ。

一一九番通報があった場合、指令センターは消防車、救急車を出場させると同時に関係者へ連絡を行う。……相手はその土地の所有者や管理者であることが多い。

「今回、該当する機関は……ＨＢカレー工場だけ」

「その通りだ、上亮」

「すいません。あの、ちょっといいですか？」

芦谷が上亮達の会話を遮る。思考がまとまらないのか、こめかみを手で押さえていた。

「彗星さんのおかげでからくりはわかったんですけど。一個、どうしても納得いかないことがあって」

言い澱む間に目をキョロ、と動かす。

「連中、何でそんな面倒なことをしたんですかね？」

上亮の胸にも全く同じ問いがあった。りくも同様だろう。誰もがじっと火の謎を解いた男を見る。

彗星は、鼈甲のフレームを直した。

「杏奈が調べてくれるだろう」

「投げんな！」

先輩に無茶を振った男は涼しい顔だ。

「杏奈が優秀な捜査員だからこそ頼むんだ。明日の朝には全てが明らかになる」

これは殺意が湧く。間違いなく湧く。大工町で出会った時、糸魚川が発していた刃物のような雰囲気はこうやって培われたのだ。

上亮は「お前なぁ……」と言葉をつないだ。

「そんな急がなくたってもういいじゃねぇか。芦谷は辞めないし、お前も満足し……あ」

間抜けな声をあげてしまう。気づくのがワンテンポ遅れたのだ。

火事場の奇人《シャーロック》の集中力は謎と共に解ける。

「いや、何でだよ⁉　徹夜してねぇだろ！」

上亮は突っ込みと共に体を宙に躍らせた。

二度目のダイビングキャッチはあえなく失敗し、彗星は受け身も取らずに枯れた芝の上に倒れた。


芦谷が辞表を撤回してから一週間後。夕暮消防署の食堂には芳ばしい香りが漂っていた。

食事当番はせっせと鍋をかき回している。今までは具材を切るところから助けを求めていたが、今日は一人でキッチンに立ち続けている。人目を忍んでお料理動画を見て勉強している事は公然の秘密だ。

上亮は芦谷の背を一瞥し、スマートフォンの電源ボタンを押した。買った当初から一度も使っていないアプリが並ぶホーム画面に「通話終了」の表示が浮かぶ。

（やり辛《づれ》ぇな）

電子端末の操作ではない。直前の電話のことだ。

通話相手は「では、また」と話を切り上げた。よく聞く文言だが、素直に同意出来ない。

また会うということは、また火事があるということである。

「そりゃ、お前は嬉しいだろうけどよ」

ひとりごちて椅子に背を預ける。そこにひどくご機嫌な声がかかった。

「なえちゃん、またまたお手柄だったわねぇ～」

体からロタウイルスを追い出せたらしい。すっかり元気になった千曲は恵比寿のように顔をほくほくさせている。手には全国紙の新聞だ。一面記事の見出しには「HBカレー」の文字があった。

「ねえ、これ、次男様の写真はないの？」

「ある訳ないですよ。上司への報告抜きで散々勝手してたんですから」

「勿体ない。あのルックスだったら日本中大騒ぎだったでしょうに。ねえ、消し太郎くん」

キッチンカウンターに設置された人形に同意を求める。夕暮消防署のマスコット、消し太郎くんは微笑んでいるのに目が笑っていないと専らの噂だ。千曲の問いにも投げやりに同意しているように見えた。

千曲はためらうことなく上亮の真横の椅子を引く。上亮同様、ちらとカウンターの向こう側を見やった後、新聞を広げた。

「夕暮警察も執念の捜査よねぇ。ヒコーキ山の沼を浚ったんでしょう?」

「HBカレー工場が出した違法廃棄物を見つけるにはそれしかなかったんですよ」

上亮の説明に千曲は悩ましげに眉を寄せる。

「廃棄物って言っていいのかしら? コンビニやスーパーでも売られてたものだもの」

話題に出されると折角の食欲が失せてしまう。上亮は紙面を覗き込んで舌から意識を逸らす。独特な匂いのする紙の上には、先ほど聞いた捜査内容が綴られていた。

ヒコーキ山の怪談を復活させるような異臭と不可解な小火の火種は、山に拠点を置くカレー工場が作ったレトルトパウチだった。

近年、HBカレーは借り入れ先の銀行から融資の打ち切りを匂わされていた。会社を続けていくためには生産も販売も計画通りに進んでいるように見せかけなくてはならない。工場倉庫には今年も今年で大ゴケしてしまった期間限定カレーのパウチがたっぷり残っているというのに、だ。

「それで粉飾決算を決意した、と」

在庫が余っているのであればなかったことにしてしまえば良い。とはいえ今のご時世、ゴミに紛れ込ませてポイっという訳にはいかない。

食品工場が出すゴミは食品リサイクル法に則って厳しくチェックされる。調理の際に出た〝動植物性残渣〟として在庫のパウチを出してしまうと工場の月廃棄量が変わり、すぐに怪しまれる。

一時的に隠しておける量ではない。銀行の視察ももうすぐだ。八方塞がりになったHBカレー工場はヒコーキ山への不法投棄に舵を切った。

「記事読んだんだけどHBカレー工場の人たち、妙に考えてるのよね。悪いことするのだから、もう少し大胆でも良かったような気がするわ」

「いろいろ試行錯誤していたってことじゃないですかね。だからボロが出て、俺たちも気づけたんですけど」

中木屋たちは当初、買い手のつかなかった新商品の中身を出して捨てようとした。パウチの中に入ったままでは土に還らないし、万が一発見された時に一発で工場の名前がバレてしまう。

だが、この作戦はすぐさま中止された。ヒコーキ山に強烈なゲテモノカレーの匂いが立ち込めたためである。ちなみに新商品の味は「勇者求む、シュールストレミングカレー」だ。

そうして苦肉の策として出て来たのが在庫を段ボールごと燃やして資材置き場脇の沼に捨てる、後は野となれ山となれ作戦である。燃やせば量が減るし、足もつきにくい。

決行は屋外でと早い段階で決まっていた。HBカレーの商品には名前の通り、大量の油が使われている。大量に焼けばキャンプファイヤーと見紛う勢いで火が起きて、工場内の防犯カメラに映ってしまう。

「で、炎と共に流れ出るであろう臭い煙の言い逃れをするために、偽の〝片隅の翼〟を用いたトリックを考えついた、と」

彗星の読み通り、モニュメントのレプリカは日頃、HBカレー工場が管理をしていた。ヒコーキ山の土地はほとんどがHBカレーの所有物である。野井萬次郎に厚意として倉庫を貸し出していた。

「本当、次男様よく調べているわねぇ」

「穂村じゃなくてその先輩の仕事っスよ、それ」

糸魚川が険しい顔でパソコンに張り付いている様が目に浮かぶ。様子を見に行った訳ではないのだが、「捜査一課の仕事じゃない」と愚痴愚痴言いながらキーボードを叩いていたことだろう。

千曲は満足げに新聞を畳んだ。

「芦谷くんも元気になって、うちとしても丸く収まったんだから喜ばしい限りだわ。全部が全部、なえちゃんのお陰ね」

上亮はふいと顔を背けた。

「どうですかね」

「あら？　違うの？」

「俺一人だったら、芦谷と山で喧嘩別れしていたかもですよ」

ヒコーキ山に彗星がいなかったら、中木屋に丸め込まれていたかもしれない。モニュメントについた煤に気づけなかったかもしれないし、熊の正体に気づけなかったかもしれないのだ。

何より仲間の心から目を逸らしたままだった、――〝かも〟。

ブラックアウトしたスマートフォンを一瞥する。上亮は電話で礼を言えなかった。彗星が一方的に用件を話すせいでもあったし、どう切り出せば良いのか迷ってしまったせいでもある。

(あいつの感覚が人並みだったら、こっちも素直に言えそうなものなんだけどな)

残念ながら上亮が組んだのは、自分勝手で、高飛車な、廃墟がよく似合う男だ。

出会ったばかりの己を十年来の友のように呼ぶ、火災捜査のエキスパートである。

上亮はため息とともに目を細める。目ざとい千曲がそれを見つけた。

「なあに？　嬉しそうな顔しちゃって」

「別に。何でもないです」

「本当かしら。後輩の勇姿に口が緩んでるわよ」

盗み見程度に抑えているのが真実なのだが、千曲の勘違いは都合が良い。

上亮は皿を出すために立ち上がる。

「元祖油カレーよりも美味いもの作るって息巻いてましたからね」

「それはお手並み拝見ね」

千曲が微笑むと、二升炊きの炊飯器が甲高い声で鳴いた。

ROOM1「BURNT OUT ROOM」（二〇一八年八月　文春e-Books刊）改題・加筆
ROOM2・ROOM3　書き下ろし
DTP制作　エヴリ・シンク

文春文庫

110番《ばん》のホームズ 119番《ばん》のワトソン
夕暮市《ゆうぐれし》火災事件簿《かさいじけんぼ》

定価はカバーに
表示してあります

2019年5月10日　第1刷

著　者　平《ひら》田《た》駒《こま》
発行者　花田朋子
発行所　株式会社　文藝春秋

東京都千代田区紀尾井町3-23　〒102-8008
TEL　03・3265・1211㈹
文藝春秋ホームページ　http://www.bunshun.co.jp
落丁、乱丁本は、お手数ですが小社製作部宛お送り下さい。送料小社負担でお取替致します。

印刷製本・大日本印刷
Printed in Japan
ISBN978-4-16-791281-9

（　）内は解説者。品切の節はご容赦下さい。

誉田哲也
レイジ
才能は普通だがコミュニケーション能力の高いワタル、高みを目指すがゆえ、周囲と妥協できない礼二。二人の少年の苦悩と成長を描くほろ苦く切ない青春ロック小説。（瀬木ヤコー）
ほ-15-6

誉田哲也
増山超能力師事務所
超能力が事業認定された日本で、能力も見た目も凸凹な所員たちが、浮気調査や人探しなど悩み解決に奔走。異端の苦悩や葛藤を時にコミカルに時にビターに描く連作短編集。（城戸朱理）
ほ-15-7

本城雅人
球界消滅
球団の経営難が続くなか、もし、日本のプロ野球に球界再編と、メジャーへの編入が同時に起きるとしたら……。日本球界へ警鐘を鳴らす、戦慄のシミュレーション小説。（小島圭市）
ほ-18-3

堀川アサコ
予言村の転校生
村長になった父とこよみ村に移り住んだ中学二年生の奈央は様々な不思議な体験をする。村には「予言暦」という秘密があった。ほんのり怖いけれど癒される青春ファンタジー。（沢村　凜）
ほ-19-1

堀川アサコ
予言村の同窓会
こよみ村中学同窓会で物騒な事件が出来。転校生・奈央と同級生・麒麟は心優しい犯人を前に戸惑う。ミステリとSFと恋愛がミックスした「ほのコワ」ファンタジー集。（藤田香織）
ほ-19-2

堀川アサコ
三人の大叔母と幽霊屋敷
不思議が当り前のこよみ村。村長の娘・奈央はBFの麒麟と今日も怪事件に首を突っ込む。予言暦盗難事件、三人の大叔母が村の古屋敷で暮らし始める話。予言村シリーズ第三弾！（東　えりか）
ほ-19-3

万城目　学
プリンセス・トヨトミ
東京から来た会計検査院調査官三人と大阪下町育ちの少年少女が、四百年にわたる歴史の封印を解く時、大阪が全停止する!? 万城目ワールド真骨頂。大阪を巡るエッセイも巻末収録。
ま-24-2

（　）内は解説者。品切の節はご容赦下さい

真山 仁
コラプティオ
震災後の日本に現れたカリスマ総理・宮藤は、原発輸出を推し進めるが、徐々に独裁色を強める政権の闇を暴こうとするメディアとの暗闘が始まる。謀略渦巻く超本格政治ドラマ。（永江 朗）
ま-33-1

真山 仁
売国
日本が誇る宇宙開発技術をアメリカに売り渡す「売国奴」は誰だ!?　検察官・冨永真一と若き研究者・八反田遥。そして「戦後の闇」が二人に迫る。超弩級エンタメ。（関口苑生）
ま-33-2

松原耕二
記者の報い
かつて友人を辞任に追い込んだ首都テレビのエース記者、岡村俊平。その報いが定年直前の彼に襲いかかる。視聴率絶対主義者、政権の番犬幹部など、現場を抉った長編。（北上次郎）
ま-36-1

三羽省吾
路地裏ビルヂング
おんぼろ「辻堂ビルヂング」は変な店子ぞろい。同じ小さなビルの中で働きながら、それぞれの人生とすれちがう小さな奇跡。あたたかな気持ちになれる連作短篇集。（津村記久子）
み-31-3

水野敬也
雨の日も、晴れ男
二人の幼い神のいたずらで不幸な出来事が次々起こるアレックスだが、どんな不幸に見舞われても前向きに生きていく……人生で一番大切な事は何かを教えてくれる感動の自己啓発小説。
み-35-1

三浦しをん
まほろ駅前多田便利軒
東京郊外〝まほろ市〟で便利屋を営む多田のもとに、高校時代の同級生・行天が転がりこんだ。通常の依頼のはずが彼らにかかると、ややこしい事態が出来《しゅったい》して。直木賞受賞作。（鴻巣友季子）
み-36-1

三浦しをん
まほろ駅前番外地
東京郊外のまほろ市で便利屋を営む多田と行天。汚部屋清掃、遺品整理に子守も多田便利軒が承ります。まほろの愉快な奴らが帰ってきた!　七編のスピンアウトストーリー。（池田真紀子）
み-36-2

（　）内は解説者。品切の節はご容赦下さい。

三浦しをん
まほろ駅前狂騒曲
多田と行天に新たな依頼が。それは夏の間、四歳の女児「はる」を預かること。男手二つで悪戦苦闘していると、まほろ駅前では前代未聞の大騒動が。感動の大団円！（岸本佐知子）
み-36-4

三浦しをん・あさのあつこ・近藤史恵
シティ・マラソンズ
社長の娘の監視のためにマラソンに参加することになった広和は、かつて長距離選手だったが（「純白のライン」）。NY、東京、パリ。アスリートのその後を描く三つの都市を走る物語。

み-36-3

道尾秀介
月と蟹
二人の少年と母のない少女、寄る辺ない大人達。誰もが秘密を抱えるなか、子供達の始めた願い事遊びはやがて切実な儀式に変わり——哀しい祈りが胸に迫る直木賞受賞作。（伊集院　静）
み-38-2

宮下奈都
田舎の紳士服店のモデルの妻
ゆるやかに変わってゆく。私も家族も——田舎行きに戸惑い、夫とすれ違い、子育てに迷い、恋に胸を騒がせる。じんわりと胸にしみてゆく、愛おしい「普通の私」の物語。（辻村深月）
み-43-1

宮下奈都
羊と鋼の森
ピアノの調律に魅せられた一人の青年が、調律師として、人として成長する姿を温かく静謐な筆致で綴った長編小説。伝説の三冠を達成した本屋大賞受賞作、待望の文庫化。（佐藤多佳子）
み-43-2

村山由佳
星々の舟
禁断の恋に悩む兄妹、他人の恋人ばかり好きになる末っ子、居場所を探す団塊世代の長兄、そして父は戦争の傷痕を抱えて——愛とは、家族とはなにか。心震える感動の直木賞受賞作。

む-13-1

森　絵都
カラフル
生前の罪により僕の魂は輪廻サイクルから外されたが、天使業界の抽選に当たり再挑戦のチャンスを得る。それは自殺を図った少年の体へのホームステイから始まって……。（阿川佐和子）
も-20-1

森　絵都
風に舞いあがるビニールシート
自分だけの価値観を守り、お金よりも大切な何かのために懸命に生きる人々を描いた、著者ならではの短編小説集。あたたかくて力強い6篇を収める。第一三五回直木賞受賞作。（藤田香織）
も-20-3

森　絵都
架空の球を追う
生きている限り面倒事はつきまとう。でも、それも案外わるくないと思える瞬間がある。日常のさりげない光景から人生の可笑しさを切り取った、とっておきの十一篇。（白石公子）
も-20-4

森　絵都
異国のおじさんを伴う
仕事に迷う。人生に迷う。旅先で出会う異質な時間に心がゆれる……。いまを生きる人たちの健気な姿を、短篇の名手が愛惜をこめて描きました。いとおしい十の物語！（瀧井朝世）
も-20-7

森　博嗣
少し変わった子あります
都会の片隅のそのお店は、訪れるたびに場所がかわり、違った女性が相伴してくれるいっぷう変わったレストラン。そこで出会った一人の女性に私は惹かれていくのだが。（中江有里）
も-22-2

森田健市
警視庁組対五課 大地班
ドラッグ・ルート
薬物捜査を手掛ける警視庁組対五課大地班に内部告発でもたらされた秘密の取引情報。それは、罠と裏切りで血塗られた悲劇の序章にすぎなかった――疾走感溢れる本格警察小説の誕生！
も-28-1

望月麻衣
京洛の森のアリス
少女ありすが舞妓の修業のために訪れたのは知られざる「もう一つの京都」!?　しゃべるカエルの〝ハチス〟と、うさぎの〝ナツメ〟とともに、町に隠された謎に迫るファンタジックミステリー。
も-29-1

山本文緒
プラナリア
乳がんの手術以来、何もかも面倒くさい二十五歳の春香。矛盾する自分に疲れ果てるが出口は見えない――。現代の〝無職〟をめぐる心模様を描いたベストセラー短篇集。直木賞受賞作。
や-35-1